南方的烟火

黎尊乾◎著

天津出版传媒集团
百花文艺出版社

图书在版编目(CIP)数据

南方的烟火 / 黎尊乾著. -- 天津 : 百花文艺出版社, 2025. 1. -- ISBN 978-7-5306-8961-5

Ⅰ. I247.5

中国国家版本馆 CIP 数据核字第 2024VH6726 号

南方的烟火

NANFANG DE YANHUO

黎尊乾　著

出 版 人：薛印胜　　**选题策划**：张立云

责任编辑：王　欣　　**设计制作**：景秀文化

出版发行：百花文艺出版社

地址：天津市和平区西康路 35 号　**邮编**：300051

电话传真：+86-22-23332651（发行部）

+86-22-23332656（总编室）

+86-22-23332478（邮购部）

网址：http://www.baihuawenyi.com

印刷：四川科德彩色数码科技有限公司

开本：880 毫米×1230 毫米　1/32

字数：200 千字

印张：9

版次：2025 年 1 月第 1 版

印次：2025 年 1 月第 1 次印刷

定价：69.00 元

如有印装质量问题，请与四川科德彩色数码科技有限公司联系调换

地址：成都市郫都区成都现代工业港北片区港北二路 551 号

电话：（028）86009394

邮编：611730

第一章

上

一个书生伢，居然对田野产生了兴趣。这说来匪夷所思。

湖乡的年轻人谁不讨厌田野？那是庄稼活的代名词，被深深地烙上了“低贱”和“肮脏”的标签。黄小峰也一样。高中毕业那一年，他高考落榜了，带着一个又瘪又歪的铝碗，穿着一件露出白筋的蓝色运动裤，回到了黄村。母亲金铃是名副其实的“铃铛”，她绝望地厉声高喝：“我的儿啊，读了十一年的书，花了老娘几万块血汗钱，硬是捧了一个破碗回来！咋不像别人捧个铁饭碗、金饭碗回来呢？”接着，更高亢的声音在村里响起，而那又瘪又歪的铝碗与禾坪边上的石磙剧烈撞击一阵，由于分量轻并没有发出令人产生快感的声响，只是像一张试卷纸一般，低吟了一声，最后闲置在屋前的一角，接雨水，供鸡鸭们饮用。

黄小峰的父亲是黄村小学的老校长，已经退了下来，唯一的爱好就是在街上烟雾弥漫的茶馆里打麻将。在湖乡，打麻将能彰显出一种身份，所以父亲不会舍弃这个爱好。但是，他不会种稻，自家稻田常常是红色的，长势稀稀拉拉，总比别人少收“三五斗”。究其原因，大概是无钱买肥。父亲总说：“老子的钱，都供你读书了呀！”黄小峰能说什么？他只能忍。茫茫湖乡，遍地沃野，但百无一用是书生，只求自己千万别像自己的父亲！家里老父老母真是铁石心肠，偏偏三观相同，相濡以沫，在儿子的教育问题相互支援，形成了坚定的“统一战线”。黄小峰一落榜，二人摔碗为号，不再依从，开始对儿子彻底改造。

有什么办法呢？于是十八岁的黄小峰开始挑稻。那些半青半黄的稻草，连着沉甸甸的稻谷，贼沉贼沉的。他的肩膀被压得歪歪的，加上双手半举半抬，几个回合下来，右肩已经红肿，烧得好像起了火。母亲患有眩晕病，常常倒在地里，让人抬回来。这一年，她的这个病没有再发作，开始咬着牙说话，咬着牙做事。中秋过后，她卷着高高的裤筒，咬着牙把稻捆扎得老大，成心要惩罚一下这不争气的儿子。黄小峰还是穿着那件露着白筋的蓝色运动裤，把小腿包得严严实实。在他母亲这位资深农民的眼里，那是外行的拙劣表演，如若坚持不改，就是对田野的嘲笑。金铃抬起头，对着黄小峰大喊：“这条白筋，把我的眼都晃晕了……”她果然开始前俯后仰，眼看就要摔倒。黄小峰推开肩上的担子，冲过去，扶起母亲，用草帽给她扇风。这露着白筋的蓝色运动裤，与孔乙己的长衫如出一辙，是他最后的遮羞布，他不能脱。他的小腿很白，像雪一样，上面的汗毛又黑又长，这是他的骄傲。夜里，他常常拿出在高中老师那里借出来的剪报，读着上面的小散文，模仿着写几篇。白天，他就打开录音机，高声放着《一剪梅》。

父母或许认为儿子害羞，但害羞是没用的东西。黄小峰与好朋友也不来往。关杰呢？他是村支书的儿子。他戴着一副眼镜，文质彬彬，还有点人脉，能不能帮到你？怎么也不来往？卢强呢？放牛还背英语，像个蠢苕，他的牛儿啃了多少庄稼？他有没有新路子？哎呀，黄小峰，你遇到生人不敢说话，口没开就脸红，能成什么事哦！第二天，金铃叫黄小峰去做点庄稼汉的硬活，去担粪。更准确地说，是抢粪，和自家的亲哥哥抢粪。哥哥黄大峰从去年结婚以来，在胖脸媳妇的教唆下，犯上了啃老揩油的毛病，什么都往自己的小家里扒，当然也包括粪。黄小峰担着空粪桶来到茅厕前，果然看见黄大峰正伸着粪舀子在茅坑里倒腾。胖脸媳妇叉着腰在一旁，金铃不敢言语，只是给小儿子使眼色。黄小峰终于小声地开口说："哥，嫂，别捞干了，留点给我……"哥没理他，不停地舞着杆子，直到把粪桶装满；胖脸嫂哼唧一声，二人不屑地走开了。黄小峰把头探进去，这哪是粪啊，分明就是屎啊。他恶心欲吐，第一次明白了粪与屎的巨大区别：粪来自牲畜，纤维含量高，气味不大，甚至还有草木淡淡的香味；屎来自人类，精细、油腻，蛆虫翻滚，臭不可闻。

自然地，黄小峰开始了抗争。母亲把白筋裤扔掉，他却捡了回来，白天穿，晚上洗；两个月后，他剪去裤筒，改成一条时兴的短裤。在收获最贵重的稻谷时，他选了一条村中人最多的路段，将稻担扔在水田里。抗争的最高潮是，他举起家里最沉的柴刀，把橱柜劈了一个洞。那天，"哐当"一声巨响，胖脸嫂的脸开始变形，比深秋的瘪柿子更没有规则；身手快捷如风的黄大峰更是木讷如石，待在他自己的厢房里，大气都不敢出。或许，他前几天还在和媳妇盘算，何时将这大件的家什搬进自己的厢房。母亲的金铃破天荒地没有喊起来，她只是惊愕地呆愣着。过后，居然有些得意，偷偷地对黄小峰说："你做得对……你就不是个干农活的憨料！"

这次抗争最大的损失是，黄小峰未过门的媳妇退亲了。那是一个很漂亮的女孩，黄大峰说过，她是南村的村花。黄小峰没有和女孩交往的经验，更不懂女孩。他只觉得村花对他很好，没有高傲的架子。村花叫陈小雪，出生那天，大雪封门。接生婆来到她家，门推不开，里里外外的人扶着大门，一阵推推搡搡，竟把门楣子推倒了。就在门楣子倒下的那一刻，一只雪白的兔子从檐下的柴堆里一跃而出，跳进大雪里，四足深陷，动弹不得。接生婆温柔地抱起兔子，拉起棉衣，偎在怀里，慈祥地笑了。同时，屋里一声啼哭，陈小雪诞生了。父亲陈水边深信这最小的女儿为天赐瑞雪后锦上添花的吉祥物，将"雪儿"作为小女儿的乳名。后来，雪儿上了小学，总有调皮的孩子大呼"儿啊，我儿"来占便宜，便改名"小雪"。湖乡土语称"雪"为"色"，硬是把一个浪漫可人的名字叫废了。有一段时间里，黄小峰对陈小雪说："你知道吗？在哪里你才可以听到别人叫你好听的'雪'呢？在大城市里。离开这个土气的湖乡，去大城市，你生来就是大城市的人！"陈小雪第一次听到关于自己名字的议论，还引发出这么美好浪漫的愿景，她的大眼睛忽闪忽闪的，于是在内心里认定了黄小峰是她可以终生依靠的男人。

第一次以"准女婿"的身份上陈家的门时，黄小峰正读高三。他学习成绩一直是学校的前几名，考上大学对他来说好似探囊取物般轻而易举。陈水边自信满满地为女儿下了一注豪赌，要求黄家在高考前把婚事定下。黄家果然没有拒绝，他们不富裕了，不可错过这难得的机会。情窦初开的黄小峰更是抗拒不了村花的美貌，那是在年轻人里多么值得炫耀的一件美事儿！他默默地努力着，争取创造同学们调侃他的所谓“爱情事业双丰收”。一切都是在不知不觉中完成，落榜、退婚，自然而然，就像结伴降临在黄小峰头上的“黑白无常”。陈水边，是南村有名的“文人”。“文人”在南村可不是什么好词，水边手无缚鸡之力，干起庄稼活来，常被人嘲笑，又偏偏命运弄人，他居然一连生了六个女儿。六个女儿加上他的老婆，就是“七仙女下凡”了。村人都称他家为“七仙女之家”，笑话就又多了一出。虎落平阳被犬欺，乡村文人陈水边没有舞文弄墨的机会，哪怕算盘打得如狮子滚绣球，也只能日日夜夜扶犁赶牛。风里来雨里去，他真是饱尝了不堪的落魄与凄凉。他恨透了自己，长久的抑郁让其性格扭曲变态，成为乡下茅坑里一块又硬又臭的石头。他更加精于算计，如何对付别人的霸凌，如何安排他六个女儿的婚事，他看三步走一步，真是圆通得滴水不漏。他把小雪上面的五个姐姐都嫁给了农活技艺娴熟的庄稼汉。以后每逢插秧割谷的日子，五个身高马大的女婿一集中，就再也没有水边拿不下的农活。他熬出头了。自然，水边不看好黄小峰。水边拆散黄小峰和陈小雪的伎俩，汇集了他所有的人生智慧，黄小峰一家人根本就不是他的对手，只能节节败退。高考前夕，水边提出要黄小峰和女儿订婚。水边说：“黄家的小子成绩那么好，万一考上了大学，还会要我家初中毕业的小雪吗?”为了显示诚意，黄家马上照办了。几个月后，黄小峰高考落榜，抛弃小雪的前提条件不存在了，按理水边应该安心才是。哪知，水边叫来媒婆，提出马上结婚。他说一句话咳三口痰，叫小雪母亲不停地给他拍胸捶背，最后，哈出长长一口气，感叹自己身体欠佳，今日不知明日死，现在不嫁女，死也不瞑目。乡下人都说丑女不可贱嫁，哪有女方主动提出要嫁人的?原来是水边看清了黄家已经捉襟见肘，根本拿不出彩礼钱。媒婆两边跑了好几趟，陈家对彩礼的要求也是一回比一回低，真是显得菩萨心肠仁至义尽。当金钱成为诚意的唯一代名词时，诚意就成为一种可以度量的东西，而那个最有诚意的人往往会败下阵来。黄小峰四处筹资，走遍了家里所有关系或亲或薄的亲戚，没有一个人答应借钱给他娶亲。他又跑到小雪家里，拉着小雪要去私奔，小雪走出屋来，站在屋前的禾坪上，向屋里望了望，不肯挪动半步。她像长在地上的一个树蔸，死死地抓住屋前的土地，任凭黄小峰拼命拉拽，依然纹丝不动。黄小峰彻底绝望了，他想，既然娶不到最心仪的人，他也要将分手闹得惊天动地。第二天，当着陈小雪屋前那么多围观看热闹的人，黄小峰将陈小雪的照片重重地摔在她的脸上，大声斥骂陈家都是欺贫爱富的势利小人。陈水边在一旁冷笑，破天荒地没有恶语相加。周围的男人们实在看不过，上来就要给这狂妄的穷小子一顿猛揍，却见小雪双臂一伸，大声地一字一顿地叫道:“谁敢动他一根毫毛，我就死给你们看!”

于是，黄小峰爱上了田野。不是在白天，而是在夜晚;不是自己的黄村，而是黄村以南，南村以北。“给我争口气，找个媳妇回来!”老校长咬牙切齿地对他说。

黄村有十一支生产队，最大的姓氏是黄姓，约占居民的百分之九十，他们祖上的宅基地占据了村里最好的河坡地，沿河盖起鳞次栉比的砖瓦房。一些小姓，不知从何年何地搬来，蜷居在坟头不远处的寡地一隅。若是哪家出了俊俏的闺女后生，才可有攀上黄姓做个亲戚的福分。因为黄姓有个规矩，同姓不通婚。南村则不同，刘、李、陈等三大姓并立，更有姜、王、张、万等小姓点缀，自然成了黄村通婚结亲的主要区域。年轻人都很精，没事总爱往对面村子跑，两村的露天电影场上，不知成就了多少对恋人和多少对冤家。

“在哪儿跌倒，就在哪儿爬起来！”这句是黄小峰遭遇退婚后，金铃唠破他耳膜的口头禅。这句话刚刚在家里响起的时候，颇令黄小峰错愕，想不到做了一辈子农妇的母亲，能说出这么有哲理、有战斗力的话。这句话给了黄小峰莫大的力量，他经常出现在陈小雪的门前屋后。有一次，他跳下单车，一声不吭地走过陈小雪的父亲，热情地对着陈小雪的母亲问好。老人的嘴巴颤抖了几下，却呵呵地笑出了声。这幼稚的报复实在没有什么战斗力。黄小峰找不到陈小雪，听说她去外村一家石棉瓦厂务工了。会不会遇到好的男孩子？可能就是为了这个吧！他越想越气，决心找一个女孩子，带给陈小雪看看，带给陈小雪的父母看看。到底找哪个女孩子呢？黄小峰锁定了陈小雪的邻居万美娇。

黄小峰搭上万美娇颇费了一些功夫。万美娇不是傻子，她要是知道黄小峰与邻居有了瓜葛，绝对不会接受黄小峰。好在她并不认识黄小峰，或者说，她对黄小峰的那张有些文雅又有些清秀的脸认得并不真切。几个月前的一个黄昏，黄小峰和陈小雪肩并肩地走过万美娇屋前的禾坪，一块咀嚼过的甘蔗渣划过夜空，落在陈小雪散发着香气的披肩发上。陈小雪哼了一声，把甘蔗渣取下来，扔在地上，心无涟漪。黄小峰看看四周，空无一人，这个饱含羡慕与嫉妒的甘蔗渣弹的发射者，是个男孩还是个女孩呢？当时他认为是男孩，因为陈小雪是村花，只有村花才有这样的待遇，于是心里十分得意，拳头虽然握紧了，脚步却挪得飞快。后来他突然认定这是万美娇所为，所以也就据此锁定了万美娇作为发展的目标。

万美娇也很美，她和陈小雪是两种类型的美，一个瓜子脸，一会儿热情似火，一会儿心儿尖尖细；一个福字脸，文静，稳定，心里不藏事。万美娇没有村花的名号，家里却非常富裕，她父亲开了南村第一家米厂，建了南村第一栋两层砖瓦的楼房。楼房靠前，常常挡住陈小雪屋檐下的阳光，两家便生了嫌隙。因此，如果黄小峰攀上万美娇，就真是扬眉吐气地"爬起来了"。

有了陈小雪的前车之鉴，黄小峰对待万美娇不会按照常理出牌。如果走三媒六聘的老程序，万美娇必定乐意，但他家穷，没有大几千块钱，礼节上走不顺。穷小子只能想办法把生米做成熟饭。这个念头一闪而过，黄小峰觉得自己很龌龊，又觉得自己挺有能耐。于是，他举起了一面"自由恋爱"的大旗，把万美娇说得云里雾里，并开始跃跃欲试。那个时候，湖乡结亲都是靠"父母之命，媒妁之言"，鲜有越矩的。但荷尔蒙的迷人气息就像阳春三月的禾苗，汩汩地拔节生长，压也压不住。年前，一个二十岁的姑娘，随着男友外出看电影，回家后大惊失色，原来她老古董的父亲把她的床都立了起来。最后，姑娘要以喝农药方式结束自己的生命威慑黄村父老。于是，自由恋爱之风更加盛行。

每天农忙后，万美娇总是梳洗一番，穿上长长的白裙子，站在黄昏后的大柳树下，等候着黄小峰吹动柳树皮的哨声响起。同样，黄小峰在他的上衣口袋里装上一张香水卡片，走出黄村，穿过三里远的稻田，来到南村的大柳树下，拿出柳树皮哨子吹起来："喔——喔喔！"夜很黑，没有路灯，农村人一般借着星光或月光，就能凭借肉眼分辨水面和路面。那个黑腿肚的黄智禾，刚刚在南村找到一个胖乎乎的女孩，黄小峰就有了战友。大柳树下是一道大河堤，长长的堤坡，缓缓地向河面延伸。黄小峰和万美娇常常抱在一起，从上面滚下来。草地柔软，滚过的草地散发着特有的香气，十分迷人。黄小峰能感觉到万美娇口里散发出的香味，比草地的香气更加特别而持久。他讨厌天上的月亮大如斗、月光亮如雪，他讨厌身边的小青蛙扑腾扑腾地跳动。他忙忙碌碌，不停地寻找着什么，使尽了平生的力气；他慌慌张张，像要赶在骤雨前收获一地金贵的庄稼；他筋疲力尽，好几次发现自己美美地睡在一望无际的温软的河沙上……

此时，万美娇女性的温柔与博大展露无遗，她任凭黄小峰水牛一般地忘我地呓语，却总能牢牢地守住最后一道防线……

回村的路上，黄小峰喃喃自语："黄智禾，今天怎么这么快要回来？"黄智禾一声不响，他觉得自己终于长大了。他说："我要明媒正娶刘麦花，一定要把她最珍贵的，不，我们最珍贵的——留在大喜之夜！"

那一个夜晚，黄小峰外出打了几圈麻将，一夜未眠，他躺在藤椅里，深深的忧伤压迫着他。他感觉到有一种无力的沮丧使他像一个风烛残年、行将就木的老人，站不起来。第二天清早，门外不远处，一阵阵震天的鞭炮声把他炸醒。他出门看了看，原来是一支迎亲的队伍在马路上举行仪式，新郎正欢天喜地地接娶自己的新娘。这在湖乡是司空见惯的场景，了无新意，他没有兴致走过去看热闹，而是慢吞吞地踱进屋里，倒头睡去。过了几天，黄智禾才支支吾吾地暗示他，那天早上是陈小雪的婚礼……黄小峰闷声不响，只是隐隐约约地想起，那夜，那晨，他似乎都在无数个梦里。哭泣，恐惧，掉井里，失重，被狗追赶，人山人海，敲锣打鼓……他以为自己死了。

与万美娇分手是平静的，在黄村和南村都没有激起一丝涟漪，没人知道，也没人关心。万美娇很快就有了自己相中的对象，好几次坐在对象单车的后座上，微笑着望向黄小峰扛着犁头走向田野的稻田。蹊跷的是，万美娇的婚礼举行得十分仓促，居然是在农忙的七月。黄智禾收到请柬的那一刻，笑得差点岔了气，说："我的天，万美娇，这大热天的，怎么干活啊？"更蹊跷是，新婚那夜，万美娇恳请黄小峰去她的婚礼上闹一闹。黄小峰没有去，他仓促地和一个叫李嘉慧的姑娘订了婚。

这原是老校长的主意，他自认改造儿子彻底失败，于是给儿子安排了两条出路。一是叫儿子去黄村小学当民办老师，子承父业，走自己的老路。哪知黄小峰只干了一个年头，就在老师们的办公室的黑板上写上了一句奚落校长迂腐的名言，然后冷冷地离开了讲台。那天他代表学校去县里参加教师教学比武，获了一等奖，回来后在庆祝晚宴上，他居然没有得到邀请。长了一副女人脸的男校长说："三人行，小的苦。你还年轻呢……"如果非要说其间有什么喜人的收获，那就是在他走上讲台一个月后，黄村老木匠的独生女儿李嘉慧同意与他结亲，并在见过一面聊了几句话之后，与他闪电般地订了婚。现在，李家会不会退婚呢？黄小峰不敢想，他想"逃跑"，只得半推半就地踏上了老校长指出的第二条路，去广东。尽管满头花白的老校长信誓旦旦地说："去投靠黄幺狗，他不敢不收你。"

"不，我不要像你这样过一生。"这次轮到黄小峰咬牙切齿地对父亲说话了。他也不找黄幺狗，他带上关杰和卢强，要自己走，要自己去闯荡。

中

广东国际大厦是一座巍峨的大楼，在明晃晃的阳光下，显得好像有些困倦。在这座位于珠三角腹地的城市里，所有冠如蘑菇的榕树和芒果树，都被这明晃晃的阳光照射着，打不起精神。这个热火朝天的早晨，把黄小峰、关杰、卢强一行三人带进了黏糊糊的七月里。

在这个繁华的市区里，尽管天气是如此炙热，街头巷尾还是一成不变地挤满了行色匆匆的各色人流。大家脚步匆匆，心无旁骛，朝着自己的方向行进。

"招聘，招聘！《广州日报》招聘啦！《羊城晚报》招聘啦……"

穿着随意的大学生在人流里来回走动，不断地举起报纸喊："看世界五百强招聘专场，给自己一次改变命运的机会！看国际知名广告公司即将入驻华南，招聘文案高手，水平越高越好……"

在卖报声里忽然响起一阵喇叭声，一个尖利的女声，带着有些不标准的普通话在喊："找工作请到正规的人才市场，找工作请到正规的人才市场……"

在车水马龙的街道上，黄小峰三人歪着头东看西瞧，忽然听到一句"打劫了！抓小偷"！当他们转过头来，发现成片的人群瞬间分成两个部分，中间空出一条空地，刚好让那猴一样的小偷飞快地跑过。一个三十多岁的女人，披头散发地追上来，一手沾满血迹，捂住被抓破皮了的脖颈，一手指着前面。很快，她追过去了，像一阵风，只是不断传出渐远渐弱的喊声："项链，我的项链。抓住他，抓住他！"

黄小峰本能地想追上去，但发现根本无路可走。人群只为肇事者和受害人让道，两人一过去，人群又像水一样复原成一整片，不再有供人奔跑的通道。大楼门口的保安显得有些麻木，他算是见过世面的，对这个小插曲，他连眼皮都没有抬一下。他死死地守住自己的工作岗位，没有挪开半步。大家伸起脖子看看，然后又恢复了原貌。黄小峰有些义愤填膺，他左边的关杰，身材魁梧，歪起脖子，斜视天空，脑袋一颤一颤的；右边的卢强，精瘦矮小，狠狠地吐出一口痰，射得老远。黄小峰撸起衣袖，两手合在一起，把手指掰得"咔嚓咔嚓"地响。旁人一眼看来，就知他们是外地的，刚来这里，人生地不熟，愣头愣脑，举止与表情都是那么不合群。

"排队，排队！"保安过来在他们屁股上每人抽了一棍子，他们才恢复常态，知道自己是来干什么的。

队伍排得实在太长，清一色的青年男女，好些都穿着青色西装，像一群企鹅。企鹅们上了头油，头发梳得光亮，皮鞋擦得锃亮，一律拿着塑胶文件袋，装着自己的履历表和各种证书。黄小峰三人确实有些扎眼，一身打扮就像是外地刚来的农民。

那保安本想赶他们出去，他认为对面的劳务市场才是这三个农民的归宿。可等棍子举起来，他才发现三个农民中竟然有两个是戴着眼镜的，那镜片反射过来的光一下子迷了他的眼睛。他立马改弦易辙，判定他们即便是农民，也是不简单的农民，倒不如放他们一马。

黄小峰三人在队伍里站着，还在为刚才的事愤愤不平。

“广东这地方，果然不太平。”

就这么几句，说来说去，也就没意思了。

人才市场在八楼，现在离入口还远着呢。三人一声不响，看着光怪陆离的大街。这是一条宽阔的街道，两旁的高楼大厦，遍布着商场、超市、银行、餐馆、旅舍、职业介绍所、广告行、复印打字铺、服装店……全部灯火通明，人满为患，生意旺得不得了。特别是商场的橱窗，陈列着影视明星的巨大头像，性感、靓丽。凡是店铺门前有一小片广场的，大都拉起三角的红旗，在门口立起一个高大的红色拱门，两边角落蹲着两个黑色音响，震天动地地播放着流行的歌曲。

一辆辆摩托车在街道上来回穿梭，司机把头盔挂在一边的车把手上，对着从门口出来的人鸣喇叭，或是大声地对着东张西望的陌生人打招呼，勤奋地招揽客人。喷着尾气的公交车在眼前驶过，一遇到行人和小车挡道，立马刹车，发出一阵刺耳的噪声，惊得排队的人们往这边望。透过车窗，可以看见车内的人已是塞得水泄不通，没有座位的年轻人，鱼贯而列，一律举直了手臂，手抓着扶杆，像猪肉铺里挂着的一扇扇猪肉。也有不少小货车，把车厢包上广告纸，黑白的招贴，写着“工厂倒闭，亏本大甩卖，最后三天!”都是放血大清仓的；红黄的招贴，写着“买一送一，上门就送，最后一天!”都是开业大优惠的。驾驶室的车顶上还挂个喇叭，不停地用普通话和广东话叫喊：“清仓，清仓，外贸皮鞋，八块八，八块八!”或是“好消息，好消息，蛋糕新店开业优惠，入店领蛋糕啦……”谁都知道，这亏本大甩卖的，都是噱头，一些商人，一年到头都干这一样，进些厂里的存货，到处扯起幌子来兜售，打一枪，换一个地方。而新店开业的优惠，自然有不少前提条件，譬如，一次性消费多少，或是购一张会员卡，诸如此类。

黄小峰三人每人交了十元的门票钱，保安才放他们进来。站上自动扶梯，换了四部，终于来到了人才市场。玄关转角处，有女人拦住他们，问复印了身份证和简历表没有。他们一头雾水，看到这女人胸前并没有戴胸牌，也就不理她，转身进去了。

人才市场人声鼎沸，空阔的大厅被一排排的摊位占满，穿着衬衣西装的男女面试官坐在摊位前的条桌后面，戴着胸牌，一脸疲惫。他们背后挂着一米见方的彩色图片，印着自己企业的大楼图片、企业简介和职位要求。求职者在摊位前游走，不时驻足看看摊位上的招聘启事，拿出笔在本子上记录，或是凑近了堆起微笑，打听几句自己关心的，“请问，销售还招人吗？底薪多少？提成多少？”坐在条桌后面的面试官职业性地一笑，伸出一只手，在空中弹弹手指，问道：“可以看看简历吗？要大学本科毕业哦！有吗？要三年以上工作经验哦！有吗？”这问得求职者不是尴尬地笑笑，溜走了，就是从文件包里拿出简历递过去，满脸欣喜。如果条件符合，就可以在条桌前的红色胶凳上坐下来了。一般先是自我介绍，不仅要说出自己毕业的学校和专业，还要说出自己的优点和缺点。如果面试官和你谈到工资，那就离录用不远了。

三个人跟随人流走了几圈，算是一种上阵前的演练。他们咧嘴笑着，觉得这人才市场和县里的农贸市场大抵是一样的。农贸市场里，南瓜、冬瓜摆在摊位上，一动不动，不叫不唤，任人精挑细选，价格都是一样的；人才市场里，冬瓜、南瓜走起来了，在摊位前主动找雇主兜售，价格却是高低不一，甚至差别巨大。同样是销售员，有的在简章上写着“挑战高薪，年薪十万不是梦”，有的却写着“保底五百元，包吃包住”。一些高薪职位的摊位前人满为患，排起了长长的队伍，想挤进去看看招聘的内容都很困难。

三个人又沉着地转了几个角，眼看人流渐渐消散，好几个摊位的面试官也撤退了，他们便决定不能再等，分头去应聘。

黄小峰心里已经有了底，他看了两个伙伴远去的背影，便向靠着入口处的那家广告公司的摊位径直走去。两个面试官正在吃着饭盒，一男一女，面色很白，条桌前的红胶凳空空落落。黄小峰再看一眼招贴上的大字“招聘文案高手，水平越高越好”！正想迈开大步上前去，忽又觉得这时候打扰面试官吃饭有些失礼，便来个急刹，身体僵在那里了。

那个男面试官哈哈大笑起来，看着这皮肤黝黑的应聘者来到他的摊位前，欲行又止，不知在纠结什么，真是窘得太可爱了。女面试官抬起头来，很友好地对这位壮实青年笑了笑，伸出手来，示意他坐下来说话。看得出来，她在这个复杂的人才市场里看惯了千奇百怪的人，只是她浑身散发出来的气息是善良的，没有丝毫嘲笑之意。

黄小峰坐下来，对面试官说：“我来应聘文案。”

“文案？”男面试官有些失望和疑惑，一张笑开的脸如蟹壳一样，僵硬着，暂时恢复不了。他盯着面前的人，说：“我还以为你是来应聘广告工人的。搬角铁，拉胶绳，上胶水，扫垃圾……能吃苦，能爬高，身体超级棒……”说完“上胶水，扫垃圾”后，他顿了顿，做出鼻子很难受的样子，似乎闻到了特别难闻的气味。

“这没关系。”黄小峰不在意地回答道，“我经常掏大粪呢！”

“好！太好了！我们就是缺这样的工人，你刚过来，我就在想……”男面试官站起身来，又俯身下去，摸出一个塑料杯来，给黄小峰倒了一杯水，“你从哪里来？”

“不！”黄小峰抬眼再看一遍招贴上的“招聘文案高手，水平越高越好”，便轻声问道，“文案？还招吗？”

逼真的蟹壳脸又出现了，这回，男面试官差不多要惊掉下巴。

“能听我介绍一下自己吗？”黄小峰眉宇间流露出一种胸

有成竹的神情，他从背包里拿出几本红色的荣誉证书，放在面试官的条桌上。

蟹壳脸打开第一本证书，翻了翻。

“您看，全国一等奖。这印章，全部是国家部委的印章……一共八个。”黄小峰说话的声音大了一些。

蟹壳脸第一次正眼看了看眼前这个戴着眼镜有些腼腆的青年农民，还是有些纳闷：“那，身份证呢？”

“贵公司不是叫中天广告吗？我觉得贵公司‘如日中天’的广告语并不是十分好。为什么呢？因为做广告讲究的，一是要让对方明白自己是什么样的人，二是要让客户听喜欢听的话。‘如日中天’这一句只是对自己的夸赞，客户不一定喜欢，也没有体现自己的企业属性。”

黄小峰停顿了一下，他看了看一直在旁边微笑的女面试官，正色地说：“我建议贵公司不要用‘如日中天’，应该用‘中天创意全为您’。做广告，离不开创意。什么是创意？就是与众不同的想法和做法。比如，大多数人画竹，都是按照传统的水墨画，画出一幅墨竹。而大文豪苏东坡却不屑为之。他标新立异，以朱砂作颜料，画出无节的红竹，体现了他不拘传统、对艺术的独特见解和豪迈情怀。目前，我国多处公园以‘红竹画’为主题，红竹画已成为游客最喜欢观赏的文化景点之一。其次，‘中天创意’，顾名思义，肯定是最棒和顶级的创意，‘全为您’就是全心全意为客户。”

蟹壳脸点头微笑了，这是他发自内心的微笑。女面试官拿着黄小峰的简历，开始说话，她语气中的惊喜毫不掩饰：“黄先生，我是阿珍，请您给麦总介绍一下自己吧。”

黄小峰直爽地点点头，开始介绍自己，这或许是他第一次在别人面前这么正式地做自我介绍。他高考落榜后，进入村办小学做了一年的民办老师。他业余喜欢文学创作，经常发表一些小文章。后来，村里外出打工和经商的人越来越多，学校的孩子越来越少，所以他决定来到广东发展。村干部和群众都挽留他，使他一直等到学年结束才离开。一放暑假，他便爬上了南下的绿皮火车，经过一个昼夜的奔波，来到了现在的这座城市。他也不知道自己会做什么，在这个举目无亲，与家乡相隔万水千山的他乡，他其实做好了扫大街睡桥洞的准备。来到人才市场逛了逛，才知道可以凭借自己的文字能力尝试找到一碗饭吃。在内心里，他并不想要太高的薪水，够吃饭就行了，别人给他机会上岗，他需要时间去学习，把事情做到最好……

麦总站起来，和他握手，另一只手在他手背上不停地轻轻拍打着，喜悦之情溢于言表："黄先生，不，黄小峰校长，我们就喜欢你这样的实诚人。以后，就叫你校长吧！不想当将军的士兵不是好士兵，从今天开始，你就是黄校长！欢迎你加盟！"又扭头对阿珍说："校长的建议，我们现在就采纳，以后的广告语就用'中天创意全为您'！"

麦总给黄小峰开出的月薪是一千五百元，这已经是老家工资的十倍了。

走到人才市场的玻璃门，黄小峰三人在那里集合。三人一交流，关杰去了一家火锅店做内刊编辑，二人叫他"关主编"，关主编也不害臊，大声说："欢迎以后来稿！"卢强被一家港资企业录用，做外贸员。大家一听，都嚷着要和"卢外贸”搞好关系，以后带他们到香港中环广场，爬上那座摩天大楼，看看香港的夜景，也是人生一大享受啊。三人都有了工作，都遂了三人的愿。都说一分耕耘一分收获，终于，三人都尝到了春暖花开的喜悦。

黄小峰、关杰都是业余喜欢爬格子的人，现在的工作也是吃文字这碗饭。原来在老家投稿，能否发表主要看编辑的决断，编辑在他们心中的地位真是无与伦比。有一次，关杰还带了两壶芝麻香油去市里拜会市报副刊主编呢。卢强一直在自学外语，在江汉平原的那个湖乡小村里，他经常在早上爬上一个小土堆，土堆上长着一棵大槐树，他就在那里大声朗读英语，显得另类又怪异。一天，他读完一段，感觉良好，发现四周静悄悄的，不由得四下张望。原来他身后有一位七八岁的孩童在定定地看着他。他以为孩童也喜欢英语，便俯下身来，拉起他的小手，和善地说：“你也想学英语吗？老师教你！”哪知那孩童挣开他的手，面露狰狞，大声说：“不！疯子！”孩童一喊完，立马拔腿跑下土坡，钻入楝树林，继而树林里传来一阵哄笑。

现在，“疯子”的声音慢慢淡去了。大家一会儿叫他“老师、老师”，一会儿叫他“主编、主编”，一会儿叫他“外贸、外贸”，后来发现这样太正式。广东人喜欢随意，不如叫“阿峰、阿杰、阿强”，三人连说好，又突然冒出一句广东话“靓仔”“靓女”便哈哈大笑起来了。

离开人才市场，三人下意识地回头望了望。保安叼着一根牙签，正拿着铁棍在维持队形。这才看清，那玻璃门外有一个偌大的广场，放着许多公告栏，公告栏上贴着一页一页的纸，上面写着职位的招聘信息，却没有企业的联系电话。要想找到联系电话，必须买一张门票进去，人才市场的大堂里就有完整版的招聘信息。

下

三人下了公交车，回到住处。他们住在顶楼，这是一位老乡留下的住所。老乡叫吴烨，是三人的高中同学，刚刚跳槽，正计划去别的地方发展。人才市场找工作的秘诀，全靠吴烨的悉心传授。

“这里不讲关系，不依靠人情，只凭实力！”吴烨说起一年前自己下广东睡桥洞的经历时，显得尤其淡然，“实话跟你们说，我找了三个月的工作。在工作后的五个月里，又跳了三次槽。”三人对“跳槽”这个字眼感到既陌生又滑稽。老家说到“槽”，都是和“猪”“牛”相连，仿佛那是家畜吃料饮水的石器。现在“槽”居然用来表示人的饭碗了，莫非这饭碗够大？实际上，短短一年的时间，吴烨的变化非常惊人，特别是说话的口音，从乡音变成一种拿腔拿调的普通话，听得令人有些讨厌，又有些新奇。他原是老家镇上一家乡镇印刷厂的工人，后来因为印刷厂倒闭，只身来到广东，不料得到重用，工资翻了三倍，一下子轰动了同学圈，引发大批同学和老乡前来投靠。每年春节后的那一阵，他那个面积不大的公寓，一下子住进来七八个人，挤满了床铺，塞满了地砖。

进入小区，黄小峰心里开始莫名欢喜，他在绿化地里看到了一种蓝色小花。这种似曾相识的小花如牵牛花一样，早晨盛开，中午萎蔫，傍晚凋零，但每天都会开出新鲜的花朵。这蓝花周围，簇拥着密密麻麻的绿叶，叶形似柳，茎细如竹，既有柳叶的柔美，又不失竹的修长，有些神秘硬朗的气质，尤为清丽高雅。黄小峰问了好几个人，都不知道这是什么花。

关杰和卢强有些不耐烦，笑他“花痴”，拉着他往里赶。

那栋楼的楼道不宽，每天黄昏和早晨，楼道里进进出出的人最多。上班的，下班的，来来往往，男男女女，鱼贯进出。大家的脸上都充满朝气，和老家常有的那种安逸的神色相差太远。大家见面都不打招呼，都很忙，忙得没有时间闲聊。

三人上楼的嘈杂声可能引发了对面户主的不满。他们刚到门口，对面的钢铁防盗门就“哐啷”一声，关了个严实。吴烨说，对面住着一个二十岁上下的女孩，湖南人，不上班，整天搂着一只雪白的猫看电视，反正千万别理她。

早上出门，黄小峰起得最早，在门口等其他两人。他曾经看过那女孩一眼，有些面熟。女孩正从楼道口上来，身材婀娜，脸色白里透红，非常漂亮。看看她手里的猫，却发现她的手比猫还要白。黄小峰微笑着，对她点点头，说：“妹子，你这猫咪真勤快。”女孩莞尔一笑，有些淡淡地说：“是呢。它每天都起很早，要去街心公园遛几圈才听话。现在回来睡个回笼觉。”女孩打开门，进屋去，关上了门，不到一秒，又打开门，问黄小峰：“你们仨，新来的吧？好像是湖北的？还是湖南北部的？岳阳？常德？”黄小峰好是惊喜，连连说：“我们确实是湖北的，说话和湖南常德的口音差不多。妹子，莫非你也是？”那女孩笑笑，说：“我湖南益阳的，靠着洞庭湖。”又说：“你们四个湖北人，就你像个爷们！”说完这话，她关上了门。

女孩门口有一张一米来高的凳子，放着两盆兰草，碧绿葱郁，没有一片黄叶，长得十分茂盛。黄小峰非常喜欢兰草，笔名一直用的都是“兰草”。可惜老家的湖乡少有名贵的兰草，他在自家院里种了几棵，生长极旺，现在无人看管，想必已鸡狗糟蹋了吧。他默默地在女孩门口站立许久，内心自有一番感慨。

吴烨的住处，是和其他三人合租的一个三居室，厕所和厨房是共用的。三人的到来，让厕所变得十分紧张，所以黄小峰经常出去，上外面的公厕。而厨房的使用时间是按照三方约定，一张纸上写着满满的几个大字：“如有违反，负担全月的房租!”细细一看，还有一行小字：“你若真的牛，就付了全月的房租啊!”或许曾经有过厨房使用上的违约，但不在口舌上辩论攻击，只是默默地写上这句，让人难堪。这也是文化人的一种非暴力抗议了。

另外两个室友居然都是女孩子，一个来自江西，叫阿芬，身材高挑，精瘦，不黑不白，爆炸似的头发有些夸张，和身材搭配起来显得极不匀称，走起路来，就像秋风里的一根芦苇。这些天，一到天黑，她健壮的男朋友就过来了，买菜做饭，拿着锅铲把铁锅敲得“咣咣”直响。忙了一通后，就开始一起吃饭。饭后刷碗，声音也很夸张。晚上不走，明摆着是来护驾的。另一个女孩，来自东北，叫诚诚。她特别不喜欢别人叫她“阿诚”，一听到别人叫她“阿诚”，她就不开心，说：“我是诚诚，叫我诚诚！我不是阿诚！明白了吗?”她的东北口音特别纯正，在广东这里，听到翘舌音就稀奇，但只要诚诚在，那出租屋里就有听不完的翘舌音。诚诚没有男朋友，长得黑黑胖胖，待人和气，见面就熟，笑起来“嘎嘎嘎……”像只戏水的鸭子。吴烨说：“也别理她，她睡觉经常开着门，不知是啥意思？”“啥意思？等你呗？”四人一起哈哈大笑。

眼下，吴烨刚刚离去，三人在房间里显得孤独无依。菜是买了一些，啤酒也提上来一扎，但偏偏过了厨房的使用时间。现在，阿芬和她男友在那边唱着锅碗瓢盆的交响曲；诚诚开着门，拿着一把吉他，不时看看一本大书，用手拨两下，传出的声儿，就像杀鸡。

“出去吃，庆贺一下！”关杰突然蹦出一句，卢强立马同意，问：“去哪里吃呢？”关杰回答：“出去找呗！难道有钱还找不到吃的？”黄小峰却说：“我不出去了，我想睡觉。”

关杰二人出门去，只带上门，并没有关门，于是黄小峰过来关门。发现自己的鞋子被踢出去了，他便出门来捡。对面的钢铁防盗门又是“咣当”一声响。原来，只要没人走动，湖南女孩的房门也是打开的。这次很不巧，她的白猫落在门外了。那猫的耳朵竟是整齐地扣在头上，像精灵一般可爱。这回它受到了惊吓，立即凶恶起来，看着进不了门，干脆扭头过来，对着三人站立，高高举起尾巴，不停地摇晃，嘴巴张开，嗷嗷狂叫。忽然，那猫跳上那搁着兰草花盆的木凳，一脚踩在花盆上，几块细小的泥土掉在地上。“哎呀——”黄小峰跳了起来，伸手护着花盆，生怕被那猫踩倒。那猫动作奇快，早用爪子在他手上抓了几道白印子。

关杰和卢强走在前面，吓得一蹦一跳，人早已闪进楼道里，消失不见了。只有黄小峰双手捧着两个兰草花盆，站在猫的面前，和它对峙着。

门开了，白猫立刻变得温顺起来，一个跳跃，钻入了屋里。女孩看着黄小峰，有些歉意地笑笑，伸手接过兰草花盆，放在凳子上，说："谢谢。"她又看到黄小峰的手，叫了起来："啊，不好了，等等，我给你擦点药水。"很快，她又出来了，一边给他涂药，一边喃喃道："幸亏没有出血，疼吗？"他笑笑说："没事，大男人，没那么脆弱。"她满脸歉意地进了屋，举起一本书，追着白猫拍打，嘴巴里教训它以后不可以这样。白猫躲进沙发底下，举起尾巴可怜地叫唤着。

黄小峰躺在床上，希望里面的声响早点结束。广东的天气真是燥热，昨天晚上吹了一整夜风扇，但还是难以入眠，他要补补觉。

疲惫是最好的催眠药，他很快睡着了，还做了一个梦。梦里，分明是在陈小雪的闺房。她给他倒了一杯茶，叫他坐坐，自己去门外收拾花盆里掉下来的泥土。黄小峰看到她的窗前有好多盆兰草，不由得走上窗台，竟然又发现还有一盆熟悉的兰草。她不知何时在他后面了，问："你喜欢兰草？"他点点头："门口这种兰草，是什么花？"她莞尔一笑："你自己不说出来了吗？兰草花啊！"他轻轻应了一声："好美。"她问道："出去啊？小心查暂住证！那些街头路口的摩托车，懂吗？你还没办暂住证吧？"

黄小峰一惊："你怎么知道要办暂住证？"陈小雪继续说着什么，他一句也听不清。他只是摇摇头，后来头也不摇了，他太困了，睡得真好。陈小雪刚才的那一笑让人颇生好感，他突然觉得，这女子好像不是陈小雪，又好像就是陈小雪。好像在哪里见过的，在南村吗？那是万美娇吗？好像不是万美娇。那人的脸是圆圆的。他想了半天也想不明白，也就罢了。

朦朦胧胧中，一个女孩递过来一张字条，上面写了一排数字，非常真诚地说："我不是坏人。这是我的呼机号码，有需要就呼我！"

字条下面有署名，却很模糊，怎么也看不清，黄小峰站起来，叫着："陈小雪，陈小雪！"

没有陈小雪，只有诚诚，被他的梦呓惊呆了，不再"杀鸡"，而是捧着吉他，歪头看他，最后摇摇头，笑着说："还是个多情种。"

黄小峰又睡着了，但他很快被卢强拉了起来。卢强说："吴烨改主意了，要请我们吃盐焗螺蛳。"

天色快黑尽了，城市灯火通明，店铺射出来的灯光比路灯还要明亮。在街上走几回，发现到处都是人声鼎沸的饭店，他们怕被宰，又怕买贵，因此不敢进那些旺地的饭店。前几天抢项链的情景不断从他们脑海里翻出来，于是连人多的地方也不敢去。找了好久，最后在一家吃田螺的大排档外面看了看，四人才在榕树下的饭桌旁坐了下来。他们已经不敢尝试广东菜，觉得那无色无味的菜品不仅难吃，也吃不饱。这些天他们跟着吴烨去吃过几次，玩一种学白话埋单的游戏，都是他们三人埋单不说，主要是觉得那些鱼里酱油放得太少，佐料也不多，颜色白得令人反胃。没想到广东吃鱼真就是吃鱼，他们怎么就不知道，红烧鱼的萝卜丝、剁椒、青椒更受欢迎呢？有一种香菜，嚼在口里，就像误食了白菜里面混进来的一种臭虫，浑身快要起鸡皮疙瘩。吴烨还说是故意带他们来吃广东菜的，所谓在什么山上唱什么歌，来广东发财，喝广东的水，吃广东的饭，首先就要喜欢广东的一切，广东菜、广东话、广东人……

几瓶啤酒下肚，兴奋的四人完全被工作、理想与未来吸引住了。他们一个个侃侃而谈，你方唱罢我登场，自然而然，又开始互相比较。大家来自湖乡，自身条件却大不相同。吴烨来得早，早已达到了小康水平，显然不屑与他们为伍，喝了一瓶啤酒，叫他们快点学会说广东话，又递给他们一张字条，写有他呼机的号码，说是“保命符”，便早早地离开了。

剩下的三人继续在那里推杯换盏，无所不谈。卢强与黄小峰是初中和高中六年的同学，高考后双双落榜，回到村里当起了“孩子王”。卢强跟黄小峰一样都是民办教师。但是，卢强是个长不大的瘦猴，家境虽然不错，但目光太过高远，一般的农家妹子来相亲，他不是嫌人家没文化，就是挑人家没气质，整天吟诵怪腔怪调的英语，像个怪人，所以至今没有找到对象。黄小峰家不富裕，但是黄村的大姓人家，占尽了天时地利人和的优势。加上他的名字常常出现在报纸上，所以发展基本上算是“平步青云”。关杰是邻村村支书的独子，娶的是本村的村花，满身的优越感光芒四射。他与黄小峰隔着一个村，因为共同的兴趣而相识相交。或许是文人相轻，二人内心互不买账，关杰常说黄小峰文章发表得多，是因为编辑老师喜欢这口味，自己曲高和寡，没有人懂。黄小峰说关杰喜欢走后门，文章还有抄袭的嫌疑，如果不是他家书籍多，可以借来读读，自己才不屑与他这个富家子弟交往呢。

今天，三人奇怪地站在了同一个起点，一起来到广东，都被各自的企业录用，录用工资都是同一个数字，这真是令人惊奇。

他们谈论着打算，也是各有风格。关杰喜欢说一半留一半，哪怕另外两个打破砂锅问到底，他也是顾左右而言他，绝不把话说破；问得他烦了，他就笑话你是书呆子，悟不懂，这样，话题就过去了。黄小峰是个直肠子，知无不言，言无不尽。说到兴奋处，总是喜欢做出夸张的表情，搞得其他二人哈哈大笑。黄小峰说："我最大的理想就是拥有一家像麦总这样的广告公司！最好，十年后或二十年后，麦总给我打工！"卢强喜欢打趣，赶紧说："别请麦总，请我得了，我就是个打工的命！"黄小峰听了，故作神秘地说："兄弟，你还有更重要的事情，懂吗？"

卢强知道黄小峰在"逼婚"。出来前，卢强的母亲曾经做了一碗荷包蛋给黄小峰吃，还加了好几勺白砂糖。老人看着他吃完，才说："卢强听你的，你一定要让他带个媳妇回来！村里已没有适合他的姑娘了！过几年，弟弟、妹妹都要结婚了。难不成我割了小麦再割大麦？这让人家笑话的呀！电视里，外来妹多，找一个湖南或四川的，我都不嫌弃……"黄小峰赶紧逗老人开心，他笑着摇头，摇得像拨浪鼓。老人不再说话，疑惑地看着他。黄小峰问："您见过外国妹吗？大大的眼睛，白白的皮肤，只是头发像线麻！"老人笑了："线麻好。你看现在的女人都在卷毛，染得黄黄的，不是线麻是什么？"黄小峰说："我是说，卢强天天念英语，要是带个洋美妞回来，您同意吗？"老人哈哈大笑起来："真不信他有这个能耐！不过，卢强像个瘦猴，和外国人的嘴脸还挺般配！"

这些在老家的一切已经成为过去，过得好与不好，更多的是由父辈创造和给予的。而今来到广东，今后的人生，都抓在自己的手上。

几瓶啤酒喝完了，三人有些微醉，远远望去，看到那座广东国际大厦的高楼，灯光绚烂而华美。关杰拉起二人，对着大厦一指，说：“上上上去，上去，最高处，一一一览众山小！你你们不是要听我的广东梦吗？上去，说给你们听！你你们都说出来，苍天可鉴，怎可妄言！”

三人伸直了臂膀，架在一起，像一只展翅的大鹰，在地上走着，跌跌撞撞，东倒西歪。

大厦就在不远处。黄昏后天下过一场骤雨，空气变得异常凉爽。晚上微风习习，三人酒气已经消去大半。进入观光电梯，立马就上到了大厦的顶层。低头向下看，满城的楼宇都在夜幕之中，窗户里闪亮着万家灯火，像忽闪忽闪的眼睛。远处，还有更高的楼，他们都在寻找那最高的楼。环视一圈，他们终于找到了，在大厦的东北角，有一座顶部伸起两根擎天柱样的大楼，是真正最高的楼宇。

他们站成一排，双手合十，默念着“苍天可鉴，怎可妄言！”接着说出了自己的梦想。忽然，他们都想到吴烨要去别处发展，说不定三人也会不断跳槽，不断迁徙，或许三人很快就要分开。因此，他们约定，每隔几年都来这里相聚。最后，经过几番讨论，定下了规则：每十年聚一次，地点在广州最高的楼里。因为，高度就是他们的目标！

如果不是酒精的作用，关杰不会说出自己的故事。结婚前几日，关杰父母对他说关家自从曾祖父开始一代不如一代，他们希望关杰能重振家门，不希望他是个浪荡公子。关杰的心里却暗自欢喜，他热血沸腾，对未来充满了希望。他看过族谱，自己的曾祖父是家乡的传奇人物。曾祖父一直是他的榜样和动力……

从大厦上下来，他们脚步轻快，很快到了住处的路口。一辆摩托车拦住了他们，两个戴着有“治安”字样钢盔的男人，用极不标准的普通话大声喊话：“暂住证!”他们拿出身份证，被扣下了。几分钟后，一辆盖了帆布的小货车开过来，他们被赶进车厢里。好家伙，原来黑咕隆咚的车厢里，尽是黑压压的人，男女都有，青年居多。

车开动了，几分钟工夫，进到一个黑不见光的大院里，然后他们被一一赶下来。“咯啦——”一声响，大门关了个严严实实。再过几分钟，“咯啦——”大门重新打开，举着长棍的治安队员立在两旁，看着车厢里的人徐徐走进大院，并不断厉声驱赶着。待人员全部走进，大门再次“咯啦——”关个严严实实。

三人因为相识，并不十分紧张。想不到吴烨强调过的“小心查暂住证的”，竟然这么快地让他们撞上了。找里面几个表现平静的“难友”打听，果然进来的都是没有办暂住证的。高大的围墙下、墙根里，全部是影影绰绰的人，耷拉着脑袋，或蹲或靠；有的惶惶不安，有的面如止水；有的低声啜泣，有的咧嘴傻笑……更多的人开始递给门卫室一些钞票，借用他们的电话打电话或是呼机。过了一会儿，就有人来交费、办证，接人离开。

“要是没有人来接呢?”

“无业游民，遣送回老家!”

“如果连身份证都没有，就送去垃圾场刨垃圾，或是去石场搬石头！”

听来的三句话，让三人大为紧张。刚刚说出来的豪言壮语还在耳边回响，他们无论如何也不能这样回家。

关杰拿出攥在手心的字条，那是吴烨给他们的“保命符”，上面有一串的阿拉伯数字。循着亮光走向保安室的窗口，他学着别人，递进去三张十元钞票，说：“借我打个呼机……”

第二章

上

谁来接他们出去呢？这个接他们的贵人一直没有出现。

吴烨在别处，能很快地赶来吗？还是他托付给了其他熟悉的人？对门的女孩？怎么联系得上？除了黄小峰心存期待，关杰和卢强早已经听信了吴烨的告诫，把她当成堕落和懒惰的女人，每次见到她都是冷眼相对，极不友好的目光里充满了鄙夷。这么充满敌意的人，她怎么会来搭救？这简直是天方夜谭。其实，早从每次回来时那“咣当”的关门声，就可以听出她应该早就希望他们离开得远远的。这次，治安队终于“帮了大忙”。

院子里的人越来越少，看来抓进来的人，大部分有企业雇用，或是有亲友老乡投靠。剩下的，被遣送回原籍的可能性大增。

都说“东西南北中，发财到广东”，却不知广东会如此惊险。想想那三家面试的企业，三人竟没有一人记得电话，给保安室报个企业名称，没有一个治安队员听他们理论。渐渐地，月亮躲进云层，懒得陪着他们熬夜了。

广东国际大厦的楼顶仍然在闪耀着深蓝色的光辉，离他们无比遥远，老家远隔万水千山，却仿佛近在眼前。

为了缓解大家的恐惧，黄小峰说："我来讲讲黄村第一代闯广东的幺叔吧？他可真是个人物。不过，那个时候，大家都叫他黄幺狗。"说到"黄幺狗"，他哑然一笑，感触颇多。

黄小峰清晰地记得，村里第一个来广东寻梦的人是泥瓦匠黄幺狗。黄幺狗是二十世纪八十年代出去的，没有人比他更早。黄幺狗喜欢看报，每次去村里的油坊厂碾米，必拿起《人民日报》细看半日。黄幺狗来广东闯荡，听说先在湛江一个石场搬运石头，后来又开始拾荒。

黄幺狗和他老婆翠儿偶有书信往来，翠儿不识字，便由黄小峰读给她听，回信也是由黄小峰代笔。因为读信和写信，黄小峰知道黄幺狗家里的很多秘密，包括那些他不应该知道的秘密。当然，这些内容，黄小峰都会在读信或写信时"贪污"掉，绝不会出现在口头和笔尖，却已深深地藏在他肚子里。

黄幺狗天生矮小，差不多是个"二等残废"。翠儿却壮硕丰满，皮肤白皙，一连给他生了四个儿子。四个儿子没有一个像黄幺狗，都像翠儿，其实，这也无话可说。村里妇孺皆知，结婚以来，黄幺狗几十年里都在吃老婆软饭的家伙。翠儿一开心，黄幺狗睡在老婆的身上，就像睡在酒店的席梦思大床上。翠儿一发火，黄幺狗就被骑在老婆的胯下，女人拿起洗衣槌一顿猛揍，黄幺狗屁股上全是红一块紫一块的伤痕。

听到这里，关杰笑了，说："可怜的男人，没有钱，就是狗！"

黄小峰笑笑，继续讲述着黄幺狗的传奇故事。

准确说来，黄幺狗离开湖乡的时候，村里刚刚开始实行家庭联产承包责任制。家家户户都在欢天喜地地分地、分农具、分牲口。黄昏时，翠儿找人抬回那条鸭筏子小木船，这是生产队分给黄幺狗的农具。平日里，因为黄幺狗身板小，没力气，只能放鸭子，积攒点工分。现在，生产队分家了，除了按人头分到十多亩责任田，放鸭是他唯一的营生。那天，黄幺狗一声不吭地坐在鸭棚前抽着“圆球”牌的香烟，从早到晚，地上满满一摊烟屎。翠儿一回来就火了，大声呵斥道：“就你蔫，什么时候都蔫！别人家的庄稼都是苗青叶秀，你家的又红又黄，像失了火！”

黄幺狗和翠儿就是这样，一直在吵架，吵了几十年，也没有分出个胜负来，即便分出了胜负，下一场也要重新吵，不会有一方甘拜下风。黄幺狗当时就顶了回去：“威书记强，你找威书记去！”

威书记是村里的支书。黄幺狗说，翠儿是威书记的姘头。

翠儿刚听到这话时，和黄幺狗大干了一架，最后把黄幺狗按在牛屎泥窝里，让他和泥窝里的大牯牛一起游泳。要不是四个儿子在坡上哭哭啼啼，翠儿哪会善罢甘休？爬上岸来的黄幺狗嘴巴里都是牛屎，却没有长记性，照样想顶就顶。

年关一过，黄幺狗嚷着要去广东闯荡。翠儿真是怕了，想找政府来协调。威书记不好找，只能找村里的老师。老校长是黄小峰的爸爸，也是黄幺狗的老师、村里的名流、威风八面的人物。于是，黄小峰的爸爸来了，黄小峰也跟了过来。老校长给黄幺狗做工作，说了半天，也是九条牛也拉不回一头犟驴来。黄幺狗最后十分诚恳地说，农村不是他待的地方，没力气，干不了庄稼活，以后四个儿子还不是要饿死？俗话说，树挪死，人挪活。他是个有办法的人，现在政策好了，得出去闯闯。

卢强听到这儿，打趣道："黄幺狗没被遣送回家吧?"

黄小峰说："当然。"又立马改口道，"天知道。都是些小事!"

黄小峰说，记得他出去了三年，第一次回到家里，是腊月底，小年刚过。黄幺狗走在村道上，人看起来更黑了，却很精神，拿一包"双喜"的过滤嘴香烟，给村民发烟。翠儿在离他一米开外的地方跟着，提着他的黑色手提包，笑嘻嘻地对着大家打招呼。发完烟，回到他家矮塌塌的砖瓦房里，当天夜里，就传出了摔盆子砸玻璃瓶的巨大声音。左邻右里都以为夫妻俩多年未见，此番回来，干柴烈火，烧得山响，动作大点也正常。后来，翠儿开了门，坐在门槛上大声号哭，众人才发现不对劲儿。

翠儿披头散发，嘴角边满是泡沫，她说："黄幺狗在外面找女人了！黄幺狗在外面找女人!"

围观的人站满了禾坪，黄幺狗的小儿子居然拿出一个"双喜"烟盒，给大家发过滤嘴香烟。发烟还不算，还一个个点上火。围观的人抽着烟，不料过了一会儿，那些香烟都"啪啪"炸响了。原来那小子在香烟里装上了鞭炮，直把那些看热闹的人炸得手指流血，嘴皮浮肿，几天里都只能一颤一颤地说话……

关杰和卢强听得哈哈大笑。黄小峰说："你想，老有人来家里围观爸爸妈妈的丑事，小孩子的心，都碎了。"

自然，老校长又来救场。老校长严厉地批评着黄幺狗，说广东是个花花世界，去了外面不争气，还花花肠子，你哪来的钱，磕了牙卖？

俗话说，男服先生女服嫁，黄幺狗还是很怕老师的。黄幺狗当时就低着头说，以后不出去了。

老校长很有面子地走了。黄幺狗果然说话算话，年后没有出门。春社一过，黄幺狗请人盖房子。先把自己小泥房拆了，在老宅基地上挖墙脚，打硪。打硪是很辛苦的活，那天一直打到半夜。他家门前大槐树上的汽灯，像个太阳，把方圆几百米的地照得如同白昼。打硪前，大家都看到翠儿在河沿码头上洗鸡、鱼、鸭肉，从东排到西，摆满了三米多长的预制板。当时，那些开膛剖胸的鸡鸭鱼，在河里被拖着，洗着，把河水都染红了半边。

打硪的人是黄幺狗请来的乡里乡亲，个个身强体壮。开硪仪式当然由东家当主角，只见黄幺狗腰系草绳，额缠红带，对着石硪喷出一口密集的水珠，高喝一声："起硪——！"石硪周围的十八个壮汉一齐用力，沉重的石硪被瞬间抛起，又迅速落下！黄幺狗还唱起硪歌，引发众人哈哈大笑。

石硪着地的"扑扑"闷响和高亢的打硪歌交织在一起，让整个黄村沸腾了。那一夜，湖乡几个村子的人都来到打硪现场。

半年后，黄幺狗盖起了黄村第一座两层小洋楼，蓝色的屋脊上有一对黄色的二龙戏珠，高过了树杈，在阳光下闪闪发光，在村里特别扎眼。

那年底，黄幺狗给大儿子买了一台手扶拖拉机，这是村里第一台自有的机动车。接着，又娶进了大媳妇，也是邻村里村花级别的俊俏姑娘。那些天，二层小洋楼里，一台录音机经常放出最大的声响，那是一首粗犷豪放的歌，声音有些沙哑，却十分动听又熟悉："我曾经问个不休，你何时跟我走……"

那歌唱得就像是一种示威，实际上，已经没有人喊他"黄幺狗"了，全是称"幺叔，幺叔"了，甜甜的，毕恭毕敬的。

过完年，黄幺狗又走了，他挤上了南下的绿皮火车。这一次，翠儿没有请人来做老公的思想工作。以后，时不时地，来到小学，她有些不好意思地问："有你幺叔的信吗？"或是，"老师，帮我写封信给你幺叔好吗？"

关杰说："好一部激动人心的成功故事，要是黄幺狗赚不到钱，哈哈哈……"

卢强说："关杰，你别打断。我现在想知道，黄幺狗再下广东，去干什么了？"

黄小峰说："黄幺狗这次没那么好运。他去了广东佛山，用火车皮倒卖瓷砖，吃差价。结果被人骗了，货款收不回来，背了一身的债。他真正唱起了《一无所有》！"

关杰说："那后来黄幺狗翻身了吗？"

黄小峰摇了摇头："我怎么知道？"

那些年，黄村的农民迎来了又一次的大辉煌，家家户户开始培育水稻杂交种子，收获后，将这些种子留下一小部分自用，大部分卖给外乡农民，价格非常高昂。因此，农民靠种地致了富，村里的楼房也渐渐多了起来。黄幺狗的四个儿子都长大了，成为家里的主要劳动力，完成家里十多亩的责任田已是绰绰有余。靠倒卖瓷砖折戟而归的黄幺狗，天天拿着泥瓦桶，在自己屋后砌墙。奇怪的是，他也不是在盖屋，哪怕给猪盖个屋。他压根儿就是闹着玩的，墙盖起来，盖到三米多高，他却推倒，推倒了，重新砌，砌到三米多高，又推倒。翠儿不再骂他，都是默默地支持，觉得这男人有心眼，估计在下一盘很大的棋，看不懂，莫吱声，免得干扰棋手的思路。直到有一天，黄幺狗接下来邻村第一单盖楼房的生意，村里人才看懂了黄幺狗的这盘棋。

种田本来就是个闲差事，一年十二个月，下种、插秧、灌溉、除虫、收割、卖粮、储仓，忙三个月，已是足够。加上化肥农药的普及，又省去许多的人工。农闲之时，男人女人没事干，先是男人搓麻将，女人围观，后来男人女人都各搓各的麻将，回到家里便是争争吵吵，打架打娃骂爹娘。只有黄幺狗一家子，俨然湖乡里的一个建筑小分队，农忙时干农活，农闲时给人盖楼房，忙得不亦乐乎。那个时候，村里最滑稽的画面就是拿着大哥大打电话的黄幺狗……

关杰说："这黄幺狗真是个人才！"

卢强也说："人大长身，人小长心！"

黄小峰说："黄幺狗要是甘心做一个泥瓦工，那么他就不是黄幺狗了。北京亚运会那一年，黄幺狗唱着《亚洲雄风》，再次来到广东。他说，在哪里摔倒就要在哪里爬起来。"

"我们亚洲，山是高昂的头；我们亚洲，河像热血流……"三人哼着这首老歌，看着玫瑰色的夜空，心里若有所思。

"黄幺狗现在在哪里？"

"你们猜猜。"

黄小峰不再说话，关杰和卢强也陷入了沉思。是啊，对比黄幺狗，三人真是"太幸福"了。头一次来到广东，能靠着吴烨的指点，来到人才市场找到工作。现在，虽然进了治安队的大院，也还有一张"保命符"护着安全。时代的发展，把中国变成了一个村，五湖四海的人，在这里成为邻居，或是同事。走在大街上，和你摩肩接踵的人，他的家乡和你的家乡，或许隔着万水千山。像这院子里的人，虽然陌生，实际上在相互温暖。他走近那个蹲在地上一直低声啜泣的女孩，用手轻轻碰碰她微微颤抖的肩膀，问道："小妹妹，为什么哭？"

女孩看着他，好久才说："我拿了妈妈的钱……找了三个月的工作……我、我没脸回家！"

黄小峰说："别怕，我们不回去！"

女孩子猛地站起来，抓住他的手，激动地说："怎么？大哥，你有厂来接你出去？你带我出去？真的吗？"

黄小峰看着这个女孩，点了点头。在微弱的光线下，女孩神色慌乱又迷茫，仍遮掩不了她的秀气与任性。

其实，黄小峰省去了一个细节，就是他的亲哥黄大峰盖的房子，外墙上光亮光亮的瓷砖，全是黄幺狗从广东发回来的正品货。黄幺狗一生盖了四次房子，每隔三五年就推倒重建一次。黄大峰在黄幺狗第二次盖房子，就是黄幺狗第一次盖三层洋楼的时候，负责给黄幺狗的瓷砖车卸货，发现了那一车一车的如珍珠般的宝物。黄幺狗的瓷砖堆在马路边，黄大峰一夜搬几箱，断断续续搬了半个月，自己的猪圈就塞满了。他盖上一些皱巴巴的塑料布，连猪也不养了。十年后，黄大峰的房子贴了和黄幺狗家一模一样的瓷砖，两家斜对着门，左右邻里一看，都说是黄幺狗送的。黄大峰和胖脸嫂不置可否，脸上白一阵红一阵，吞吞吐吐地"忍"了三年。等到黄幺狗推倒重建自己的新式小楼，换了时兴的外墙瓷砖，黄大峰夫妇才敢吹嘘自己的房子的外墙瓷砖如何如何，像珍珠一样泛着亮光，真是讲究。

中

黄幺狗的故事带来了一股清流，大家不再慌张，更对接他们的贵人的到来充满向往。黄小峰四人围坐成一圈，每一双眼睛都放着亮光，每一个脸颊都泛出光彩。每有大门打开，便有人笑逐颜开地走出去。

女孩有一个很浪漫的名字，叫梁可欣。爸爸妈妈叫她欣儿，欣儿是家里的独苗儿，父母的心肝宝贝。可欣来自四川，这地方让黄小峰感觉十分陌生和遥远。诗云：“蜀道难，难于上青天。”可欣说，她坐了两天两夜的火车，才从家乡来到广东。她来广东寻找她的男朋友，因为父母的反对，她的男朋友赌气离家出走，听说来到了广东，发誓要混出个人样来，以后才有资本娶她回家。可欣说，她男朋友是个孤儿，靠吃百家饭长大，聪明、勇敢，是世界上最帅气的人。

三人不禁唏嘘，原来，每一个来广东的人都有一个梦想，那么明确，那么现实。广东，真是一个神奇的地方，只要你投身其中，就能找到赚钱的机会，只要不断努力，就能圆你所愿。

月亮已经沉下去了，国际大厦的尖顶披上了一层轻纱。三人想着自己在楼顶上立下的宏愿，不禁心生欢喜。一旦想到家乡的亲人，又不由心生出万端的牵挂与哀怨的情思。黄小峰想起离家那天，黄村老木匠的女儿李嘉慧穿得很漂亮，泪眼婆娑，不停地向他摇手，娇羞羞地说“再见”。

老木匠是聪明的，他一直在为自己的独生女儿物色对象。他有软肋——没有儿子，他渴望有一个“亲孙子”，他要选一个良婿，还要不将就。他设计了一个折中的方案，希望未来的女婿生的第一个儿子必须姓李。自此，老木匠做梦都笑醒，不然他不敢向老校长开口，那会招来啪啪响的大耳刮子。老木匠看着黄小峰长大，经常看着小时候的黄小峰在河沿肉菜码头上洗毛笔，羡慕不已。老木匠中意自己的一身蛮力，又痛恨自己只有一身蛮力，他喜欢文化，喜欢墨水。尽管他一辈子里唯一做的与墨水打交道的事情是弹墨线，但他认为那是对墨水的浪费，不亚于犯罪。一瓶墨水，要写多少文章啊，就让他“啪”的一下，一拉墨线就糟蹋了。他察觉到了老校长家里的变化，觉得捕获潜力股的机会到了。黄李两家相隔七八家，平日里知根知底。在黄小峰的眼里，李嘉慧是书中的静女，极少高声说笑，是典型的贤妻良母。李嘉慧看黄小峰，则是一个不合时宜的“乡村秀才”，两手拿不住三个稻秧把子，可怜兮兮，又十分可爱。老木匠深知丑女不可贱嫁的规矩，他绞尽脑汁，请人出来兜兜转转，让老校长来上门提亲。来到广东后，黄小峰收到李嘉慧的第一封信，令他又惊又喜，李嘉慧居然写着满满一页的娟秀小楷。黄小峰忍不住回信，聊了一大堆什么打工、扫大街、睡桥洞等新词汇，让李嘉慧目不暇接，感觉到陌生又害怕。李嘉慧打来电话问个究竟，黄小峰滔滔不绝地讲着，让他充满了成就感。

在黄幺狗的感召下，湖乡越来越多的男人开始外出闯荡。因为培育水稻杂交种子给村民带来的高收入只是昙花一现，邻村很快效仿，邻村的邻村也开始了更大规模的种植。大家掐指算算，大吃一惊，发现靠土里刨食的庄稼人，面向黄土背朝天，干个十年，不吃不喝，也盖不起黄幺狗那样的房子。

黄大峰已到了人生的中年，住在一个矮塌塌的泥瓦房里，正房住人，厢房圈猪系牛养牲口，屋里臭烘烘的，真不像个成年男人的家。其实，这也不丢人，大家都这样。大家都这样也无所谓，只要你能忍。但胖脸媳妇脾气暴，像蜂王，常常搓了麻将回来，小两口闹得爬墙上瓦，被村里人大看笑话。在黄幺狗盖小楼的第二年春节，上九日还没过，胖脸媳妇怨黄大峰错把三万当成二万出了，硬在他的脸上用指甲犁出了三道“红蚯蚓”。是可忍，孰不可忍？黄大峰觉得再也不能忍，好歹他是读了书的，身板也比黄幺狗高一截。夜里，他安静地收拾了几套旧衣服，跟着湖乡的其他人一起挤上了去广东的绿皮火车。

大家听说黄幺狗刚来广东是到石场搬石头，所以都找搬石头的活。后来又听说黄幺狗拾过荒，便又都开始拾荒。这两样，黄大峰都干过，但都没挣到钱。一个地方，石场就那么几个，来搬石头的人越来越多，一个比一个腰圆膀子粗。老板精明，尽量选力气大又听话的工人，黄大峰很快被淘汰。拾荒更不是他干的活，平常翻垃圾捡塑料瓶，收获真不大。后来才知，大家都是“鬼子进村”，摸到人家里，半偷半抢，连正煮饭冒气儿的高压锅也端回来，揭开盖，对着地上一扣，倒出饭来，一脚踏瘪了，拿去卖钱。这在黄大峰眼里，可是伤天害理的事情，以后遭雷劈死也不为过，所以他坚决不干。

有一次，为头的说，找到了“肥活”，叫大家白天休息，养足体力，然后三更做饭，五更出发。这一单，赚足了，一年不用干活。天蒙蒙亮，一伙男女鬼鬼祟祟地来到一个工地，掀开厚厚的油毡布，用双手拖着手腕粗的钢材往回狂跑。

黄大峰傻了，他又惊又怕，站在远处一动不动。

突然，几声狗吠，几十名保安举着棍棒，像一片黑云飞奔而来，立刻就罩住了工地。扑扑嗒嗒的脚步声，震得工地摇摇晃晃，吓得人魂飞魄散。

除了黄大峰其他人悉数被擒，为头的遭到一阵猛揍，送去了看守所。

黄大峰因祸得福，他成了保安中的一员。

稳定下来的黄大峰开始给家里写信，全都是他孩子收。胖脸媳妇也不在意，自个儿写好了回信，再签上孩子的名字。信封里还捎上女人一张大大的彩色半身照片。

李嘉慧听说黄大峰的工资是八百元一月，心里就开始痒痒了，这可是黄小峰当民办教师近半年的工资。这个数真不少，不吃不喝，积攒两年，能盖起黄幺狗那样的楼房。李嘉慧还听胖脸嫂说，她家里马上要装电话了，因为黄大峰已经有了寻呼机，只要电话一拨，马上就可以找到人，与他说话。

兄弟妯娌之间总是喜欢攀比的，生怕谁超越了谁。李嘉慧还没过门，就把绳子攥得紧紧的，生怕两年后，黄大峰回来了，要盖新楼。这两兄弟合住的旧屋肯定要拆掉，那时，他们没有钱盖楼房，怎么办呢？

两年后，黄大峰回来了，他黑黑瘦瘦，不像有钱的样子，也没有提到盖楼房，他说，要学黄幺狗去做建材生意。

原来，黄幺狗已经重回广东，继续做他的瓷砖生意。他在佛山进货，然后销往全国各地的大小工地。

黄大峰没有做瓷砖生意，而是又到了广东一个小县城租了一个小铺。他以批发价购进几块玻璃，再用玻璃刀分割成小块，给城里人装在窗户上。

其实，黄家还有一个堂叔黄大狗一直在广东拾荒，他是黄村出了名的老实人。在黄幺狗盖起小楼第二年的春社上，他倾听着黄幺狗南下的讲述，第二天也南下，一直没有回来。

“对门的——湖北的，出来呀!”一个熟悉的声音在外面响起，仿佛还有猫咪叫了一声。

黄小峰大喜过望，他右手在地上一撑，左手在空中画个圈，猛地站了起来，往门口的铁门跑去。

“吴烨来了?”

“吴烨来了!”

其他二男一女如一溜烟，也很快赶到了。

“咯啦”一声，门缓缓地打开了，不见吴烨，却是对门那个女孩。一袭宽大的青色连衣裙，头发挽起，宛若一位贵妇。白色的猫咪在她怀里，伸伸舌头，舔舔嘴巴，懒得动弹。她后面是辆黑色小轿车，打着双闪。一个油光水滑的矮胖男人下来了，穿着红色的篮球套衫和篮球鞋，梳着大背头，伸出一只厚如熊掌的手，与他们一一握了握。大背头脸上始终带着微笑，当握到梁可欣时，两眼放出光来打探，问道：“靓女，四川的吧?”

可欣有些感激地看着他，点了点头。

“好了好了，办正事!”阿湘语气充满了威慑与嘲弄，“在你何总的字典里，美女都是四川的，是不是?”

“不对不对，美女都是湖南的!”何总笑了，两片厚厚的嘴唇显得特别肥大，眼角的鱼尾纹又深又长，快要拉到嘴角。

接下来，由何总带着四个人去窗口交钱。他把自己的证件交进去，里面的人问：“何万富？你是法人?”何总说：“我是法人。”证件递回来，何万富收了，再带着他们办暂住证，每人另交了二百元的罚款。何万富流利地说着本地话，还说出了村里干部的名字，以及在两天前在哪里一起吃饭，等等。这让窗内的人肃然起敬，特意递了一杯茶水出来。在何万富报出他企业厂名与职务的时候，特意用普通话重复了一遍："富达服装厂董事长，请多多关照。"

办完手续，已是半夜十二点。四人上了何万富的皇冠轿车，说着感激不尽的话语。何万富说："不客气啦，都是阿湘的朋友，这点忙，还是要帮的啦。"

关杰接过话头，说："何总真是仗义！谢谢何总，欢迎有时间去我们湖北做客啊！"

何万富哈哈一笑，说："湖北湖南，两兄弟哦！武汉我去过，晚上没有灯，好黑的！"

梁可欣问："何总，您去过四川吗？您的厂在哪里啊？还招人吗？"

何万富说："在旧水坑啊，好小的一个厂，正缺文员呢。你要是不嫌弃，明天就可以去厂里做工！你是阿湘的朋友啊，不看僧面看佛面，不收也得收啊！"

梁可欣三呼万岁，从座位上跳了起来，不迭地说："感谢何总！感谢湘姐！"

何万富用眼睛的余光看着身边的阿湘，阿湘淡淡地说："怎么？还有三个男人啊？都收了！"

何万富举起双手，在方向盘上轻轻打了一下，笑着说："听阿湘的，都收了，都收了。只是怕他们不做啊。三位一看就是文化人，打包扛包的活儿，干吗？或者，当司机、做保安，任你们选择啦……"

一车人说着话，车停了，外面竟传来歌声。

何万富说："大家都是阿湘的贵客，第一次见面，没有什么好招待的。时间又这么晚了，只能在露天卡拉 OK 摊唱唱歌啦！"

大家从车上下来，只见在马路边，露天下，一只带帽的灯泡，在黑暗里亮起一地黄光。一台电视机和两个音响放在一台用铁皮制作成的小推车上。推车后面，一名青年男人坐着播放磁带。电视机周围，聚集了一群俊男靓女驻足围观。不时有建筑工人和厂里下夜班的男男女女走过，停下来，拿眼睛瞟一眼，笑一笑，又走开，那一顶顶安全头盔，还严严实实地戴在头上。手握麦克风大展歌喉的，正是一对情侣，看来都是附近工厂的人。女孩拿着麦克风，一会儿移到自己嘴前，一会儿移到男友嘴前。她身穿横条纹上衣，系着红领巾一样的纱巾，齐眉的刘海下，一双水汪汪的大眼睛，满是羞涩和快乐。那男孩留着刘德华式的偏分发型，只是头发有些长了。他穿着洁白的文化衫，勾着腰，好保持同女孩一样的高度。他一只手搭在女孩的肩膀上，看着电视屏幕，十分投入。

"村里有个姑娘叫小芳，长得好看又善良。一双美丽的大眼睛，辫子粗又长……"在空旷的夜空下，这声音温馨、甜美，给离家的游子一种难得的慰藉。

何万富拿着大哥大，也下了车。他远远地坐在一张有靠背的胶椅上，又把邻近的另一张大胶椅往身边拖了拖。他跷起二郎腿，习惯性地拿起大哥大，往右耳贴了贴，却没有说话，又拿下来，放在小腹上。"何总——"一个灰衣的中年妇女尖叫了一声，急忙来到他跟前，点头哈腰，不停地说着："何总好，何总好。"很快，那只翘得高高的黑皮鞋上，已经被妇女麻利地盖上了一块黑色的布巾。妇女伸出两手，揪住布巾的两头，快速而又轻柔地来回拖动。

何万富用大哥大指了指前面的一张小圆台，招呼大家在胶凳上坐下。

擦皮鞋的妇女蹲在地上拼命地劳作，电视机旁的年轻人也来到了何万富的面前，问他吃什么唱什么。何万富朗声说道："有什么好吃的，尽管上，都是老友，第一次来。"又扬起一张纸，轻轻地对阿湘说："阿湘，点吧，点吧，要不，老节目？"

阿湘一手挽着她的猫，一手看着歌单，不置可否，许久没有说话。

四人旁的小圆台上，很快摆上了一盘盘瓜子、花生和糕点。大家听着熟悉的歌，兴致高昂。马路对面，是几家挨着营业的发廊屋，现在仍灯火通明。发廊屋的墙壁，贴着条形的白色瓷砖，门和窗都是铝材玻璃。在两扇窗玻璃上，贴着同一张大头半身海报，海报上，是一个穿着牛仔短裤的外国女孩。那两扇门，只开了一扇。一个长发披肩的年轻女子靠在门沿上，正站在那儿，穿着紫红色花格子的短裙，颇为诱人。要不是她举着夹烟的手，用嘴巴不断地对着这边吐烟圈，你或许会把她看成一张海报。这些看得路过的男人不断扭头，嗓子仿佛冒起了火。

不知何时，阿湘出现在电视机前面，她拿着一支麦克风，唱起了歌："我从山中来，带着兰花草……"

何万富老是跑调，不时引发下面围观人的哈哈大笑，更有不少人起哄，叫他快点下来。阿湘窘得跑了下去，和大家坐在一起。何万富偏不肯交出麦克风，叫人放了一遍伴奏，扯着喉咙又唱了一首。

何万富正想丢掉麦克风，梁可欣端了一杯茶上来，递给何万富，拿起麦，彬彬有礼地说：“各位朋友……”

“谁是你朋友啊？下去下去！”下面的男青年不依不饶。

梁可欣看着他说：“俗话说，四海之内皆兄弟，有缘相会就是朋友啊。”

下面响起了哗哗的掌声，没有人起哄了。

梁可欣继续说：“各位朋友，我刚刚来到广东。而且，刚刚从治安队里出来。”说到这里，她有些动情，声音低沉，流下了眼泪。她顿了顿，擦了擦眼泪，继续说，“要不是这位老板——何总……他和我素不相识，真的。要不是何总领我出来，我可能就要回老家。我不能回去，我来广东，要找到一个人。现在，我要唱一首歌，希望他能听到，尽快来找我。我也借这首歌，感谢何总，他是我来广东后，遇到的第一位贵人。何总，祝您好人一生平安！”

下

对于中天公司的早餐，黄小峰出奇地喜欢，这种喜欢，好像与生俱来。

煮饭的阿姨阿彩四十来岁，皮肤灰黄，毛孔粗大，来自韶关。她待人热情，喜欢张开嘴巴笑，毫无掩饰地露出两颗大龅牙。

黄小峰来得早，或许是皮肤黝黑的缘故，阿彩与他的话特别多。阿彩谈天谈地，告诉黄小峰很多公司里的秘闻。譬如，麦总不过是个小老板，天天坐在公司里抠字眼，改标点符号。大老板叫陈小明，长得很帅，很会唱歌，一首《我的中国心》，征服了全广州的夜场卡拉 OK，因此有“广州张明敏”

的雅号。黄小峰听到老板是文化人，开心了，连连说好。阿彩停顿了一下，压低声音，指了指外面，说：“好？不好，不好，花，花得很呢！”

进饭堂的人越来越多了，阿彩话锋一转，表现出一副愁眉苦脸的样子，不断向黄小峰诉苦，说她的两个孩子没学上，她不会教，老公在一家摩托车厂做搬运工，天天加班，也没时间管孩子。看来两个孩子真是废了……

黄小峰教过一年的书，顿时动了恻隐之心，说：“这个不怕，我可以给孩子们上课。”

上班后，黄小峰第一次见到电脑。这个日日在收音机和电视机新闻中说到的东西，终于在他眼前显露了真身。那年高考后填志愿，班上很多同学都填了计算机专业，他知道自己的分数离录取线还差几分，但内心还是对计算机无比向往，只是听从老师的意见填了一所政治相关专业的学校。老师说：“你是全市的高考政治状元，如果有学校侥幸录取你，就是它了！”结果毫无悬念，他没被任何学校录取。

麦总走了进来，戴着一条红色的领带，脸上满是严肃，和在人才市场时判若两人。

“黄校长，摩托车厂开业，马上要写一句广告语。哦，哦，不是一句，是一百句。今天下班前，交上来。记住了吗？”

扔下这么一段话，麦总就离开了。

黄小峰坐下来，在笔记本上一笔一画地写着句子。一句，两句，三句，他一连写了十多句，思维开始乏力。真没想到麦总会要一百句。

中天公司的办公室不大，上下三层，二百多平方米。上层是饭堂，中层是两个老板的办公室、财务部、电脑设计部，下层是前台、接待室、会议室、客户部和工程部。部门之间，都是用铝材玻璃间隔，玻璃上贴了塑料薄膜，全然看不清里面的摆设和人物。公司只有两台电脑，在办公的区域，每一层楼放一台，下层的电脑放在客户部，是制作合同使用的，据说非常低档。中层的电脑设计部放了一台，是电脑设计师们的共用电脑。三个电脑设计师，加上黄小峰，据说是中天公司薪水最高的人。其实这三个人，还不算是中天公司真正的宝贝，他们面前的电脑才是。每当黄小峰走过，都有人叮嘱："小心电脑，坏了赔不起！"电脑设计师也不能随便使用电脑，必须先手绘好设计图，交给麦总审核过关了，才可以坐在电脑面前，插入光盘，从图库拷贝出相关图片，才能开始设计。那些设计软件全部是英文版，黄小峰只会用打字的软件，还得益于他在老家时的经历。乡里有一台能打字的电脑，黄小峰在开会的间隙里去那里学过几招，这或许成为他低学历就能进入中天的关键筹码。

电话铃响了，旁边的女设计师拿起话筒，放在肩膀上，侧歪着头，压着话筒"喂"了一声，然后很不情愿地叫了一声"校长"，语气里满是嘲弄。

"写了多少句了？"麦总的声音很着急。

"十多句了。不过我觉得有一句很不错。广告语只是采用一句，也不需要一百句吧？"

"一百句吧？我说了算！谁是老板？说了一百句就是一百句，你听不懂吗？我们做文案的要有两样本事：一是有将一部长篇小说缩成一句话的本事，二是将一句话扩成一部长篇小说！OK？”话音未落，麦总挂了电话。

“OK！”黄小峰轻轻应了一声，被噎得面红耳赤。他不知道麦总怎么会如此震怒，他第一次跟着别人说出英语，像是受气包，再一次受到了侮辱。

其他设计师习以为常，像没有事情发生过似的。

电话铃又响了，没有人接。黄小峰走过去，接起电话，果然是麦总。

“另加一个单张的文案，到时候要拿到街上去派的！”几秒钟说完后，麦总又挂了电话。

黄小峰倒吸了一口凉气。不一会儿，他就文思如泉涌，走笔如飞龙。但马上又筋疲思竭，强迫自己冥思苦想。这感觉，就像一个青年，对着他不喜欢的女人，尽着男人的义务，却不能敷衍，因为女人很爱他，如胶似漆地缠着他，欲望持续而猛烈，没完没了，如燃烧不熄的火焰。当他完成一百条广告语和单张文案的任务，把一沓纸放在麦总办公室的桌上时，他把铅笔一折两段，狠狠地摔打在地上。

走出公司，黄小峰发现公交车停运了，只能缩回来，一屁股坐在前台后面的椅子上，疲惫不堪，却毫无睡意。

他不知道关杰和卢强怎么样了，反正自己这一天过得真是刻骨铭心。想想一个月一千五百元的工资，他又像打了鸡血一样，看着公司里的一切兴奋不已。

第二天一早，他去城中村里的话吧打电话给李嘉慧。黄村的电话先到湖乡街上的邮局，由邮局的老头下村传话叫人。湖乡的早上，赶集的人特多，李嘉慧很快过来了。她即便是有满腹的话语要说，也先是强忍着。

邮局的老头摇摇头，对李嘉慧说：“别浪费时间了，电话费很贵啊！”李嘉慧只说了一句就把电话挂了：“小峰，别打电话了，写信吧！火车不好挤，过年就不要回来了！”老头看看手表，笑着说：“哎呀，一分零五秒，再多说几句啊！”

吃过晚饭，大家都下班了，阿彩果然带来了一群八九岁的孩子，一人拿一本书，叫黄小峰“老师”。黄小峰数了数，一共十一个，顿时吓得不轻。

阿彩有些不好意思地说：“我只有两个孩子，其他的都是中天公司外来工的孩子，还有我老公摩托车厂的。这些孩子，上不了学，一天到晚鬼疯，刚才还在路边看卡拉 OK。前些日，新华书店开张，我把他们带去了几天，现在他们又厌倦了，都不想去了。孩子们，快叫黄校长啊！”

“黄老师好！黄校长好！”孩子们一起叫起来，脆脆的童音虽然不甚整齐，但洋溢着惊喜和快乐的情绪。

黄小峰整日被人叫着“阿峰”或“校长”，还真有些不习惯，特别是听到“校长”二字，那语调充满了质疑，让他觉得很不舒服。一年的教书生涯，让他对孩子们纯洁的叫声受用不已，并乐此不疲。

孩子们在会议室坐了下来，望着他，噘着小嘴，目光里满是渴望。在黄小峰眼里，这目光就像是久旱的大地对云朵的渴望，也像是微微绽开的花骨朵对阳光的渴望。

这是黄小峰上得最顺畅的一堂课，孩子们没有交头接耳，没有打闹争吵。大家都很努力地按照他的指导学习。

下课时，孩子们一个一个走出会议室，最后一个小女孩走到门口，停住了，她望着黄小峰，轻声说：“黄校长，黄老师，我可以对您说句话吗？”

黄小峰俯下身来，把耳朵凑到她的嘴边。

然而小女孩并没有说话，只是用两只小手握了握黄小峰的大手。

那小女孩咯咯地笑了，前面的孩子们围过来，手拉手，围成一圈，快乐地舞蹈起来，他们一起唱起来：“我们有老师啦！我们有校长啦！我们上学啦！”

一连几天都是这样，充实又疲惫。黄小峰有些纳闷，中天公司容忍了他在上班时间办学。阿珍是管行政的，相当于老板的大管家，每次见到他，都是礼貌地笑笑，没有对此事提出一言半语。麦总只是安排并催收工作，不过说话的语气过于霸道，让黄小峰好几次想发火，但最后硬是咽了回去。

一天中午，麦总叫他，语气有些客气，这让他大惊失色，又惴惴不安。麦总带他来到大老板陈小明的办公室，听候工作安排。

陈小明果真是“广州的张明敏”，大背头发型，藏青色西装，红色领带，皮鞋锃亮，气宇不凡，言行举止处处洋溢着浓郁的明星范儿。陈小明并不着急开会，而是带着他观看墙上的照片。那些照片，都是他手持麦克风一展歌喉的风采，或是担任某某大型活动的主持人。陈小明一一介绍照片，这是某某公司大区经理女儿的婚宴，他做主持人；这是某某企业开业庆典，他做主持人；这是市里面的大型庆祝活动，他演唱歌曲《我的中国心》……黄小峰听得五体投地，嘴巴里连连叫着“佩服佩服”。

三人坐下来，陈小明开始泡茶。他对黄小峰说：“黄校长加盟我们中天，真是中天的幸运。”他看了一下麦总，麦总马上俯下身来，做出洗耳恭听的样子，连连点头。

“阿辉前两年做设计，在电脑城一个小铺里卖碟片过日子，还不是加盟中天，做了副总，有了股份，做了老板？现在，多好！”陈小明给大家倒上茶，端起自己的小杯，喝了一口，继续说道：“阿辉，周六下午的客人，事关重大，何总是老朋友，这个庆典一定要隆重。前些天，广告语老是搞不定，好在后来何总选了你亲自创作的‘龙行天下，根在华夏’，算是开了个好头。”

黄小峰看看麦辉，心里纳闷，明明是我想的广告语，怎么成了你的？还要一百条，真是劳民伤财啊。

麦辉面如猪肝，用余光看着黄小峰，警告他不要说话。

陈小明转过头来，看着黄小峰，继续说：“黄校长，你文笔好，又做过校长，是有文化的人，下午客人来了，阿辉只是礼节性地出席。谈判以你为主，好好阐述我们的方案，争取定下来。只要干得好，也可以做我们中天的合伙人。阿辉，你说是不是？”

麦辉点头如小鸡啄米，他说：“是，是，陈总您说的是。请陈总您放心，我一定安排好下午的会议。”

“那就好。”陈小明站了起来，二人就出来了。

黄小峰还在气头上，他跟进麦辉的办公室，说：“麦总，明明是我创作的广告语，怎么就成了你创作的呢？”

麦辉顿时脸色大变，那张蟹壳脸又显现出来。他瞪着牛一样的圆眼睛，抓起黄小峰的衣襟，往上提了提，压低声音厉声说：“书呆子，你以为这是发表文章，要署名权啊？我们是做生意，只要钱不要名！其次，你是我下属，你的成绩，就是我的成绩，都是公司的成绩。记住，要是你拉盆屎，盆子哪天扣下来了，你顶不住，还是我去给你顶，我去给你收拾！我们是一根绳上的蚂蚱，懂吗？我怎么就招了你进来？都怪那个阿珍，工作不多，想法却不少！”

黄小峰、关杰、卢强三人要搬家了，各有各的工作，单位远近不一，都想搬到自己单位附近去住，一是方便，二是可以省下一笔交通费用。阿芬和诚诚有些依依不舍，卢强说：“三个大男人走了，你们安全了，阿芬不必让男朋友来护驾了！”诚诚白了他一眼，说：“唉，到底是男人，一点都不懂女人的心！”阿芬嗔道：“就你闷骚！”说完发现大家都在忍俊不禁地看着她，不由哈哈大笑起来。三人收拾好东西，已经是黄昏，便一起下去吃个告别饭。阿湘就在对面，也一并叫了，来到那家卖田螺的档位。

一群人围在一个桌子吃田螺，有说有笑。卢强说：“这广东人也是好吃的，什么都吃，你们说他们还有什么不吃的，天上飞的，除了飞机；地上跑的，除了板凳。”诚诚跟他较真：“哼，什么广东人？你是广东人吗？”阿芬恍然大悟道：“应该是在广东这个地方，什么都可以吃。”阿湘也搭话：“是啊，所以说食在广东嘛。”

黄小峰对大家使个眼色，大家便一起站起来，对着阿湘举起酒杯来敬酒：“湘姐，感谢你啊，你真是个好人！”

阿湘“哇”了一声，赶紧站起来说：“黄小峰，大家好像是有备而来的，别对我有什么企图啊！”

不等黄小峰接上话，卢强早抢过去了：“湘姐，您这么年轻漂亮，是成功人的楷模，得多提携提携我们。”

阿湘听了，看着他，笑道：“要不要搞个颁奖仪式啊，这么严肃，感觉自己是领导啊。”

关杰也说：“真的，真的，我们挺佩服你，不信问黄小峰。”

黄小峰赶紧岔开话题，说：“老是谈人家湘姐干吗，别以为她是老辣的资本家，实际上她还是个未婚女孩，多难为情啊。我给大家讲个故事吧，很久很久以前，有个名叫谢端的孤儿，很小父母就去世了，好心的邻居收养了他。谢端忠厚老实，勤劳节俭，到了十七八岁的时候，不想再给邻居添麻烦，就自己在山坡边搭建了一间小屋子，独立生活。因为家中一贫如洗，所以他一直没有娶妻。邻居们很关心他，帮他说了几次媒，都没有成功。一天，谢端在田里捡到一只特别大的田螺，认为这是个奇异的东西，就把它带回家，放在水缸里，养了几十天。谢端每天早上去地里劳动，回家却看见屋子里有饭食和热水，好像是有什么人做的似的。连着几天都这样，于是谢端向邻居们询问，邻居们都说不是自己做的。之后，谢端在鸡鸣时出去，太阳刚出来时悄悄回来，在篱笆外偷看，看到一个少女从水缸里出来，到灶下生火，原来……”

“哈哈，田螺姑娘！仙女下凡啊！”大家齐声抗议，只见卢强夹了一个大田螺，放在碗里，双手合十，念叨道：“大慈大悲的菩萨啊，赏给我一个田螺姑娘吧，我也是还没老婆的人啦。”

众人大笑。

阿芬对诚诚说：“这故事不公平，为什么只有田螺姑娘，而没有田螺少年呢？我们诚诚也是单身。”

关杰道：“那还找什么田螺，这下不刚好吗？要不处处试试？”

卢强看看诚诚，诚诚看看卢强，不置可否。

黄小峰说：“男孩子也该主动一下。”卢强站起来，看了看四周，在人家门前的花盆里揪下一朵黄色的菊花来，跑到诚诚面前，单膝跪了，双手举起花，嘻皮笑脸地说道：“诚诚，可以吗？我，我……”

诚诚双手捂着脸，过了一会儿，才知道他是在开玩笑，便接过菊花，扔到旁边的垃圾桶里，说：“还是去找你的田螺姑娘吧。”

众人起哄一阵，便都回到座位，继续喝酒吃田螺。

阿湘一直没有言语，黄小峰的故事让她想到了自己，其实每一个女孩都希望自己是一个田螺姑娘，都希望有一个男孩把她捡走，天天为他煮饭洗衣。她叹了一口气，说：“大家可能有误会，何总是我的舅父，懂吗？我们不是你们想象的那样。”又转移话题：“黄小峰，关杰，卢强，你们三个人的口音真的很像我老家的乡音，听起来很温暖……”

说到这里，她开始沉思，不再言语。何万富年轻时，吃了很多的苦，在码头做搬运工，在金行做学徒。好在他乐于助人，自己也奋发图强，终于有了今天的成功。后来，他离家只身去了香港。在他走后，阿湘的家人陆续罹患重疾，不幸去世。很小的时候，阿湘就成了孤儿，被送去了孤儿院。每到夏天，家乡阴雨绵绵，平日的小水洼都变成了大水坑，地里的田螺爬上来，附着在墙壁上和树干上，仿佛在向人们求救。刚开始，她十分害怕，最后，慢慢地习惯了。在她孤独的世界里，只有田螺与她为伴。有一次，她抓起一个大大的黄色田螺放在地上，田螺居然毫无戒备地伸出了触角，向她爬过来。“田螺啊田螺，你真勇敢！你真的不怕了吗？因为你知道我不会伤害你呀。”她笑了，笑了好一会儿，又哭了。她突然无助地觉得，孤儿院里的孩子都是一个个田螺，他们把自己关在黑黑的壳里，拒绝外面的世界。田螺是孤独的，一个人躲在自己硬硬的壳里，壳里就是全部的世界，那是个什么世界啊，又黑又冷，暗无天日。只有在无人的时刻，才敢伸出壳来，看看外面的阳光，沐浴一下温暖的流水。

她想，每一个田螺都一定有一个梦想，就是哪一天里，能有一个人把它捡走，让它卸掉那个坚硬的外壳。如果没有哪个男孩捡走田螺，田螺真的不要做田螺了……

第三章

上

早上，黄小峰围着小区跑了几圈，出出汗，心情大好，他看到小区的兰草真多，一片一片的，只是兰草花开放得稀稀拉拉，不知何时会迎来盛期。他愈发想念老家门口的那些兰草，或许它们是一家子呢？在村小教书时，他曾经写过一组《兰草花》的散文诗，斗胆向香港的报纸副刊投稿。那是一个香港武侠小说风靡内地的时代。李嘉慧知道了，并没有看诗，只以为会赚到港币，兴奋得呵呵笑。

这时，阿湘抱着白猫，远远地看到了他。她说道：“黄小峰，这么早就起来看兰草花了？”黄小峰笑道：“这花早上最好看了。”阿湘“嗯”了一声，套了绳子，放下白猫。黄小峰说：“湘姐是养花的专家了，知不知道我们老家有一种兰草，冬天开花，白白的，像蝴蝶一样……”

阿湘扭过头，笑道：“湘姐？你多大？”黄小峰报了年龄，阿湘一本正经地嗔怪道：“以后不许叫湘姐！你比我大呢！我姓丁，叫我小丁或阿湘吧。”黄小峰有些不服气，因为阿湘并没有报出年龄来，他争辩道："我们公司里都把上级叫哥。"阿湘"扑哧"一笑，反问道："什么公司？黑社会啊？"她咯咯地笑起来，那声音真好听。看着黄小峰有些尴尬，她便装起十二分的娇羞说："又是姐又是专家，两个大帽子吓死人了。"她顿了顿，"叫我阿湘就好了。你说的兰草，我当然知道。小时候，在孤儿院，那里什么都不好玩，一到冬天，所有的树木都掉光了叶子，只有兰草是绿的，一窝一窝的，长得非常茂盛。所以，我最喜欢的，就是兰草，下雪的时候也开花，真是给人希望……"

麦辉为了准备周六的谈判会议，举行了多次预演，他使出了浑身解数，让黄小峰表现得尽善尽美。最后，他看了看黄小峰，叹了口气，说："就怕何总那边来的人叫你说广东话。"

这句话正中黄小峰的软肋，差点让他冒了冷汗。都说广东人天不怕地不怕，就怕要说普通话。其实，外地人也何尝不是天不怕地不怕，就怕说广东话呢？特别是长江以北的人，几乎没有几个会说广东话的。

黄小峰只得整天提着一台小录音机学广东话。阿彩诧异得有些夸张，她见过很多外地人张口能说广东话，却没有见过有人学广东话，这生来就会的语言需要学吗？真是奇怪，就像她一个广东人也会说普通话，从来没学过，都是在菜市场，在公司，听那些普通话，听多了，再对对舌头，就会了。阿彩开始教黄小峰说广东话，能做一位老师的老师，她开心极了。

"最好找个广东靓女做女朋友，天天在一起对舌头，马上就会了。"

黄小峰早出晚归，过着见不到阳光的日子，整天待在写字楼，人也变白了。听阿彩也这样说，他的脸红了。

“你这么帅的男人，又有文化，怎么会没有女孩子喜欢呢?”阿彩一边教他说广东话，一边打趣他。

“家里有老婆呢！不，未婚妻。”黄小峰拿出李嘉慧的照片给她看，想不到阿彩摇了摇头，却说：“圆圆的脸蛋，有福相。”

周六的下午是个重要的时刻，中天公司的全体员工都在等候一位重要嘉宾的到来。阿珍右手戴了白手套，走到哪里都要摸一摸，发现一点点污垢和灰尘都会招呼阿彩过来打扫。阿彩一手拿着毛巾，一手提着沉重的垃圾水桶，歪斜着身子，向着四面八方跌跌撞撞地奔跑。她动作麻利，干起活来细致入微，特意将入门的地毯换成新的，在前台的白玉石板上放了一束盛开的百合，周围插上满天星，淡雅的香气弥漫了整个公司。麦辉和陈小明一直在办公室外的阳台上往下观望，黄小峰早已经在会客室守候，闭上眼默念着台词。

下午四点多钟，一台黑色的皇冠轿车停在公司楼下，这比预计的时间足足迟了一个小时。陈小明和麦辉下到一楼，在门口静候，他们的脸上满是欣喜，尽管底色还有些僵硬的忧郁，但已经消失了大半。阿珍身着一套崭新的职业西装，和前台女孩站在一起，脸上洋溢起友好的微笑，显得知性而妩媚。

只要客人一进来，陈小明便伸出手去，把腰弯出较大的幅度，动作夸张，好像唯有如此才能显示出客人尊贵的地位。

过了一会儿，女人的皮鞋声在办公室的地板上响起，一股熟悉的香味氤氲开来。

“阿湘？何万富?”黄小峰不敢拿正眼看，而眼睛的余光已经准确捕捉到了来人的气息。

客人上了楼，进入陈小明的办公室。陈小明介绍那些墙壁照片上的信息，显示出他的背景非同小可。进到此屋的客人听着他熟稔的台词和举重若轻的话语，无不肃然起敬，区别只是时间上的快或慢。那些圆瞪的眼睛，不再显示着戒备和质疑，而是充满了惊喜和好奇，还多了许多崇敬和联想。大多数人会马上弯下腰，把刚进门时陈小明给他的那个夸张的握手动作还回来，真诚无比地加上一句："陈总，相见恨晚啊！"如果是这样，离生意达成就不再遥远。

阿湘来到会客室的时候，如坐针毡的黄小峰窘得满脸通红，麦辉以为他怯场，在桌子下面狠狠地拧着他的大腿不放，恨不得拧下一块钢来。

"啊，是你啊？对门！"阿湘莞尔一笑，又蹙起眉，问道："在这儿？"

麦辉的手松开了，他丈二和尚摸不着头脑，赶紧履行起他主持人的职能，堆起笑说："丁总，让我们公司的策划师先给您陈述一下方案吧？"

黄小峰抬起头来，看着眼前的这位"丁总"，有点担心，那天晚上的丑事儿会不会抖出来呢？

阿湘咯咯一笑，对着麦辉挥挥手，说："麦总，不了，不了。方案我已经看过了，就这么办。"

麦辉的蟹壳脸瘪成一根鸭舌状，他俯下身，说："预算您也看了？就这么定了？"

阿湘点点头。她看着黄小峰问麦辉："麦总，那句'龙行天下，根在华夏'，也是你们策划师的大作吗？太棒了！"

麦辉有些迟疑地点了一下头，接着坚决而迅速地点了七八下。

阿湘拿出大哥大，拨了个号，接电话的何万富还在陈小明的办公室里，她说："何董，快下来，快下来，您猜我在中天公司遇到谁了呀?!"

一阵杂沓的脚步声响起，何万富和陈小明一前一后地进来了。

何万富老远就伸出手："黄校长，你好你好！来到中天公司，是非常好的选择啊。陈总实力很强大。"又扭头对陈小明说："陈总也是有福之人啊，找到黄校长这么有才气的人。我们摩托车厂的周年庆典之所以选择你们，就是因为那句'龙行天下，根在华夏'，不凡啊，想必是黄校长的手笔吧。"

"何总过奖了！"黄小峰礼貌地应道。陈小明盯着麦辉，麦辉的脸色十分难看。

黄小峰没想到何万富的事业如此庞大，富达旗下除了服装公司，还有摩托车公司和房地产开发公司。

最后，丁湘提了一个建议，要求黄小峰到富达公司上班，直到项目执行完毕。

黄小峰担心那些孩子的功课，看到陈小明满口应承，便不敢说话。

客人一走，黄小峰成了中天公司的名人。陈小明说，何总的公司刚开始只愿意出那句广告语的钱，庆典这单大生意早已经委托给了其他公司。后来因为黄小峰，中天公司硬是把这个大单子抢了回来。

富达公司与中天公司距离并不远，只有步行半小时的路程，对黄小峰来说真是小菜一碟。

阴历九月的天气，太阳还是那么灼热，特别是台风来临前的那几天，太阳一出来就露出让人头皮发麻的热量。它一直傲慢地悬在头顶，发出惨白色的光，天空布满破棉絮一般的云朵。到了黄昏，黑云镶上了金边，被烤蔫了的树木勉强展开叶子。街道上的黄色土狗出来游荡，见到陌生人，并不吼叫，只是在垃圾堆里嗅嗅，然后走开了。

因为梁可欣在富达公司上班，这让黄小峰倍感温馨。几月不见的这个四川女孩，已是出落得焕然一新。时尚的长发，齐整的刘海，一袭红色细花格短裙，让她浑身散发着美丽、大方又干练的气息。她是丁湘的秘书，总是抱着一个红色的文件夹走来走去，高跟鞋敲打地板的声音，泛着一种青春的活力和富达公司特有的工作节奏。

“可欣，你找到男朋友了吗？”黄小峰这么一问，梁可欣就蹙起了眉。她低声回答：“去哪里找啊？我只是去外面贴贴寻人启事，可是没有效果。峰哥，你说我要登报吗？”黄小峰道：“登报也不是不可以，首先你要确定他在这个城市，其次，他看报吗？”梁可欣陷入了沉思。这两个问题她怎么能够确定呢？完全无法确定。男朋友即便在这个城市，也是在某个工厂的工作台上，没完没了地组装玩具、电子元器件，或是打着包装，拖着货箱……但她相信，只要她自己能在这里立足，活下来，上天一定会撮合他们相会。

“峰哥，丁总很看重你啊，说你是个才子。”梁可欣说着，眼睛看着他，睫毛像蝴蝶，急促地拍打着翅膀。

“哦？才子?!”黄小峰语气里故意露出俏皮的惊讶。他问：“丁总怎么进到富达的？”可欣竖起食指，放在嘴巴前面，小声说：“你要去问她吧？”

没有麦辉的辱骂和催促，黄小峰心情大好。临下班时，他拿来一张纸，在上面备课。备好课后，他就匆匆地去吃饭，之后到中天公司的会议室给孩子们上课。

虽说只有十几个孩子，黄小峰也把制度和仪式都建立起来，俨然是一所学校的一个班级。上课的步骤尽量按照通用的程序来。他在旧货市场寻来一块厚厚的铁块和一个小小的钉锤。先用钉锤在铁块上轻轻敲打几下，“叮叮叮！”他进到教室，孩子们起立，齐声喊道：“老师好！”

“孩子们好！”他伸出双手，往下压了压，开始讲课。这种感觉让他好似没有离开黄村小学，只是忙碌的程度更胜以前。

一天，丁湘见到他，问：“黄小峰，和你住一起的那两个人是不是回去了？还是跳槽了？好几天没见到人了。”他赶紧拨通关杰火锅店的电话，才发现他早已经被开除了。那个接电话的人说：“你是他什么人啊？快点过来把他的罚款交了。”“什么罚款？”黄小峰赶紧问。“什么罚款？私通外面的电脑设计工，五百本小册子报多了五百块钱。这样的大老鼠我们本不想送到派出所的……”黄小峰担心关杰的安全，不由得打断对方的话：“罚款好说，你总要告诉我他在哪个派出所啊？”

黄小峰叫了卢强，一起去火锅店交罚款，交了罚款才知道关杰在北区派出所，便过去把人领了出来。关杰听说火锅店收了黄小峰五百元的罚款，立马拿了一把水果刀，来到火锅店要钱。黄小峰指着火锅店老板的鼻子骂道：“拖了三个月的工资，一分不给，老子还忍了，倒要罚钱？你以为你是政府啊？不退回五百块钱，老子今天一把火，把火锅店烧了！”

火锅店老板还在争辩，卢强高声骂着滔滔不绝的英语，把店里的人吓愣了。黄小峰说："你拖着人家三个月的工资，一分不给，要是告到政府，查起来，看到底罚谁的款！"店里的老板娘吓坏了，从抽屉里抽出五百块钱，还给了黄小峰。

三人离去时，关杰扔下一句："不给工资，还坏老子的名声。你等着，老子还会回来的。"

这是三人上班后的第一次聚餐，还是在门前不远处的那个螺蛳档。一扎啤酒闷闷地干下去，没有人出声。夜空遥远，地上难寻一处像湖乡夜晚那样的黑暗。远处的露天卡拉 OK 摊热闹非凡。一身陈旧蓝工衣的农民工下夜班了，从夜档前面的街道成群结队地走过。几对打扮入时的情侣互相勾搂着，打听档位的菜式和价格，不断地讨价还价。

渐渐地，三人已是微醉，卢强拿出一些钱来，递给关杰，叹道："我是幸运一些，工资发了一个月，想不到还扣了那么多，又压了好几个月。前天给家里邮寄了三百块钱，还剩五百块钱，关杰你先拿去救急。哎，广东是天堂，也是地狱。"

黄小峰道："也是啊。要不是丁湘，我估计早被歪嘴巴麦辉炒了鱿鱼。实话说，陈小明一共给我发了三千五百块钱，也算高薪了。前几天打肿脸充胖子，钱全部邮回家去了。不过，下个月，关杰的费用由我负担。"

话题自然转了，谈到今后的打算，迷茫爬上了三人的眉宇。关杰决定去湛江看看，明早就走。他有个同学在那里的一家大型酒店里做小主管，不知有无空缺的职位。另外，他的几个表哥在湛江拾荒，听说那边大大小小的工业区建设挺火，机会比广州还多一些。末了又安慰卢强，道："卢强你要好好干，外语还是很吃香的。"

卢强呵呵一笑："你们不知，说出来吓死你们呢。前几天做翻译，让老外推了一掌，差点摔死啰！”

二人大为紧张，问起原委。原来，外国人非常讲究安全距离，卢强给他做翻译，站得离人家太近了，奴才一样地套近乎，结果老外不吃这一套，推了他一掌。

两人打趣道：“那老外是个女的？怕中国人非礼呀？”

卢强道：“男的，满腮胡须，拒人于千里之外！”

三人举杯，碰了一下，然后一饮而尽。

卢强道：“那真是神圣不可侵犯的安全距离啊！”三人哈哈大笑起来。

关杰对黄小峰说：“目前看来，黄小峰真是最顺的。疯子下广东，所向披靡，谁不让路啊！还有美丽博爱、法力无边的神仙照顾！哈哈哈，你一定要好好干。我下个月的生活费还真要靠你呢。”

黄小峰呵呵道：“你不知，中天公司有个叫麦辉的副总，整天看我不顺眼，天天吆来喝去，骂得我都没有脾气了。好在还有一群孩子，看到他们真是开心……”

卢强说：“黄小峰，你是故意选择性听我说的话啊。美丽博爱、法力无边的神仙怎么就照顾上了你？你这是哪辈子修来的艳福啊？”

黄小峰不置可否道：“丁总啊，来头不小，但我真不知道她的底细。或许她是个文学青年，有一种对文学人的惺惺相惜吧。”

卢强碰了杯，自己干了，唱道：“下辈子一定要做美女，一定要结交上……”

黄小峰道：“广东人很人性化，你看，陈小明默许我在公司会议室给孩子们上课，这个也需要水电费用的呀。”

关杰道：“你做老师的要了费用吗？我看你深深地爱上教书了，就像烟瘾酒瘾，真是戒也戒不掉。早知如此，不如归去！”

黄小峰道：“你忘了广东国际大厦上的誓言了吗？教书现在只是业余的工作。那些孩子真是太可怜了，没学上，天天在街道上流浪，看闲人唱卡拉 OK。这样长大的孩子，估计都要成为混混吧？不怕你们笑话，我现在还在想怎么把学堂扩大。中天公司的会议室太小，而学生越来越多。前两天，又来了两个家长，带着两个孩子，真是可怜啊。位置不够了，我不忍心拒绝。我叫他们去找阿彩，最后还是加了两个凳子。”

这个话题聊不起来，关卢二人毫无兴趣。来到广东，就是来追求金钱的。不管白猫黑猫，抓到老鼠就是好猫。他们考虑的首先是盖起黄幺狗那样的房子。房子是第一目标。这些年，村里人也纷纷外出谋生。整个湖乡，绝大部分青壮年劳动力分散到大江南北，长城内外，到工厂打工、经营建材或做早餐面点的生意。黄村、南村、北村、西村、东村，这些古老的村子，盖起了越来越多的像黄幺狗家那样的楼房。

中

老家打来电话，黄小峰以为是李嘉慧，却是他的老师，湖乡中学的校长。

“小峰，抽个时间回来，作个报告。你不知啊，你在广东的成功事迹在全县引起了轰动！”老师的话语中满是骄傲与期待。

老家的反应，李嘉慧跟他提过多次。实际上，家乡的老师们都想以他为优秀老师流失的样板，狠狠地教训并倒逼政府部门重视教育，提高老师的工资待遇。因为，“黄小峰走广东工资上涨十倍”已经成为老师们谈论最多的话题。一些老师人到中年，也想出来碰碰运气，但苦于没有黄小峰的文字能力，只好作罢。打消了南下的念头后，他们整日念叨着自己微薄的薪水，心里不甘，天天指望黄小峰能回来修理一下家乡的教育主管部门。

黄小峰心里有些矛盾，其实这些老师大多是做一天和尚撞一天钟，教书育人变成了日常应付式的工作，鲜有心思来潜心钻研工作。

黄小峰做了一年老师，实际上他高傲着呢。他和其他老师们没有走到一块去，就是他人太“清”，水至清则无鱼，这道理谁都懂。听说还想接他老子的班，若干年后把现任女人脸的男校长拱下台，叫大伙儿跟着他这位清汤寡水的毛头校长，让大家在课堂上、在办公室里规规矩矩，课后早早地回家去，寻找自己的乐子，让枯燥乏味的日子就这样不咸不淡地过着，这不是做梦吗？

黄小峰能给他们讲什么呢？该讲的早已讲过，没一个人有兴趣听。现在回去说，还不是那些话？

实际上，大家是想看看黄小峰混成什么样了，头脸大了多少，腰粗了多少。

黄小峰回了一趟老家。他过年没有回家，因为根本买不到火车票。为了一张回家的火车票，他去了一次火车站，看着左手抱右手紧紧挨在一起排队购票的队伍，无奈地摇了摇头。每次过去，都是黑压压的人群。算了，李嘉慧已经叫他不要在春节期间回家，有她在，老人有了照应，也安心了。广州火车站这地方令他心神不宁，每次进出都是用手按住兜里的几张硬硬的钞票，快进快出。他脸上装着老到，像是火车站的主人，平静安定，内心却大为紧张，不敢与陌生人说话，小步快跑，在人群里快速地穿梭，仿佛是湖乡里的一条泥鳅，浑身沾满了黏液，谁也抓不住。

火车站客运高峰过去，已是元宵节后。黄小峰干脆再拖几天，赶在天晴的日子回去，这是客运的一个淡季，差不多成为黄小峰这只候鸟北归的固定假期。他早早地请好假，托人买好了车票。价格高出票面五十元，但省去了火车站买票时长时间的嘈杂和惊心动魄的不适感，花钱买份安心，又有何不可呢？上到火车，通道早已被乘客挤满，火车上永远满员，只是站着的人少了一些。这给推着铁皮小车叫卖零食的列车员提供了不少便利，没有椅子下横伸出来的大腿挡住去路，也没有行李架上垂下来的手臂拂掉他的帽子。他习惯用穿着一个小铁锤的铁链，“啪啪”地敲打着铁皮小车的车身，一路叫唤：“吃早餐啦！瓜子花生饮料……”车厢里满是臭袜子的气味，混合着腌菜的酸气。不时有人大声地擤着鼻涕，打着喷嚏，或是剧烈地咳出一口浓痰来。孩子们的哇哇大哭声和几个中年男女甩扑克牌的声音，交织在一起，谁也盖不过谁。昏昏欲睡的时候，一个小喇叭突然叫起来，几个身穿制服的男人站在椅子上，大声叫卖着高科技除臭鞋垫，到了人多的座位，又变着戏法摆弄起会动会叫的玩具来。车上的开水永远都是温的，流得慢条斯理，毫无精神，这或许是因为用过于滚烫的开水冲出的泡面，辣气会更加猛烈呛人，所以开水温度被调低了。

下了火车，转两趟汽车，黄小峰经过一个昼夜的颠簸劳顿，终于踏上了湖乡的土地。那条泥土小路布满碎砖和小石块，浑身青灰，镶嵌在无边无际的油菜花地里。蜜蜂嗡嗡地鸣叫着，他的鼻腔里满是熟悉的味道——泥土的清香味，草木的芬芳味，淡淡的，无处不在地拥抱着他，让他心生欢喜。他的耳朵里满是熟悉的口音："啊！黄老师，回来了！"或是"啊，您回来了！"乡民直接和毫无遮掩的惊喜溢于言表。他们说什么就是什么，不像城里人，说话像解方程。黄小峰一一派烟，从村头派到村尾。村人看看他的烟，把它放在耳朵上，口里说着"胖了啊""白了啊"，眼睛却盯着他腰里的寻呼机。村里有了不少的变化，新起的楼房多了几栋。在黄幺狗的影响下，有几家已经盖在了公路边上的旱地里。河边的老宅基地上空出一些缺口，缺口前后被挖出大大小小的坑来，取出泥土拉去培填新盖的楼房台基。

黄小峰在学校外面的大路边站了一会儿，这地方是陈小雪出嫁那天，男方来接新娘的地点。乡村的婚礼，送亲的要送一程，陈小雪选择送到这里，上了男方的婚车，不知是何意？或许是水边的安排，对他分手那天极端无礼和狂妄的报复。黄小峰回忆起那天，鞭炮声震天，他竟然没有出去看，这不符合年轻未婚男孩的常态。其实事先他也并不知道那是陈小雪的婚车，他只是害怕。自打和陈小雪分手以来，结婚成为高度敏感的词，结婚现场成为高度惊悚的场景，他害怕面对新娘，更害怕新娘就是陈小雪。或许是上天冥冥之中的善意安排，没有推他上前，去面对那场人生中莫大的羞辱。

李嘉慧正在屋前的禾坪上理菜，黄小峰大声叫着"李嘉慧"。李嘉慧眼里满是惊喜，站起来用手擦拭裤子，满眼嗔怪，怯生生地看着他。黄小峰又喊了几声："李——嘉——

慧！怎么啦，李——嘉——慧！”一转眼，李嘉慧看到黄小峰腰间的寻呼机，定定地看了一眼，问：“贵不？”黄小峰说：“不贵，不贵。”她拿过寻呼机，放在耳朵上喂了几下，问：“小峰，这个比幺叔的小，怎么没有声音呀？”他说：“这不是电话。要不要在家里装个电话？以后你天天给我打电话。”她说：“还装电话啊？”顿了顿，又说：“要装电话，也不要装在这样的老破屋里。”这时，她突然想到了什么，问：“小峰，你那篇《兰草花》的散文诗发表了没有？”黄小峰不吱声了，一直没有收到消息，应该没有发表，但她一直牵挂那次投稿，想看港币。他大笑：“对了，对了，电话其实不用装了，这次，我带你一起去广东！”她喜出望外，脸却红了：“我爸爸会答应吗？咱们谁跟谁啊？”他明白她在催婚，于是换了话题。谈到黄大峰，李嘉慧有些着急，听说哥嫂赚了不少钱，过两年就要回来盖楼房。

吃过晚饭，黄小峰家里来了几位老师和邻居，礼节性地问问，表示关心，或倾诉一些抱怨，说些不咸不淡的话语后，就离开了。晚些时候，几位村干部和关系较好的乡亲先后提了鸡蛋或梨罐头进屋，想将自家已经毕业的孩子托付给黄小峰，看看能否在广东找一份工作。黄小峰便问有无身份证和毕业证，婉拒几个，答应几个，叫孩子们先在家里等通知，他安排好了再电话通知上班。送走客人，时候已晚，他赶紧睡了。

第二天一大早，黄小峰的老师把他带到县一中的礼堂，给将在五个月后参加高考的学生讲了一堂课，听众里混杂着一些老师和社会人士。黄小峰讲广东的形势、自己的遭遇，以及内心深处对教育的情怀和依恋。其实，他讲得更多的是他在广东的学堂。孩子们听得津津有味，不时报以热烈的掌声。讲完了，进入提问互动环节，孩子们问的都是找工作的话题，比如，去广东找工作，学历重要吗？什么专业能更好找到高薪的工作？黄校长可否介绍几个好一些的工作……

黄昏，黄小峰才回到自己的家。李嘉慧正在照顾患有头晕病的母亲，她拿了糖果往金铃的嘴巴里喂，像哄娃娃一样地哄着。自从儿子和李嘉慧订婚后，金铃的老毛病又犯了，常把这未过门的儿媳妇吓得大呼小叫。李家算是认准了这门亲，不仅没有退亲，反而同意女儿经常到黄家来。金铃腰不驼了，嗓门也大了许多，常常从村头走到村尾，絮絮叨叨地讲述着小儿子在广东发迹的大事件。路边都是禾坪，连着几栋稀稀拉拉的两层混凝土楼房。黄村先富起来的农民开始搬离河沿的祖地，在石子砖渣铺成的马路边盖楼房。

金铃的声音一路响个不停，没有引来洗耳恭听的听众，倒引来了从巷里冷不丁冒出来的一句句质问："什么时候去广东啊？你小儿子出息了，这次给你多少钱？街上的小鱼别吃了，得去镇上抱大青鱼！你小儿子出息了，你不去看看外面的花花世界？"

金铃的声音戛然而止，等走过几步，她又开始小声絮叨："这次给了我多少钱？关你屁事！我晕车你不知道?!"

老校长仍不在屋里，应该还在街上的茶馆搓麻将。在那条名为黄村的老街，站在路中间伸直了双臂，即可触摸到两边的大门。从东到西，五家茶馆，三家杂货店，两家油饼面食店，一家剃头店，一字儿排开。早上是农贸集市，人流拥挤，摩肩接踵，有些热闹。只有早市过了，老街方可开通。剃头店的老板姓王，人称大王，生得高高瘦瘦，面如白纸，不知何时驼了背，头脸越来越低。他的手艺倒是好，一元钱，剪头、洗头、擦干，一应俱全。最销魂的是洗头，一手握着祖传的圆木梳在头上狂旋后，一阵快感来得惊天动地，好不快哉。再就是拿出长筒铜窝子，给你掏耳朵，酥酥麻麻，堪称人间至美享受。小王是他儿子，两人简直是从一个模子刻出来的，只是面容白青，背儿微驼。大王小王一声不吭，只是见了黄小峰，才朗声大叫："黄老师，你爸爸今天在姜婆婆的茶馆!"

离开老街，走过一道逼仄的小巷，黄小峰进了姜婆婆的茶馆。屋里很暗，桌上悬着的电灯泡被青烟弥漫着，很难透出清晰的光线来。厅堂最大，摆了四桌麻将；两边厢房各有两桌纸牌。每桌的四角边上，无一例外坐满了看牌的人，都端着茶杯，热气袅袅。姜婆婆和她的老伴各自提着一把茶壶，大声叫唤着给人添滚烫的茶水。一看到黄小峰，她立马尖声大叫起来："啊呀，我说今天怎么老是左眼跳个不停，原来是有贵客！小黄老师，不，黄校长，您来了！老头子，快给小黄老师上新茶!"

茶馆里一阵骚动，老校长应该迎来了他人生中的巅峰时刻。他很满意地看着儿子给一个个牌友和茶友派发名片，这张小小的硬硬的纸片，很多人都是第一次看到。在众人羡慕的眼光里，老校长有些得意地说："当年，就是我逼着他去广东的……""没找幺叔?"几个人故意大声问，老校长更大声地回答："找幺叔干什么?""那李木匠的女儿还要不要?"好事者问出这句，分明是在为李家叫屈。老校长看着儿子，不露声色。气氛瞬间变得紧张而又尴尬。茶馆是黄村的新闻发布平台，老校长和他的小儿子就是今天的主角。只见黄小峰一本正经地说："我这次回来，要和李嘉慧结婚，把她带到广东去!"

黄小峰与李嘉慧的婚事十分仓促，甚至来不及拍结婚照。

在黄小峰的坚持下，二人只拍了一张结婚登记照，用来办理结婚证。根据李嘉慧的回忆，当年还没有兴起拍婚纱照的潮流，也没有新郎送花的仪式。黄小峰借来新村支书开的小型“农巴车”，载着李嘉慧和伴娘们在黄村的大马路上轰轰烈烈地跑了一圈。根据黄村人的婚俗，新郎进新娘的门，都要十兄弟帮忙艰难闯关。但李嘉慧一听到唢呐锣鼓响，就率先冲出自己的房门，冲进了接亲的“农巴车”。“这姑娘，真怕嫁不出去了！”看亲的人们哈哈大笑。这一细节，成了李嘉慧的终生遗憾，二人后来拌嘴时，黄小峰总是轻易地使出撒手锏：“我没接你，是你自己要嫁我的！”李嘉慧听了，眼泪汪汪，气愤交加，又无可奈何。

新婚的夜里，天气突然转冷，鹅毛大雪纷纷扬扬，到了半夜，满眼都是一片银装素裹的世界。新娘和几个伴娘窝在新床上过夜，等第二天吃了红心蛋才离开。黄小峰坐在靠着李嘉慧床边的凳子上，幸福地假寐着。凌晨时分，李嘉慧带着几个伴娘出门小解，赫然发现一串清晰的脚印，从窗前延伸到河沿的方向，消失在大草垛的背后。“有人？”伴娘们嘻嘻哈哈地跳起来，向着屋里飞奔。“喔——喔喔！”一阵柳树皮哨子的声音响起，李嘉慧看看黄小峰，发现他已经睡着了。

第二日才是真正的二人世界，李嘉慧给黄小峰讲起了陈小雪，说她嫁到自己在石棉瓦厂打工的那个村子，生了两个女儿。婆婆坚持要孙子，逼着她去引产，她受不了，两次上吊未遂。后来她离婚了，去了外地。“真是红颜薄命啊！”李嘉慧长叹一口气，盯着黄小峰的脸看，希望他问点什么，比如在外地干什么。黄小峰似睡非睡，毫无兴趣，冷冷地说：“说她干什么？别人的老婆，与我无关！”李嘉慧又讲起了万美娇：

“你知道的，昨天夜里她来过。柳树皮哨子，喔——喔喔！你们的暗号！你们当年最美的音乐！”气氛在这时轻松多了，李嘉慧嘻皮笑脸。“你说，一个女的结婚时，希望一个男的去她的婚礼上闹一闹，为了什么？”他问她。她却说：“那男的是你？”他点点头，肯定地说：“为了面子。本姑娘不是没有人爱，而是大把人爱。你可要好好对我！”她摇了摇头，“扑哧”一笑：“要是，那女的真的跟着那男的走了呢？众目睽睽之下，宣示自己的重大决定，也是未知！”他脸上略微一惊，揶揄道：“你是电视剧看多了！”

下

此后，连续两个春节，黄小峰都没有回湖乡。其间，最大的乐事，就是女儿朵朵的到来，给小家增添了无限的喜悦。

关杰两口子在湛江打来电话，嚷嚷着开玩笑说，要给朵朵定下娃娃亲，可惜自己的儿子关磊磊还在湖乡老家，大几岁，要不让他过来定亲，拜见岳父大人。黄小峰知道是玩笑，却一本正经地说：“关磊磊来不来无所谓，关键是要定亲的礼送到位才行。如果每年过节，你关家都要带礼品上门，我还是认你这门亲。”李嘉慧觉得这玩笑开得过了。她在老公脸上啐了几口，不让他再开这样的玩笑。卢强也来定亲，李嘉慧乐了，嗔怪道：“你老婆都没有，这玩笑是宇宙级的，你做白日梦，却拿我家朵朵寻开心！”卢强便认真地说：“三年内，我必须娶妻生子。朵朵大三岁，我儿子抱金砖了不是？”事后黄小峰说：“看来卢强的女朋友应该有戏了。”

老校长和金铃嘴里埋怨着小儿子小媳妇，心里却是偷着乐，一是省了清闲，二是小儿子的第一个娃娃没有姓李。老木匠倒是有些失落，这个天大的秘密只有这两个老家伙知晓，他没什么舆论的压力。反正也是个闺女，爱咋咋地。只是，老校长有些狐疑，天天看央视新闻的老木匠，有点怀疑被人愚弄了。被愚弄也不怕，至少不影响女儿再生一个男孩，这个男孩就得姓李，老校长不会与他争抢……老木匠终于在梦里笑醒了。

朵朵上幼儿园的第一年，黄大峰打来电话，问弟弟和李嘉慧在广东生活得习不习惯，李嘉慧在干什么工作，工资有多高，将来孩子到哪里上学……黄小峰一一如实作答。黄大峰听了，连连质疑："怎么会有这么高的工资呢？怎么会有这么高的工资呢？"黄小峰问哥哥生意怎么样，一年赚了多少，都没有得到回应。兄弟俩开始说些闲话，哥哥最后告诉他，年后要回来在马路边盖新楼了，"你说老屋怎么办？"黄小峰没有钱一起盖楼房，只好说："你说咋办就咋办，我没意见。"

年后上班时，黄小峰先去中天公司报到，麦辉一个劲地叫苦。他说，真是让人揪心，现在公司生意好，项目太多，特别是富达公司一个项目奠基，事情一直在那放着，丁总点名黄小峰上门服务，不同意别人过去顶替。眼看到了奠基的日子，那怎么忙得过来呀？不如将学堂的课停一停，专心做好正事。黄小峰说，不用担心，他一直和梁可欣保持联系，事情的进展按照计划在走，并没有拖延。

再来到富达公司，看到梁可欣一副紧张兮兮、如临大敌的模样，好像挨了批，一见到他就使眼色。丁湘眼睛有些肿，完全是一副没有睡好的样子，见到黄小峰，说话带着刺儿："哎呀，阿峰，好事成双啊！娶媳妇，金屋藏娇；当爸爸，密不透风！”黄小峰听到丁湘第一次叫他“阿峰”，觉得有些不正常，便小心地答道：“多谢丁总关心。工作的事情耽误了这些天，我一定加班加点补上。”丁湘语气淡淡地说道：“不是这个，晚上带母女俩过来吃个饭，认识认识。”

下班后，黄小峰匆匆忙忙上完了课，把孩子们交给阿彩，就带上李嘉慧母女上了双层公交车，坐了十多站，来到目的地，看到那个螺蛳档已经亮起了灯光。“咚咚咚！”他心急火燎地爬上顶楼，丁湘的防盗门是开着的，白猫卧在门口，一扭身爬起来，对着屋里“咪咪”地叫唤。

丁湘热情地迎了出来，看看李嘉慧，直夸漂亮，硬是叫他们不要换鞋，径直走到屋里，在餐桌边坐下。黄小峰有些纳闷，问道：“何总呢，没在？”丁湘淡淡地说：“我舅舅，呵呵，哪天在？”这话说得有些突兀，她又补充道：“你在公司，看到他哪天在了？这次又去国外了，要两个月。那里的生产线，产能老是上不来。”

丁湘拿出高脚杯，开了一瓶红酒，拔出瓶塞的那一瞬，“砰”的一声闷响，吓得李嘉慧快速地眨了眨眼睛。丁湘赶紧一拍巴掌，安慰道：“啊哈，没事，没事，今天为大小两美女接风！葡萄酒，当成饮料喝啊。或者，大美女喝葡萄酒，小美女喝可口可乐？”李嘉慧笑着对朵朵说：“朵朵，快叫丁阿姨。”黄小峰赶紧打断道：“别，叫姐姐。广东人只把上了年纪的老奶奶和清洁工妇女叫阿姨的。”李嘉慧吐吐舌头，用巴掌在自己嘴巴上拍了拍说：“我错了，叫姐姐，丁总大人不计小人过啊。”

丁湘不见怪，反而笑得开心，对着黄小峰道：“阿姨就阿姨，咱外地人，不讲广东的规矩。”她给朵朵倒了一杯可乐，递过去，柔声道：“朵朵乖，我喜欢朵朵叫阿姨的。”朵朵喝了一杯，吵着要自己倒可乐，接过瓶子没扶稳，喷了黄小峰一脸，胸前满是水渍。

丁湘忙招呼黄小峰去洗漱，让他穿了一件新衬衣出来。黄小峰心里疑惑，这尺码也不是何万富的，怎么这么合自己的身？

李嘉慧有些醋意，但她有自己的心思，想在富达公司谋一份差事，所以她掩饰得很好。朵朵吃饱了，在桌边坐不住，嚷着要去看彩色电视机。

丁湘问李嘉慧什么时候再生个孩子，李嘉慧说，五年后考虑再生一个。丁湘却不认同，说：“你们刚刚出来，还没完全立足，再生个孩子，负担太重。嘉慧最好去上班，一来熟悉广东，二来贴补家用，免得男人压力那么大。”她说，广东这边的女人做专职太太的少，好多孕妇到了快生孩子的时候才请假去医院，生完孩子，休完一个月产假又回来上班，真是勤劳。

李嘉慧正好趁着话题问丁湘，她可以去哪里找工作。丁湘说：“如果你不嫌弃，可以来富达下面的服装厂或摩托车厂，做杂工还是可以的。”嘉慧马上兴奋起来，说：“别的不会，缝纫车还是能踩得转的呢。”

丁湘看着黄小峰说：“那你就去服装厂吧。”

从阿湘家里出来，小两口走在大街上，心里都暖暖的。

黄小峰心里更是又惊又喜，他刚刚在丁湘家里的走廊上看到了一些密密麻麻的小相框，其中一个小相框没有放照片，放的居然是他的散文诗《兰草花》，落款是他的笔名“兰草”。他简直不敢相信，《兰草花》的散文诗会让丁湘这么喜欢，居然从报纸上剪下来挂在家里。他不敢说给嘉慧听，一怕嘉慧多想，二怕她要稿费。

李嘉慧突然转过头来，问：“这丁湘，怎么对你这么好？”黄小峰怕她多心，嘿了一下：“什么叫好？出门在外，多个朋友多条路，外地人都是这样，互相帮衬，你以后就知道了。广东人比较淳朴，待人友好，不像湖乡，个个窝里斗，生怕别人过得好呢。”

街边有个小广场，一群年轻人正在跳霹雳舞，三人便停下来看。黄小峰发现那教练有些眼熟，看了看，是卢强。卢强也看到了黄小峰一家三口，吩咐学员自己做些动作，他跑过来跟他们打招呼。

李嘉慧说：“卢强，你行啊，赚上外快了！”卢强笑笑：“东西南北中，发财在广东。咱们来广东的目的是什么？还不是赚钱啊。这里机会多，音乐舞蹈也是我的兴趣，顺便玩玩，别太当真。每天晚上，在街头培训小年轻人跳跳霹雳舞，也可以健身。”卢强还说：“我已跳过五六次槽，都是广州的外贸公司或外资企业。黄小峰，打工真还不能当饭吃，企业是人家的，平台是人家的，你干得好不好，还得看别人怎么说。人家用你时，你就是一个宝，不要你了，你就是棵草。”

说到这里，卢强拉起朵朵的手，看看腕表，说：“朵朵，叔叔带你去吃点什么吧！麦当劳怎么样？洋快餐比中式面包店好，可好吃了。”黄小峰赶紧摇头，说：“不了，太高级了，太破费了！”卢强“切”了一声，笑着瞪他一眼，说：“也不知道今天是谁来了？”便拉着朵朵的手，打个车，来到广东国际大厦楼下。

想不到麦当劳外面的人出奇得多，他们只得排起长长的队。吃麦当劳还真属于高消费，就像下高级饭店一样。排队的人个个衣着华贵，大都是高级白领和企业主。麦当劳外面有个红黄相间的小丑塑像，笑容可掬地看着眼前的人山人海。大家喜笑颜开，以来麦当劳聚餐为荣，仿佛麦当劳解决的不是肚子问题，而是面子问题。四个人学着大家很文雅地排了两个小时的队，终于进来了，点了巨无霸、鱼柳包、薯条和可乐。卢强说："番茄酱好，朵朵会喜欢的。"他便拿了六袋番茄酱。李嘉慧说："别破费。"卢强笑笑："这个免费。"卢强教大家吃汉堡，先小心刮掉那层芝士，吃掉牛肉饼，再吃掉生菜，最后喝可乐并吃完上下两片面包。朵朵开心极了，果然对番茄酱赞不绝口。

聊着聊着，自然聊到了关杰，卢强问："黄小峰，最近与关杰有无联系？他又回来了，在广州旁边的东莞开了一家打字复印广告公司，请了四五名员工，每月的开支都上了三万元，目前生意可以维持经营。"

广告创作部的设计师和文案策划都是"书呆子"，喜欢待在办公室里，吹吹空调，上上网，聊聊QQ，看看闲书，说是为了寻找创意，或是在为伟大创意"受孕怀胎"。陈小明讨厌这种作风，耿耿于怀，又无法发泄；其实，他更希望创作人员不仅能写能画，最好还能拉拉喷画、打打螺丝。

是日，来了一位女讲师，唤名"露丝"，三十岁上下，板寸头，和他喝了一泡普洱茶后，居然称兄道妹起来，不再叫"陈总"，而是叫"杰克"。当晚，露丝就在公司会议室里举行了一场培训会，杰克全程参加，巴掌鼓个不停，笑容夸张。培训主题是"八十脚，二十脑"理论，露丝呱唧呱唧讲一通，原来是要求创作人员少待在办公室，多去市场上走动，因为市场是创意之源，不去市场，打不到猎物。

黄小峰笑了，什么策划理论，毛爷爷不是早就说过“没有调查，没有发言权”吗？估计其他人也只是对她的发型和身材感兴趣吧。

两个小时下来，露丝又哭又笑，又蹦又跳，让大家无法打盹入睡。

散会时，已是半夜十二点，黄小峰只得抄一条小路回出租屋。“汀洲”是一条捷径，这条城中村的主街道宛若一副鱼骨，两边密布着长长短短的巷子。灯光幽暗下的檐下，立着露了大腿的女人。

黄小峰走得飞快，不时拿眼睛瞟瞟巷口，他担心被抢劫。这里治安事故频发。他不由得想到丁湘，她会不会……何万富真的是她的舅舅吗？她喜欢兰草花，是喜欢散文诗里的那种精神吗？她知道自己就是作者“兰草”吗？

“过来，十元，只要十元！”就在最后一个巷口，黄小峰站住了。听这话里有浓重的湖乡口音，尽管憋腔憋调，但骗不过湖乡人耳膜上的每一个毛孔。面前是一位亭亭玉立的美人，长发顺垂，齐眉刘海更显迷人魅力。当客人走近时，美人瞬间僵在那里了，但很快张开纤纤玉指，盖住了脸，慌乱不堪地说：“不要，不是，不是，你快走开！”

“万美娇！”黄小峰一把擒住她的手臂，迟一秒她都会逃走。

“我不是人。”她说。

巷子里的女人都向这边聚集，窃窃私语。黄小峰的身份显得神秘而重要，如不马上澄清，必有一场恶斗。万美娇机灵地对人群吐了吐舌头，大声说：“真是白日见了鬼，怎么就遇见我哥了！”又盯着黄小峰，说：“你等我一下。”随即她走进小屋，窸窸窣窣换了长长的衣裙，跟在他的身后，慢慢地走出汀洲。

二人坐在街心公园的石椅上，保持着一个人的距离。黄小峰一声不吭，万美娇只会哭，恨不得要流光一辈子的眼泪。这些年，湖乡变化大，万家却一落千丈，碾米厂破产，因为邻镇起来了一个更现代的碾米厂，万家的市场和人工像风卷残云一般被吞噬殆尽。任性的父兄认死理，一条路走到黑，卖了房子又借了高利贷来引进设备，结果仍竞争不过邻镇的碾米厂。哥哥心脏病突发而亡，父亲近乎疯癫，偶有清醒之时，也是流涕痛哭。万家三个女儿悉数南下……三年下来，在老宅上竖起一栋三层大洋楼。

他心痛不已，只问：“你结婚了吗？”

她笑：“结个‘黄昏’！”

突然，她钻进他的怀里，哭起来，“我恨，我恨！老天为何对我这样！”

他闻到了，那股稻草的清香，那么悠远，却时断时续，似是而非。他想到了黄智禾，想到了刘麦花，他们应该是最幸福的一对。

物质不是全部，我们需要有点精神。他站起来，对她一字一顿地说：“换工作，换工作。”

她摇摇头，无力地说：“怎么换，我还出得来吗？出不来了。”

“你出不来，我就天天来！”他斩钉截铁地说。

第二天下班后，黄小峰吃完晚饭，拉着李嘉慧早早地来到了汀洲。

李嘉慧不情愿地请了假，想到要扣工资，心里一阵肉疼，这更让她下定决心要一次就说服万美娇改过自新。黄小峰两口子思前想后，觉得说服万美娇不比举起一个石磙容易。万美娇肯定是不会来富达服装厂上班的，那么辛苦，还看人脸色……李嘉慧盖住了自己的嘴巴，怎么会有这样的话语？真龌龊，真不该！

万美娇果然不在，黄小峰两口子扑了空。那个巷口仍弥漫着狐媚的幽光，屋檐下的美人变得更加年轻娇嫩。

黄小峰上去问人，听到的都说不知道，不要影响我做生意。他们走遍了汀洲每一条细小的鱼骨巷子，就是找不到万美娇这个湖乡美人的一根毫毛。或许她真的羞愧醒悟，登上了回乡的绿皮火车。希望她为自己找一个好的夫婿，嫁人育子。或许她并没有走远，就在某个角落冷冷地看着他们。看着他们着急的样子，万美娇是得意，还是感动？她的内心还有一丝温纯的情谊吗？

第四章

上

富达服装厂有做不完的订单，李嘉慧加班加点，天天都在半夜十二点打卡下班。休息时间少得可怜，一个月休一天，每天中午和晚上吃饭的时间只有一个小时和两个小时。厂里的饭菜她完全无法接受，中午时间短，没工夫做饭，只得就近买几个馒头和肉包子果腹。晚上一下班，匆匆忙忙买完菜，在出租屋里做点家乡菜，无非是粉蒸猪肉、红烧草鱼和青椒炒肉丝之类。饭菜熟了，端上桌来，醋香味和辣椒味弥漫着整个出租屋的走廊。走廊另一头，只听得“咯吱”一声，黄小峰用钥匙打开铁门，朵朵快乐地打着喷嚏，进了屋。

李嘉慧从来没有干过这么高强度的活儿，半月下来，瘦了一圈。黄小峰劝她不要进厂了，不如待在家里，煮饭洗衣，准备生孩子。李嘉慧马上否决，道：“出来是干什么的呀？你哥盖新房了，老屋要是拆去一半，我们怎么住啊？睡桥洞吗？”

二人吃饭的速度飞快，李嘉慧嘴巴里嚼着饭，小跑着赶去上夜班了。黄小峰刷了碗筷，准备去中天公司的学堂。朵朵一心迷在变形金刚玩具上，催三声也不应一声，最后大声说“不想去”。黄小峰看看时间，估计学堂的孩子们早就到齐了，他心急气躁，一失手把变形金刚玩具打翻了，红红蓝蓝的小片儿散了一地。朵朵大哭起来，说：“丁阿姨送的变形金刚，你赔给我！”

有人轻轻地敲门，是丁湘，她不理黄小峰，抱起地上的朵朵，柔声道：“朵朵乖，我陪你玩变形金刚好吗?”朵朵马上破涕为笑。

黄小峰对着丁湘笑笑，半是愧疚半是感激。丁湘挥挥手，他便径直走出。回来时，已经夜里十一点多，朵朵睡得好香，丁湘坐在出租屋窗前的矮凳上看书。看到黄小峰，她轻声溜出来，带上门，示意他跟出来。二人来到门外，走了几步，在路灯的阴影里站住。

黄小峰道：“何总回来了吗?”丁湘没有回答，却说：“如果李嘉慧不介意，我来给你们带孩子。你们这么忙，根本顾不上孩子，孩子真可怜。听朵朵说，明天是她生日。”

黄小峰“啊”了一声，心里腾起一股强烈的歉意。朵朵这么大了，他这个做父亲的还没有带她出去好好玩一回，每天只在两家公司、幼儿园和出租屋之间来回移动，脚步匆忙，完全没把孩子放在心上。李嘉慧更是疲于奔命，还对工厂的广东味饭菜恶心反胃，压根儿没有想到明天是朵朵的生日。朵朵与父母的距离越来越远，与丁湘却是亲密无间。

第二天下班后，丁湘带来了一个圆形巧克力蛋糕，一台 VCD 播放器，播放着动画片《变形金刚》，为朵朵举行了一场特别的庆生仪式。

李嘉慧没有做饭，吃了蛋糕就赶去上班，一连对着丁湘千恩万谢。她也不想想，丁湘怎么就这么帮助她们一家人呢？查暂住证也是被丁湘解决的，这件事黄小峰一直没吐露半句。他是看好丁湘这个人，但吴烨的叮嘱还时刻响在耳边，天上不会掉馅饼，丁湘会不会是有什么目的呢？难道她知道自己是作者兰草？这是一种对穷酸文人的同情吗？

丁湘走时，朵朵甜甜地亲了她一口，要看动画片，由黄小峰送她下楼。走到屋外，黄小峰忍不住问道："丁总，你老是那么照顾我们，感谢您啊!"前面一个"你"，后面一个"您"，黄小峰是话里藏了话，他想说，你丁湘或何万富有什么要我做的，尽管吩咐，我黄小峰也是无功不受禄的人啊。可这话到了嘴边又咽了回去。

丁湘笑了，笑得花枝乱颤，黄小峰窘得面如猪肝，好在下面灯光暗，没有人发现。黄小峰没有吱声。

丁湘问道："黄小峰，你觉得我是一个什么样的人啊？"吴烨的话又浮上黄小峰的心头，但一直得不到印证。在他的感觉里，丁湘是一个善良、干练的人，但年纪轻轻，真不该和何万富在一起。或者说，他根本不相信何万富是她的舅舅。本可以靠能力过好日子的人，偏偏让自己的容貌来供养自己。

黄小峰有些为难地说："丁总，您很优秀很美丽，是我来到广东的贵人!"

丁湘看着黄小峰，嘴角微微上翘，表示对他的回答没有多少意外。

黄小峰说："丁总，您放心，我一定好好努力，做好本职工作。"

丁湘道："我不是这个意思。"顿了顿，她转过身来，动情地对着黄小峰说："我爱孩子，爱天下每一个孤独的孩子。

小峰你知道吗，我是幼师毕业的，我们合作办一家外来工子弟学校吧？富达两个工厂，上千名外来工，起码有几百名学生了。不过，这事要从长计议，先别声张。”

黄小峰听得嘴角发抖，他太激动了，连忙说：“好，丁总，我听你的。你真是个好人。我看到你的第一眼就感觉到亲切和熟悉，原来我们都有共同的心愿。”

丁湘有些纳闷：“第一眼就感觉到亲切熟悉，我还以为我是林黛玉了呀！”尽管说出来的话里满是揶揄，但她心里却是美美的。

黄小峰说：“我说的都是真话，没哄你。”丁湘笑了，说：“明天有场好电影，周润发的，我的偶像啊。带上老婆孩子，一起去看看？我第一眼看到你，就觉得你有点像周润发……”

黄小峰有些不好意思，道：“丁总也追星啊？”目送着丁湘远去，黄小峰心中的一块石头落了地，自己一定要好好地为人家做事，丁湘是个讲感情的好老板。

夜市刚刚开始，一些年轻人举起花花绿绿的碟片大声叫卖。黄小峰径直走过去，不说话，低着头在里面翻寻，找出几张周润发出演的碟片，看着上面的头像傻笑。年轻人问他买不买，他付了钱，走回了家。

后来，在他偷偷看到的一张碟片里，黄小峰发现，丁湘非常刻意地模仿里面的一位女明星。别的不说，那黑长直的发型肯定就是。想到这里，他忽然想到电影《大丈夫日记》，翻出碟片来看看，笑了好久，却再也不敢想，觉得自己有点天真。

富达房产公司的开盘庆典办得很成功。梁可欣居然是以女主人的身份出席，一身蓝色的晚礼服，雍容华贵，她举着红酒杯，挽着何万富的手臂，到处敬酒。没有人叫他何太太，何万富也是以“梁小姐，我的女朋友”向客人介绍。梁可欣淡淡地微笑着。

典礼过后，黄小峰回到中天公司上班，陈小明专门为他开了庆功会，赏给他一个大大的红包。阿珍说：“收了红包，不能独享哦，晚上请大家吃个饭如何?”黄小峰道：“当然。”但他却不知道在哪里请客。阿珍选来选去，定了离富达服装厂最近的一家粤菜馆，方便李嘉慧吃了，好去上夜班。

请客吃饭，来的人拖拖拉拉，等中天公司的一拨人到齐，已离李嘉慧上夜班的时间不到半个小时。饭菜刚刚叫起，李嘉慧只得要了一份辣菜，掺和在白米饭里，狼吞虎咽地吃完。黄小峰觉得有些突兀，也不好叫停，只是觉得尴尬。

朵朵在旁边叫着：“妈妈，大家还没开始吃呢，你怎么先吃了，多没礼貌啊?”又说：“妈妈，慢点吃，小心噎着。”

李嘉慧一走，黄小峰连连对大家道歉。麦辉的态度好了许多，主动过来敬酒，问：“黄小峰，你老婆过来这么久了，还没有适应广东菜的口味啊?”黄小峰道：“是啊，想想也可怜。”说罢，便干了一杯。阿珍赶紧打圆场，道：“我倒觉得校长老婆蛮不错的，要赶着上班，能来也是给大家面子。”

麦辉又敬一杯：“以后工作还要校长多多照顾。”黄小峰觉得这话说得蹊跷，连忙站起来，说：“麦总，您言重了，没有您和阿珍，我还在广东的街头流浪呢！您是我的贵人啊!”麦辉听了有些动情，抬起头来一饮而尽，道：“同事之间，互相照顾。”麦辉早早就喝醉了。

一顿饭被李嘉慧搞得无滋无味，人散得也快，最后人走光了，却还有几盘菜没上来。黄小峰怕浪费，只好和朵朵在桌边等，每上一道菜，就风卷残云，把盘子扫荡得干干净净。

终于，朵朵不吃了，把筷子一放，说吃撑了，歪在椅子上玩变形金刚玩具，嘴里还念叨：“爸爸，好闷啊，要不要打个电话，叫丁阿姨来，那个玩具我忘了怎么拼。”

早上，陈小明叫黄小峰到办公室饮茶，居然不见麦辉。

陈小明把烧开的沸水浇在茶杯上，用夹子夹起来，倒掉。泡好第一汤，只闻到茶香扑鼻。陈小明说：“校长，喜不喜欢喝普洱茶?”黄小峰笑道：“陈总见笑。我们老家都喝毛尖绿茶，也不用茶具，一个玻璃杯，抓一小把茶叶，反复冲泡，冬天还可以暖手，完全不讲情调和技法。”陈小明笑道：“一方水土养一方人。每个地方文化风俗都是不一样的。这种普洱茶在广东兴得开，去年还是8582款的，今年就开始喝紫大益了。你说是喝8582，还是喝紫大益?”黄小峰笑道：“不客气，随意。”陈小明取出一个茶饼，揪下一小块，泡在茶壶里，倒进开水冲冲，一边忙一边说话：“那就先喝去年的吧。8582是七子饼茶中有代表的茶品，选用肥壮茶菁压制，茶饼较一般茶饼厚，泡出的茶汤酒红透亮，泛起油光，有梅樟香，水性柔软顺滑，喝来回甘生津。”话说完，茶已经泡好，陈小明请黄小峰喝一口，品一品，立马再拆另一个茶饼。继续说道：“紫大益外紫内红，醇香十足。”黄小峰喝一口紫大益，觉得味道和前一杯完全不同。

他忍不住问：“陈总，是不是有什么大案子要做?”陈总笑了，道：“就是，就是。刚刚接到一单大生意，一家全国性的通信公司，要做产品推广。说来也简单，首单是做一个单张和一个喷画画面。文案由你亲自操刀。单张数量多，有两千多万张；喷画也大，上千平方米了。记住，这个项目你负责，直接对接我就好了。”

第一次做陈小明亲自安排的项目，黄小峰哪敢怠慢。和客户敲定好文案，出奇地顺利。最后校对好密密麻麻的字眼，签上名，交给电脑设计师去校对，就可以发出光盘制作了。

设计师刻录好光盘，刚好下班，问黄小峰还要不要再检查一遍。黄小峰想起陈小明的话，哪敢马虎放过，便打开电脑仔细校对起来。这时，麦辉推门进来，有些气急败坏，说陈总骂娘了，着急要个东西，叫设计师赶紧做。气氛顿时紧张，设计师看着黄小峰，耸耸肩，不再说话。黄小峰果然发现了一个错别字，赶紧将订正意见写在一张便笺上，再把便笺贴在出品打样上，放在设计师的电脑键盘上，出去了。

电话响了，黄小峰去接，是李嘉慧焦急的声音：“快回来，朵朵高烧，快四十摄氏度了！”

黄小峰气喘吁吁地赶回家，抱起滚烫的朵朵出来，慌慌张张叫了出租车，来到人民医院，给孩子挂了吊瓶输液。输液完了，急诊的医生再检查，却要求留院观察。第二日早上，朵朵的体温果然又升上来了。放射科的医生一上班，就给朵朵拍胸片。急诊科的医生看了，说孩子得的是急性肺炎，必须马上住院。

李嘉慧抱着朵朵，不停地设法哄她，朵朵却吵着要丁阿姨。李嘉慧很不开心地在朵朵屁股上拧了两下，朵朵哭得更厉害了，又吵着要爷爷奶奶，要回老家去。

黄小峰跑上跑下，终于办好了住院手续。过了一会儿，医生叫他到办公室，说：“你是朵朵的爸爸？孩子的病来得很快。我们不能保证百分之百地治愈，但一定会尽力的。”说完递过来一张纸条，原来是一张病危通知单。医生叫他签字。黄小峰顿时蒙了，他嗫嚅道：“需要转院吗?”医生摇摇头说：“对于儿童的急性肺炎，我们有非常完备的治疗方案和治疗经验，但我们不能保证百分百……”他听懂了医生的话，现在除了配合医生，就是好好地陪陪孩子。他呆呆地签了字，故作平静地回到孩子身边，脸上满是苦笑。

朵朵终于睡着了，夫妻俩在医院门诊楼的走廊处蜷缩在椅子上一言不发。黄小峰向着李嘉慧靠拢一下身子，用肩膀靠着她的肩膀。

李嘉慧已经累了，睁着疲惫的眼睛，毫无光彩。来广东这几年，她已经够难受了，人也是一天一天地瘦了下去，黄小峰甚至发现她的胸都快小没了。李嘉慧不开心，瞪着他：“一点良心都没有，还不是因为你啊。我好羡慕丁湘，做专职太太。不过我还想生个儿子。”

黄小峰赶紧盖住她的嘴，看了看朵朵，小声说：“丁湘不是你想象的那样。小心，家里有她的小闺蜜。”李嘉慧也压低声音说：“你是她肚子里的蛔虫啊？呵呵，其实你也养不起她。”

好几次在出租屋里，夜深人静的时候，黄小峰偶尔来了兴致，碰一下她的身体，她立即转身睡过去，牙齿咬出响声来：“哎，要睡呢，要睡呢。马上天要亮了，还要上班呢。”

夫妻俩每天忙着上班，接孩子，偶尔的话题也是算算银行卡上又多了多少钱，再计划一下日常的开支，看看哪些方面还可以减一减。李嘉慧是一个很正统的农村女人，只读了初中，家教甚严，说话办事心里有谱。自小到大，家境不错，有老木匠无微不至地照顾，没有受到欺负。嫁给黄小峰后，真是过了几年远不如娘家的苦日子，刚来几个月，没有好菜下饭，肚子也吃不饱，老木匠偷偷周济些。等生了朵朵，心便安顿下来。她慢慢发现，自己的男人为人稳当正派，好歹也是闯广东的名人，算个黄村里的人物，这种驴粪外面光光的面子，也能满足妇女们的虚荣之心，让她心里受用些。农民小家的日常就是这样简单、平淡、和顺，黄小峰不抽烟不喝酒，也不打牌赌钱，经济上虽说不宽裕，也够用了，不用到处觍着脸来东筹西借。李嘉慧沉浸在自己家的小幸福里，日子缓缓地过着一天又一天……

医院门诊的入口处，不断有一群又一群的人在走廊处进进出出。往往是一个感冒发烧的孩子，围着爸爸妈妈，跟着爷爷奶奶，提着包儿，拿着衣服和玩具。他们前呼后拥，大呼小叫，嘘寒问暖，献计献策，暖暖的爱心氤氲了整个门诊大厅。孩子也挑剔，从这个怀里挪到那个怀里，要这要那，像个王子或公主。

朵朵挂着吊瓶，不喜欢住院部的病室，她喜欢这里的热闹。她说，吵是吵点，但睡得着。一会儿，要回到病房去换吊瓶，朵朵死活不肯回去，说她想丁阿姨。

黄小峰借医院的电话打给丁湘，丁湘说去了北京，与一所大学接触上了，在谈合作的事情。黄小峰耐心听她说完，才说朵朵要找她呢。丁湘惊叫起来怨他：“为什么不早说?”朵朵接了电话，丁湘和她说着话，给她讲北京的吃喝玩乐，温柔无比。

忽然，李嘉慧再一次拧起黄小峰的手臂，用尽了全身的力气。那是一处旧伤，前些天刚刚拧过，现在让他疼得龇牙咧嘴，生不如死。

她若有所思地想起了什么，说："何美好真是个憨包，怎么能丢下关杰一个人在东莞呢？为关磊磊陪读，除了做饭洗衣，会解题考试吗？"

他暗吃一惊，想不到这两个女人联系得这么紧密。她那么忙，连吃饭的时间都没有，还能关注何美好和关杰。他觉得，她天性是敏感的，特别是男女之事，比一般女人深刻三分，说出的话语常常是一语中的，入木三分。他为关杰辩护："关杰正在事业拼搏期，何美好是善解人意，为他做好后勤吧……"

她哼一声，白了他一眼，说："做好了后勤，还需要有人知道体恤不是。就怕篱笆门无人看，黄鼠狼钻进来偷鸡。家里红旗不倒，外面彩旗飘飘。"

这话再次让他惊讶了好一阵，自己的女人真不简单。

中

过了两天，朵朵的病情稳定了，不再哭闹，看起来真像个安静的病人了。她很听话地养着病，一声不响地看电视上的动画片。黄小峰和李嘉慧轮流照顾，阿珍和梁可欣买了水果篮和玩具，代表中天和富达公司来看望，小两口感动得热泪盈眶。黄小峰想起那个通信公司的单子，记挂起学堂的学生，下午便回了公司。

阿彩给他端出一碗甜品，说："不用担心，孩子们这两天都在读书，读完书，就写字。他们听说朵朵病了，刚开始还吵着要去医院看望呢。我不想让他们添乱，就说黄老师回来要测试的，如果你们成绩好，黄老师最是放心。要不，黄老师又要花时间给大家补课，那他就没有时间休息，也没有时间陪朵朵。孩子们明白过来，一个个都像大人似的。来了就是自习，大手拉小手，成绩好的带成绩不好的，互相配合得很不错。待会儿上课，你别忘了测试他们一下。”说完这一席话，她又愣在那里，好像有什么心事。

黄小峰问道：“还有什么事吗？”阿彩叹了一口气，说：“现在不断有孩子过来，要进学堂，你说这么小个地方，只进不出，怎么办才行？”黄小峰想了想说：“过些天我去附近学校逛逛，看有没有学校可以收下这部分孩子。这里只收刚来广东的孩子，作为过渡。你以后一定要叮嘱家长，一定要办暂住证。或者，约好一个时间，你带着他们一起去办。不然，进不了正规学校。”阿彩点点头，拿出本子记下。

是日，黄小峰上了班，阿珍来到办公室，说陈总有事找他，对他眨了眨眼睛，好像有什么大事，提醒他小心些。

这次陈总没有泡茶，叉着腰望着阳台外面的天空。落地大玻璃上全是水雾，几天都没有散，屋内满是馊味。

黄小峰敲了敲门，叫了一声陈总。陈小明转过身来，问道：“黄小峰，你是不是中文本科毕业？难道你的学历是假的吗？”黄小峰察觉到了一股浓烈的杀气，他答道：“我是高考落榜后，在教书期间，自考的呀。”陈小明把一沓宣传单砸到他的脸上，呵道：“那为什么那么简单的一个字也错？这可是小学生都会的吧！别以为做了富达公司的案子，你的尾巴就可以翘起来，遮住你的眼睛！”黄小峰从地板上捡起一张，看着文案的主标题的“拖”被人用红色的粗字笔圈出来，狠狠地打上了一个“×”。

黄小峰退了出来，径直去找设计师，问她为什么没有把

"拖"改"托"，前两天临走时，他写好订正在便笺纸上的。设计师一头雾水，耸了耸肩，表示毫不知情。黄小峰还想再说，设计师把黄小峰签字后的出单表扔过来，上面有出品打样，黄小峰看了看，还是那七个大字，那张把"拖"改成"托"的小便笺并不在上面。

黄小峰来到麦辉的办公室，他正在喝茶，看见黄小峰进来，立马起身相迎，问道："校长回来了，朵朵没事了吧？"黄小峰走近了，看着他的眼睛，低声问："故意的吧？"麦辉愣道："什么？"黄小峰又问："便笺在哪里？"麦辉睁大了眼睛，正色道："我不懂你在说什么。出了什么事，自己担着，别把屎盆子扣在我的头上啊。这可是陈总亲自安排给你的单子，真是让陈总失望啊！"黄小峰道："麦辉，我知道你一直对我有意见。同事之间，值得这样下绊子，落井下石吗？那句广告语，你说是你的，那就是你的，我一个字也没对外说，一直给你遮着掩着。你心胸像个女人，文化修养上更是胸无点墨，偏偏喜欢装得高深莫测，你不觉得你很悲哀吗？这案子出了差错，损失最大的还是中天公司，你不也是老板之一吗？"麦辉嘿了一下："老子是老板？那是你没来之前。老子最大的错，就是招你进来。你以为陈小明会放过你？咱们走着瞧！"

黄小峰闷闷不乐地出了公司，转身往火车站赶。老家来了人，他要去接站。

来的是村干部的两个男孩子，大学刚刚毕业，想让黄小峰带他们去找工作。他本来是想推荐进中天公司的，现在不仅没有这个面子，自己也没有这个心情了。想不到小小一家公司，尔虞我诈，门道陷阱比衙门还多。富达公司倒是可以考虑，于是黄小峰打电话给丁湘。丁湘说，服装厂现在不招男工，摩托车厂也不要这样的应届毕业生，说应届毕业生眼高手低，不愿意吃苦。何况，万一真做了摩托车安装工，老家的人肯定会认为没有得到照顾，干不了几天，气冲冲地走人，在老家到处传言他不仗义。

最后，丁湘建议黄小峰给他们两辆单车，叫他们抄了公司的电话和手机号码，早上吃了饭，自己出去找。反正家家工厂都贴了招工启事，要求和待遇也写得清清楚楚。自己去看，去比较，去决定。这样也是尽快熟悉地方的一个好办法。

黄小峰请两个男孩子吃了早餐，问他们想找什么样的工作。两个孩子笑笑，一个说听您的，一个说工资要高、工作不要累。黄小峰笑了："说得好，不过，有这样的工作吗？我带你们去个大地方，高薪的、轻松的工作一大把，随便你们挑吧。"

黄小峰把他们带上公交车，来到人才市场，先叫他们写简历。哪知，他们连个简历都不会写。黄小峰在地上捡了一张别人丢弃的简历，给他们做样板。两个男孩子半抄半改，差不多磨蹭了两个小时，才开始战战兢兢地往摊位上投简历。

湖乡的孩子毕竟没见过大场面，本以为是黄小峰早替他们安排好了可以直接上岗，哪知来了还要面试，让陌生的面试官这个看那个瞧的，一下子失望又害怕，贼眉鼠眼地对着面试官，吞吞吐吐地回答了一些问题，没一个入得了面试官的法眼。回到黄小峰的出租屋，两人犹如两条丧家之犬。黄小峰安慰他们几句，把自己找工作的励志故事添油加醋地讲出来，叫他们再想想自己的长处在哪里，养养精神，练练口才，明天再战。自己便去了医院陪朵朵。

黄小峰对李嘉慧讲了那两个学生找工作的事情，李嘉慧说，不如让他们进中天公司。黄小峰说，中天公司太大，工资也不高，他自己都想走，还推荐别人进去？李嘉慧揶揄道：“你会跳槽？没可能的事。进到中天公司这么多年，工资早到顶了，要跳早跳了。”

黄小峰说：“我这次去了人才市场，看到很多好的公司，工资一家比一家高。来广东这么多年，现在人熟、路熟，行业也熟，可谓天时地利人和，此时不走，更待何时?”嘉慧来了兴致，道：“也是好事，最好骑驴找马，先找好下家，再辞中天公司。”

第二天是周日，黄小峰在修单车的师傅那里租了三辆单车，带着两个男孩子去找工作。太阳毒辣，晒得人连地上的影子都没有。进去几家工厂面试，面试官都说他们没有工作经验，不会说广东话，挑出一大堆毛病，给出来的工资低得吓人。两个男孩子去话吧打了电话嚷嚷着要回老家，老家的人又打电话给黄小峰。黄小峰叫他们不要急，孩子出来，总是要吃苦的。最后，说服不了人家，两个孩子买了去深圳的汽车票，连夜投奔自己同学去了。

中天公司的事故马上就搞清楚了，那家通信公司的单张宣传单已经印刷了一千多万张，这些客户肯定拒收，印刷厂的制版也要更换，这一块损失已经高达十多万元。

更坏的是，那张巨大的喷画已经出街，挂在了天河区的黄金路口，好在客户还没来得及验收。这张喷画价值三万多元，如果取下来，还需要另外支付下画和上画的人工费用。

当然，如果因为这单事故，丢失了这个优质稳定的客户，中天公司的业绩会掉下百分之八十，只能关门大吉。

这对黄小峰来说，真是个天文数字，打工这么多年，家里的所有积蓄，都不过是事故损失金额的一个零头。这笔钱，他真赔不起。

晚上，黄小峰第一次没有去学堂上课，他在天河区黄金路口的广告牌下，看着那个巨大的“拖”字心如刀绞。他泪流满面，万念俱灰，嘿嘿傻笑，难道他的人生就让一个错别字击倒？广告牌边，一幢幢大楼高耸入云。这时候，一个个“蜘蛛人”系着吊绳，忙着清扫玻璃幕墙。白天气温太高，又有玻璃反射出来的热量，“蜘蛛人”只能在晚上工作。黄小峰忽然想，怕什么？大不了我去干这行。转念一想，毕竟自己的特长在文字，在文字上栽了跟头，无论怎么讲，这样的低级错误，于他而言，真是无法谅解。

这时，他看到远处的路灯下有一个熟悉的身影在向他招手，原来是阿珍。阿珍安慰道：“校长，你别怕，办法总是比困难多。你看啊，这字是黄色的，背景是黑色的，如果有人上去用黑色的油漆……”真是个好办法，只要用黑色的油漆涂掉“拖”字的一些笔画，“拖”字就可以变成“托”字了。问题是，“拖”字在画布的中上位置，工人拿着油漆，根本够不着，还有，去哪里找到那样的工人呢？阿珍说：“办法只能往这方面去想。”

两人正说着话，阿彩带了一群人过来。阿彩说：“校长，这些都是家长。今晚上课的孩子们一听说校长有困难，大家立马回家找爸爸。你看，爸爸们来了，孩子还在家里写作业呢，乖乖的。”黄小峰有些难为情地说：“打搅了，真是不好意思。”

家长们说道：“校长说哪里话，这么多年一直教我们的孩子，一分不收，我们做点小事情，哪好意思让您说出口啊。”

大家听了阿珍的想法，有几个油漆工人是富达摩托车厂的，马上说：“没问题，我现在去厂里拿工具。”过了十几分钟，一辆小货车停下来，工人们抬着喷漆的机器，还有一根细长的塑料管，上了广告牌的云梯。机器嗡嗡地叫着，工人们把塑料管伸得老长，直抵那个巨大的“拖”字。黑色的油漆喷出来，因为细管的遮挡，位置精确而平整。很快，那个“拖”字就变成了“托”字，不仔细看，区别不大。

黄小峰有些忐忑，阿珍说：“别担心了，只要客户没话说，陈总也不会把你怎么样。”

解决了这一桩难题，黄小峰心里好受了一些，回到朵朵的病房，叫朵朵看动画片，然后把李嘉慧叫出去，把事情的前前后后说了一遍。李嘉慧听说还有十多万元的损失要赔，吓得哭了起来：“哥嫂的楼房已经盖起来了，听说老屋倒了一片墙，我们还要过多少年才能盖个房子呀？早知这样，就不该来广东，安心在家里教个书，轻松自在，免得操那么多心。”

黄小峰十分愧疚，他说：“湖乡的学校已经被撤了，老家的孩子都去县里上学了，这个你不知道啊？”李嘉慧说：“那你也不怕，你照样会调到县里去教书啊。”黄小峰摇摇头，叹息道：“我就是一个民办教师，怎么调？再调也是往农田里调啊。”李嘉慧不再叫苦，反而镇静了，说：“这损失全部要你一个人赔，不公平吧。赚起钱来，都是公司的；赔起钱来，都是员工的。天下哪有这样的道理啊？过两天，朵朵出院了，我去找陈总说说理。”

两人回到病室，朵朵转过头来，看到妈妈的红眼圈，叫了声“妈妈”。李嘉慧抱起朵朵，低声哭了起来。

次日早上，陈小明和黄小峰开始正式谈判。

陈小明泡着香气四溢的普洱茶，没有介绍茶叶叫什么名字，也没有说茶叶是哪年哪月产的。二人闷闷地喝着茶，陈小明开口了："校长，这单事故，麦辉负有不可推卸的责任，已经被公司劝退了。"他停顿了一下，看了一眼黄小峰。黄小峰有些震惊。

他继续说道："可惜的是，这么个大客户可能没了。唉，没了就没了吧。做生意哪能靠一个客户养活？只要我们有不可替代的人，就能争取更多的客户。广告人就是靠脑力吃饭的，人才最宝贵。再说，中天公司不能赔了夫人又折兵。校长，你有什么打算？"

黄小峰挺直了身体，说："我没有考虑这方面的问题，听凭公司处理。"

陈小明说："处理肯定是要的，公司和个人都承担直接损失的一半，间接损失——比如客户的流失，社会的负面影响等等——全部由公司承担。"

黄小峰问道："一半？"

陈小明道："对，八万元，可以接受吗？这八万元，当我个人先借给你，你什么时候有就什么时候还，我不会催你。不过，我有一个条件，你必须在中天公司服务十年。十年期满，这八万元算我给你了。"

"哎呀，不好了。"阿珍闯了进来，"陈总，校长，李嘉慧要跳楼！"

三人一起上到楼顶，只见李嘉慧站在女儿墙上，看到人走近了，马上用手一指："站住，别过来！"

三人立马停下脚步，后面的员工黑压压地跟上来一片，吵吵嚷嚷的声音顿时消失了。

李嘉慧单薄的身体在空中晃了晃，人群里发出一声尖叫。李嘉慧对着陈小明喊道：“陈小明，你这个黑心的老板，怎么赚了钱都是公司的，赔了钱都是员工的?”

黄小峰赶紧说：“李嘉慧，你快下来。陈总已经答应只要我们赔一半。”

陈小明也说：“李嘉慧，请你冷静。这世界上最重要的是生命。你还有朵朵，难道你想要让朵朵没有妈妈吗?”

李嘉慧听到这里，眼泪一滴一滴地落下来，她声嘶力竭地喊道：“陈小明，我家要让你毁了!”

阿珍报了警，消防队员已经在下面铺好了充气垫。李嘉慧开始在女人墙上行走，地上的充气垫也跟着移动。

陈小明继续喊：“李嘉慧，我不要黄小峰赔一分钱了，我还要终生雇用他。要是你不信，你问问黄小峰。”

李嘉慧看着黄小峰，目光中满是疑问。

黄小峰跪了下来，说：“李嘉慧，陈总说的都是真的。你下来吧。”

李嘉慧下了女儿墙，警察一拥而上，将她抱下来。

陈小明说，他在李嘉慧面前说的话都会兑现，钱不要他赔了，但黄小峰一定要同意他的建议，起码在中天公司留下来，干个十年二十年，哪怕在中天做一辈子，老了，中天也会养他。如果中天公司以后的生意好了，黄小峰可以成为公司的股东。

黄小峰说：“陈总的好意，我们心领了。这次的事故，确实是我造成，损失多少，我会承担。但我觉得现在要做的，不是赔偿，而是弥补客户的损失。解铃还须系铃人，客户的沟通工作，我来做。”

下

朵朵的肺炎刚刚好，李嘉慧又进了医院，医生说她情绪波动太大，不要再受刺激，但也没有大碍，休息几天就可以出院。

中午，丁湘回来了，约黄小峰在中天公司附近的一家老牌甜品店吃点东西。谈到最近的事故，丁湘叫他不要担心，通信公司和富达公司都是商会的理事单位，她会马上出面去协调。谈到与北京一所大学合作的事宜，丁湘说，“国家越来越重视民办教育了。民办学校迎来了全新的发展机遇。随着国家的快速发展，国际化的教育应该是国内教育发展的一个方向。我计划引进国内顶尖外国语大学，在广东开办一所基础教育的附校。这就需要搞好和外国语大学的关系。”

黄小峰说，非常好，要尽快去国内办得比较好的学校看看，取取经。另外，他的学堂放在中天公司不是个事儿，一来他可能离开中天公司，二来要扩大学堂。

丁湘说，加快找个大地方，旧厂房和旧学校都可以。关键还要请教教育主管部门，拿到办学许可。

二人谈着如此严肃的话题，黄小峰对未来充满了希望。说完一阵，一下没了话说，丁湘吃着甜品，看着门口来来往往的人发呆。

这一段时间里日子过得太过压抑，黄小峰想活跃一下气氛，问她看过电影《大丈夫日记》没有。丁湘看着他，觉得眼前这个人有点不可思议，揶揄道：“黄小峰，你不会想学人家娶两个老婆吧?”

黄小峰“扑哧”一笑，故意气她：“哪个男人不想?”他又摇头，“但是我是不行的，没那份帅气，也没那么多钱。”

丁湘“切”了一声，看着他说：“如果有美女投怀送抱，甘愿以身相许呢?”

黄小峰脸红了，转过头去说：“在这部电影里，我发现身边有个人真的很像女主角。”

丁湘莞尔一笑：“三日不见，当刮目相看，还知道女主角了。男人都是花花肠子。”

下午，丁湘带着黄小峰来到通信公司，公司负责人是一位精明强干的女经理人。见了丁湘，她笑得欢快，举起双手一颤一颤，宛若一只蝴蝶飞扬起翅膀，“我说今天左眼跳财，果然来贵人了呀！丁总您好，欢迎丁总!”说着话，她又看了下黄小峰。

丁湘说：“徐姐，这是我的一位朋友——黄小峰。咱们先谈正事，待会儿再给您详细介绍。”

三人坐在沙发上，秘书倒了茶水进来。丁湘与徐姐谈的是给富达公司中高层管理人统一配备徐姐公司手机的事宜，很快就谈好了。负责人马上叫秘书拟定合同，有十多万元。

秘书出去的空当儿，丁湘与徐姐拉起家常，比如，美食啊，衣服啊，最后扯到男人上面来了。徐姐问：“阿湘，要不给你介绍一个对象？一家大公司老总的儿子刚刚从国外留学归来。”说着又拿眼睛看着黄小峰。

丁湘莞尔一笑：“徐姐，那是海归啊，我怎么配得上?”徐姐说：“你错了，他是海归，你还是‘华侨’呢!”

说到兴头上，丁湘对徐姐说：“徐姐，今天还有一事相求。这位黄先生是我的老乡，也是我的好朋友。他在中天公司做策划……”

徐姐说：“中天公司我知道，这公司原来也是很好的合作伙伴，但近来一个单子做砸了，上面都扣了我三个月的奖金。哎呀，你说，广告语中竟出现错别字？真是连小学生水平都没有达到啊。”突然，她又恍然大悟地站了起来，“丁湘，你不会是过来找我做交易的吧？咱们一码归一码。要做交易，那你就是把徐姐推到阴沟里去，要打破徐姐的饭碗呀。”

出了通信公司，二人一路无话。是啊，谁敢做这种赤裸裸的交易？

黄小峰非常感动，对丁湘道：“你为什么老是这样帮我？我该怎么感谢你？”丁湘笑了：“要怎么感谢？难道要以身相许？告诉你，我是不要‘大丈夫’的呀!”

这玩笑让黄小峰有点难堪，想到自己是有妇之夫，没有金钱，没有地位，还要沾着人家女孩子的光，真是太过龌龊了。他心里想说：“丁湘，我哪敢癞蛤蟆想吃天鹅肉啊。”话说来却是：“怎么会，丁总金枝玉叶，别和我这农民工相提并论了。”便不再吱声。

丁湘有些尴尬地说：“是啊，也是我小看徐姐了，这样的交易怎么会有人接受呢？还是要想个法子才行。”

黄小峰把广告布喷油漆的事情说了一遍。丁湘说，宣传页可不可以如法炮制呢？也在错字上打个补丁？黄小峰说，这个要找阿珍和设计师，他们有经验。

回到公司，黄小峰找到阿珍和设计师，商量如何在错别字上打补丁。

阿珍说："这是个好主意，补丁不能简单粗暴，不能一眼就看出来是个补丁，那补丁要像个什么呢?"是啊，那补丁像个什么呢？三人展开头脑风暴，想象那补丁的样子。

设计师说："其实，补丁是一个很美丽的存在，它并非多余，你看很多服装的标志，不就是一块补丁吗？你看衣服上的很多花纹，特别的花纹其实也是一种特别的补丁。"

这样一想，思路就打开了，大家决定，让设计师在电脑上设计出两个覆盖错别字的补丁方案，一个是将整条广告语，换上金色的底色，看起来高端大气；另一个是在单张上贴上一款最新潮的手机图片，手机的天线正好盖住那个错别字，这一款看起来很有创意。阿珍找采购部的人算算开支，两种方案印刷成本两千元，其他就是人工的成本。去哪里找这么多的人手把这些小照片贴上去呢？黄小峰说："这个最容易，不怕。"

叫设计师做好两个方案的样板，黄小峰再次来到通信公司。

前台小姐说徐姐出去了，也不知什么时候回来。黄小峰一直在前台等。下班时间到了，通信公司关上门，他在走廊里等。下午五点过了，还是没有见到徐姐的影子。前台小姐说："黄先生，这样等也不是个事，要不等徐姐回来了我再通知你?"黄小峰一动不动，问徐姐的家在哪里。前台小姐不知道，只能告诉他，徐姐一般会回来了，会回公司审批文件，到家里去找，还不如在这里等着。晚上，黄小峰在门口的保安室外站着。保安给个凳子，他站一站，走一走，坐一坐。半夜里，一阵汽车的喇叭声把他从梦中惊醒，小车的灯光刺得他睁不开眼睛。保安说："徐姐回来了，你终于等到了。"黄小峰对着小车叫道："徐姐!"保安也说："徐姐，这人等你一天了。”

徐姐从车里出来，道：“黄先生，你还要找我做交易吗？”黄小峰说：“我们有两个方案，您看看，其实比原来的设计更强！”徐姐淡淡地说：“是吗？没哄我？”黄小峰说：“哪敢哄您？给我五分钟的时间，如果我不能说服您，错误的宣传页全部退回，我们给您印新的！”

徐姐看他说得恳切，便带他进了办公室。办公室里刚好有一张挂历，挂历上一只金色的老鼠凸显出来，显得极有立体感。黄小峰说：“徐姐，我可以借用一下这张挂历吗？”徐姐点点头。黄小峰轻轻撕下那只金色的老鼠，挂历上露出一个空白的平面。黄小峰看看这个空白的平面，在空白的平面上画了一只公鸡。黄小峰让徐姐看看，再用固体胶将金色的老鼠贴了回去。

他拿出两个方案，说：“徐姐，我们的创意就是这样的，稍微做一点改造，效果立刻与众不同。”徐姐看了看，笑了：“不错，真不错，我更喜欢黄金底色的，代表了这款大品牌手机的品质。”黄小峰说：“您太有眼光了，这一款方案的确大气。”徐姐想了想说：“还有剩下的那一半，我也想印刷成这样的。你们的设计师可以改吗？”黄小峰说：“当然，改个版，是要付给印刷厂费用的，设计费我们可以免费。”徐姐又问：“已经印错的单张宣传页全部贴上金底字，需要多少钱？”黄小峰说：“不贵，主要是人工；人工也不是问题，我们有办法。”徐姐道：“那好，你回去跟陈总说说，后一半的设计费抵扣前一半的费用吧。印刷厂的改版费我们来出。”

黄小峰没有想到事情会如此顺利。过了几天，印刷厂的金色底小纸片送过来了，学堂的同学和家长把这枯燥的劳动当作创意手工，几天就完成了。黄小峰过去送货的时候，徐姐忍不住夸他：“你真行，错都错成花了。这个金色底，我们同事可喜欢了！”

事情的进展完全超出陈小明的预料，黄小峰化错误为神奇，让客户赞不绝口，这在中天公司的历史上是头一回。他为此专门请黄小峰吃了一顿饭，还特意叫来了李嘉慧和朵朵。中天公司的所有员工在最豪华的餐厅里大吃一顿，皆大欢喜。陈小明当场安排阿珍给黄小峰租房子，让他们一家人住大一些的房子。他亲自给黄小峰一家人敬酒赔罪，并给了朵朵一个厚厚的大红包。最后他表示，希望李嘉慧可以到中天公司来工作，比如，打扫一下垃圾，协助一下饭堂。

黄小峰半天没有说话，脸上只是挂着浅浅的笑容，他突然想起麦辉说的那句感叹的话来。但现在他想的，并不是陈小明可不可以托付的问题，而是要为他的学堂考虑。

黄小峰装作正在看电视。电视里正在直播香港回归的画面，解放军进入中国香港，英国殖民统治者黯然离去，看到国家领导人站立在冉冉升起的五星红旗下，举国一片沸腾。黄小峰心里不再平静，他已经来广东数年，在这一片改革开放的热土上，各种各样的变化，真是日新月异。人才的流动也是飞快。但他还没有跳过一次槽。黄小峰想到这些，心里不免沉重。为什么一直都没有走，因为学堂吗？陈小明一直没有给他加工资，看中了他的厚道，也利用着他的厚道。但如果像丁湘计划的那样，找到更好的地方办学堂，他也真该动一动了。

黄小峰对着李嘉慧时口里念叨着要出去找工作，心里却总是惦记着学堂。学堂要搬到哪里去呢？一要离工厂近，二要安静、环境好，三要面积够大，有运动的场地。还有一点，租场地的费用他付得起吗？

李嘉慧每次嚷着要回老家盖房子，都被黄小峰以各种理由糊弄过去了，每次都是说：“后来居上，后来居上。我们的房子是盖得迟一点，但绝对是湖乡最漂亮的房子，会是一个人人仰慕的样板！”

更麻烦的是老丈人——老木匠，三天两头地催生，在电话里叫着要“孙子”。是日，黄小峰正在给孩子们上作文课，老木匠打来电话，他按了免提接听，却是老校长的声音：“小峰啊，你到底什么时候再生个娃啊？快叫嘉慧抓紧点，趁年轻……别挂电话，李爷爷还要给你们说几句。”

不知何时，黄村不再区分爷爷和姥爷了，一律叫爷爷，这是不是老木匠的另一伟大创举呢？大家都不得而知。反正大家都跟着喊，高兴就好。就像二十世纪八十年代，不知哪一天起，开了会一样，都改口叫“爸爸”“妈妈”了，刚刚开始，有些害臊，甚至有些不雅的联想。多叫几声，觉得时髦了，更觉得原来的“爷爷”“姆妈”多么土气，也就不叫了。

老木匠在电话里对女婿说：“小峰啊，争取年底抱个小当家的回来，李爷爷喜欢。李爷爷盼星星盼月亮，昨夜就梦到了哦……”

这次来电，李嘉慧听得脸上白一阵红一阵的。其实，她自己何尝不想？朵朵大了，上了小学，现在她有精力来带下一个娃娃。可是，目前她的主要心思还是在老家盖房这件事上。黄大峰的三层楼房已经盖了几年，横跨黄村的公路两边都盖上了三层混凝土小洋楼，只有黄小峰的那块宅基地还空着，两边楼房一遮挡，什么庄稼都生长不起来；天一亮，邻里的鸡鸭成群结队地往里面钻，连野菜也没有了。好好的地，成了鸡啄地。

这简直就是一个耻辱。河沿边的老宅已经断电，瓦顶的中间破了簸箕大的一个洞，山墙的裂缝大得可以进人。老校长老两口偷偷地搬进大儿子的楼房，到了年关大儿子回家前又匆匆忙忙地搬回老宅。金铃不敢在小儿子面前提要求，只在李嘉慧耳朵边使劲，说："你们再不盖房子，我也活不下去了。"

盖房子不是过家家，需要金钱做后盾。物价年年上涨，人工费用更是高得离谱。找几个湖乡的熟人打听行情，发现当年黄大峰花了十五万元盖的房子，现在需要二十五万元了，有的人说，可能需要四十五万元。

黄小峰发现自己落伍了，特别是输在赚钱的能力上。刚刚来广东，工资高得很，现在却已经很少有人找他谋份工作了。湖乡的庄稼汉子走南闯北，到处承接铝材门窗的装潢生意，一年到头，净赚汗水钱也有十来万元的纯利；三两年下来，盖个小洋楼，真是小菜一碟。他黄小峰一家呢？工资一直未涨，陈小明生意却越做越大，对待员工却越发小气，还把原有的福利一一收了回去。黄小峰一年的收入只够回家过个年，年一过，便又是两手空空地回来，真是"广东赚钱广东花，一分莫想带回家"。

离开服装厂后，李嘉慧也偷偷出去找过工作，但都是些冲洗厕所或在路边店里打杂之类的活，不包吃不管住，时间长，压力大，回到家里，死人一样躺床上，开始怨天尤人。黄小峰想了想，叫李嘉慧不如开个"小饭桌"的托管班，靠着小学，为没有时间准时接送孩子的家长服务。人是辛苦点，算是有了出路。但短期内，生孩子是不可能的。

黄小峰没法静心工作，大家都认可他的才华，可是又有什么用呢？社会只会用金钱衡量每一个人的价值。他开始偷偷地投简历，偷偷地溜出去面试，再一次回到人才市场。进出公司，他对前台小姐和气地笑着，有时塞给她们一块雪糕和一杯糖水，但陈小明仍像一个幽灵，时时刻刻地盯着他，兜里的电话时不时地响起，老板有威慑力的低沉语调好像察觉到了他有“出轨”行为。

有一次，他刚刚在体育中心为客户上完喷画，站在刺眼的阳光下，直插云霄的中信大厦开始向他招手。最高的楼里，才有最高的薪水。这是一个小孩都懂的道理。

第五章

上

多日不见的何万富已是满头白发，令人不敢直视。他受到了事业上的致命打击。

黄小峰想起自己刚来广东的时候，因为查暂住证被扣，是他和丁湘出手相助。那一晚，何万富风流倜傥，潇洒风光，让这些来自内地的乡巴佬大开眼界。黄小峰又想起，在富达房地产的开盘庆典上，不少社会名流和商界大腕都围着他打转，年轻美丽的梁可欣不离左右，他是万众瞩目的中心，真是令人羡慕。平日里，只要他何总一回到公司，各部门的头儿都跑出来，对他前呼后拥，其他小兵想套个近乎也近不了身，只能在远处笑笑。

此时已是深夜，广州城其实早已经睡去，因为知名富商何万富的离世，让整座城市从梦中惊醒过来。坐在轮椅上的何万富被推到病房窗户，长长的白发在夜风的吹拂下飞起来，仿佛是一面小小的白旗。平日里油光水滑的大背头发型不见了，头发全部呈爆炸式地分散，露出中间光秃秃的顶。他嗷嗷大叫：

“15000点啊，你不走，真该死。10000点走了多好啊！”他用右手拍打着左手，一会儿又用左手拍打着右手，两只手已经浮肿，像两个宽大的馒头，“10000点走了你就不要来，为何在8000点又来了！”这几天，各大媒体都在报道亚洲金融危机的新闻，以及金融危机给各国带来的动荡。

何万富的实业全部在亚洲，没有人想到他在股市下了这么重的筹码。他变卖了全部的实业，不断去股市里抄底，结果灰飞烟灭。股市就像一个无底洞，几乎吞噬了他的全部财富。受此打击的何万富，精神也几乎崩溃，一生的心血付之东流。更为糟糕的是，他已患重疾，所剩时日不多。他紧急把丁湘、黄小峰和梁可欣等人叫来。

丁湘等人赶来医院时，气喘吁吁，两腿发软，他们身体往前倾倒，双腿剧烈抖动。

梁可欣一看即将离开人间的何万富，哭得声嘶力竭。巨大的压力击溃了她，她声音低微，就像来自另一个星球：“我们有了孩子，你知道吗？你要让他一生下来就没有父亲吗？你不能走啊！”

何万富一动不动，宛如一尊雕像。一看到丁湘和黄小峰，立马拒绝他们进一步靠近，何万富好像在用尽全部力气说，“丁湘，站住！遗嘱在我办公桌上那只红色牛雕的肚子里，摔破它！我不欠别人一分钱！”丁湘拼命叫道：“舅舅，不要，不要！”何万富一指黄小峰，吼道：“黄小峰，你给我听着，不要亏待我的外甥女，她对你是真心的，懂吗？黄小峰，我知道你有家庭，有老婆，但你是一个男人，做男人就要大气，要有大的境界，尤其是不要辜负一个女孩对你的心！”最后，何万富对着梁可欣说：“可欣，我对不起你，我没有给你一个名分，也是为你好，你太年轻了。我给你留了一套房，还有一些钱，你太年轻了，寻找自己的幸福去，哪怕找不到，至少也要活得好好的！”

梁可欣说：“我不找了，那个人已经消失了。他不存在，被你代替了啊！”

丁湘泪如雨下，一动不动，就像木头人一般。

黄小峰蒙了，想不到何万富将他和丁湘扯到了一起，这是在唱的哪一出戏啊？真是病糊涂了！按说，人之将死，其言也善。你何万富怎么就来了这一出里外双杀的戏。我黄小峰是有妇之夫，有幸福的家庭，从没有逾越雷池的想法。我是欠丁湘的恩情，但不会走到那一步。丁湘还是未婚的女孩，你叫她以后怎么走出来？你何万富啊，糊涂，真糊涂了！

突然，何万富低下了头，丁湘等人赶忙呼叫医生……

追悼会上，丁湘和梁可欣作为家属接受大家的慰问。何万富生前的好友和他公司的员工悉数到场，蓝色的工衣把殡仪馆的每一个角落都染蓝了。

三家富达企业，三辆豪华小汽车，还有在广州的多处房产已经划归他人所有，陈小明居然也得到了一套房产。何万富的遗嘱对家产的安排十分清晰，梁可欣和丁湘的所得是一样的，她们各自得到一辆皇冠轿车，一套位于番禺的别墅，还有一千万元的存款。

几天下来，黄小峰心里越发沉重。

何万富的音容笑貌浮现在眼前，与他交往的点点滴滴，好像就是昨天发生的事情。他不知道怎么去对丁湘好。好几次打她手机，都是关机状态，打她家里的座机，都是忙音。

黄昏，黄小峰去丁湘的家里，在外面按了按门铃，贴耳听听，有门铃的声音，却没人应声，也没人来开门。那只白猫知道黄小峰来了，在里面叫得兴高采烈，不停地用爪子抓着门板。他叫了一声“阿湘”，就坐下来，靠着那个钢铁防盗门，看着远处的天空。苍穹下，不时有归来的航班，飞得很低，亮着翅膀上的灯，一闪一闪。广东国际大厦已经不是最高的楼宇，太多的高楼后来居上，它们在骄傲地成长，让不可一世的国际大厦低下了高昂的头颅，对周边的高楼顶礼膜拜。

坐了一会儿，他觉得她应该要吃点什么，就走下楼梯，找一间她最爱的食档，盛了一碗她最爱的皮蛋瘦肉粥。再上来，到了门口，防盗门开了，进到屋里，黄小峰把粥放在桌子上。找她，她在沙发上，面朝下，黑发黑裙，手臂与大腿白得瘆人。他扶她坐起来，一放手，她又软了下去。他用手臂圈着她，把粥舀到她的嘴边。她默默地吃了几口，忽然号啕大哭，突然停止了呼吸，好似噎住了，最终呼出一口长长的气，把一口的粥全部喷射出来。他忙给她捶背，轻轻地，像给朵朵捶奶。她忽然扭过身来，紧紧地抱住他，在他胸前狠狠地咬了一口，过了足足一分钟，她才松开牙齿，看着血汁渗出，慢慢形成一朵灿烂的桃花。

她蓬头垢面，用双手捂着他的脸，说：“黄小峰，我没有亲人了，一个也没有了，全死了，全死了。”

他心疼得发颤，把她搂在怀里，抱得紧紧的。

一夜过去了，她从第二天开始沉睡，一天到晚说着梦话，醒来也只是抽抽搭搭地哭泣。

他有些崩溃，觉得万分沮丧。他抱着她，突然也哭了。他看着墙上《兰草花》的诗句，突然感受不到当初的振作。写作的时候，正是他处于人生最低潮的时候。陈小雪嫁人，他离开学校，却还有诗歌和远方可以慰藉。真到了远方，看到万美娇卖笑，他却发现自己已经失去了创作诗歌的力量。那日，他在书店看到一本文友的诗集，翻了几页，居然泪流满面。眼前的她表面富丽堂皇，内心却极度悲苦；而今，她真的成了一个彻彻底底的“孤儿”。但他又能做得了什么呢？他陷在一个深不见底的渊潭里，手无缚鸡之力，兜无钱财垫脚，胸无自信澎湃……他爱的兰草，他爱的兰草花，现在老屋倾倒的砖墙下，被稗蒿死死缠绕……世界上，还有比他更无助的人吗？没有了，一定没有了！他痛哭流涕，男人的啜泣声十分沉闷，那声音浑厚，极具穿透力。

丁湘愣住了。

她觉得自己不能这样，便起床抱了抱他的双肩，去卫生间里洗漱完毕，走进厨房，打开火，做饭去了……

金融危机给整个世界带来了巨大的冲击，广州是对外贸易的重要城市，受到的影响明显，更多的人怕失去饭碗，在岗位上战战兢兢地工作着。

接下来的日子，黄小峰很少看到丁湘，她早出晚归，不知在忙碌什么。

一天夜里，十点多的时候，黄小峰在门口截住了丁湘，看着她挽起了披肩的秀发，戴着一顶棒球帽，穿着白色的夹克和黑色的运动鞋，浑身上下都是石灰的斑点。

黄小峰惊叫起来：“阿湘，你在干什么？我很担心你！”

她淡淡一笑，开了门，说：“进来吧。”她进了屋，用脚踩着脱下运动鞋，把它一脚踢飞，又把棒球帽扔得远远的，再两手一伸，扭动着身子，想把那件夹克扭下来，他连忙上前，拉住夹克的衣角，帮她把夹克拉了下来。“谢谢。”她一屁股坐在沙发里，白猫瞪着蓝色的眼睛，小心地看着她，然后折了一个弯，来到黄小峰面前，对着他直叫唤。

“小宝贝，你一定饿坏了。”黄小峰拿出猫粮倒在猫食盘子里，说，“小宝贝，你的主人现在忙，不要怪她哦。”

他来到厨房，开始忙碌，先是洗米，煲粥，再拿出一条鲈鱼，洗干净，沥干水，放上调料，在盘子里腌几分钟，放入烤箱，开了火，烤箱嗡嗡作响。看着鱼慢慢变色，油渍“吱吱”地响，他打开抽油烟机和煤气灶，整个厨房开始热闹起来。菠菜在池子里洗洗泡泡，差不多三个来回了，他才捞起来，放入热锅里与炸好的蒜泥猛炒。最后，烤鱼出了烤箱，他在浇酸奶的时候，一时分心，失手将酸奶倾倒出来，搞得右手上满是白白的乳汁，他赶紧用嘴巴去吮，慌乱之中，觉得她在看着他。

他抬起头来，果然与她四目相对。她其实一直在厨房门口看着他忙碌，心里满是温暖，这多像一个家啊，常常听到女人抱怨那些家务既无聊又厌倦，她却觉得锅碗瓢盆交响曲实在是家里最动听的音乐。

她走过来，从后面抱住他的腰，把两只手交叉，放在他的肚子上。

他有些不好意思，忙说：“饿了，饿了，劳驾，将皮蛋放入煲好的瘦肉粥中涮两下。你看，我现在也爱上这种粥了。”

她松开手，把他的身子扳过来，两人面对面地站着。她像个任性的小孩，眸子里满是笑意，像一汪春水，嘴巴却高高地翘起，把头摇得像拨浪鼓，说：“黄小峰——，人家这次不想吃皮蛋瘦肉粥。这几天好累好累，我想吃香喷喷的米饭。”

他笑了，点点头，夸张地“嗯”了一声，欲转身逃走，却被她的秀发飞快地在嘴唇上扫了一下，脸上泛起一片绯红。

她笑了，笑得顽皮又得意，说："去吧，做米饭！我需要力量！需要像兰草花一样的力量！"

这顿饭彻底地让丁湘心头的阴霾消散了。她说个不停，她要开一家美容院，代理香港的一个品牌。这几天早出晚归，忙于装修，和装修工斗智斗勇，好多事情还要自己亲自来做。她说，舅舅生前说过，忙碌是一把钥匙，能打开一切迷惑和颓废之门。

他看着她，心里满是宽慰。他发现，她把长长的头发缠起来，非常漂亮，非常精神。

她留意到他的目光，问道："黄小峰，我想认你做哥哥，真的，好吗？"

他听不懂她在说什么，用手挠挠后脑勺，满脸疑惑，担心下面有陷阱，小心地轻轻问："哥哥？"

她笑得释然，认真地说："是啊。哥哥。你叫我一声妹妹，试试看！"

他咬咬嘴唇，叫了一声："妹妹！"

她"嗯"了一声，问："哥，你说这头发，缠起来好不好看？"

他说："好看，很好看啊，怎么做都好看。"

她问："哥，你喜不喜欢染发、卷发？"

他说："现在这样挺好。"

她笑道："哥，都说身体发肤受之父母，所以我一直没有去染，也没有去烫。"

他说："阿湘，你知道吗，你这头发多好，自然、本色、自信。其实，那些染的烫的，说不定都是一种遮掩。"

丁湘情绪恢复正常了，黄小峰心里也平静了下来，他天天留意《羊城晚报》的招聘专版，发现广州周边的顺德有一家房地产公司招策划总监，打个的士，一个小时可以到。于是他出了门，找一家店将自己的简历用传真发了过去。

十一点多钟，手机响了，一看是李嘉慧，同时那家地产公司也在呼他。他挂了李嘉慧的电话，给地产公司打了过去，接电话的是一个声音甜甜的女生，问他下午两点半是否方便，过来面试一下。黄小峰“嗯”了一声，等那边挂了电话，才轻轻放下话筒。

下午上班，打了卡，在电脑设计部看看，大家都在忙，陈小明的办公室没有亮灯，黄小峰便下到一楼，和前台说了一声，打了的士，径直往顺德赶。李嘉慧又来电话，问他吃了没有，晚上是否回来吃饭。黄小峰觉得自己的女人有些过于敏感，近来盯着他够紧的，便好好安抚她说，现在要去比较远的地方找工作，吃饭的问题到时候再说。李嘉慧赶紧说：“再远也不要在外面过夜，一定要回来，我等着你！”家里现在有两个爆炸词，一个是“关杰”，一个是“丁湘”，一说到必爆。说起关杰和丁湘，李嘉慧常常咬牙切齿，说关杰就是陈世美，品德不佳，你黄小峰千万不要受影响；丁湘更是提不得，一提黄小峰就肉疼……

车行一个半小时后，黄小峰来到顺德一个新开发的小区，地面刚刚开始打桩，各种机械车辆来回穿梭，戴着安全头盔的建筑工人推着斗车，搬着铁锹等工具，在各自的岗位上忙忙碌碌。售楼中心全部是落地大玻璃，走到门口，有笑容可掬的售楼小姐袅袅婷婷地走过来迎接。

面试官是一位三十多岁的男士，人很精神，短发，有点自然卷。黄小峰一进来，他就用双手递过来一张名片，黄小峰赶紧接了，上面写着“唐龙，策划总监”，便礼貌地轻声读道：“唐总。”唐龙反应十分敏捷，风风火火是他的面试风格，喜欢制造一种极其紧张的气氛，来考验面试者的应变智慧。黄小峰对策划已经轻车熟路，在中天上班时经常看大学里的一些营销教材，从容不迫地回答了唐龙的各种提问。黄小峰觉得，他眼前的这个男人应该是想找一位年轻人，女性为佳，男性也可，脾气要好，俯首帖耳最重要，天天为他端茶送水，办公时打打字，收发一下文件，应酬接送时跑前跑后，做些陪衬。他回忆起那个招聘启事，似乎在要求那一栏没有加上年龄和形象，真是有些误导他这样的大龄“实力派”。

黄小峰的回答令人唐龙耳目一新，他连连用手轻轻地拍打着，好似在思考这个人的位置。然后他顿了一下，好像忽然想起了什么，带着黄小峰去工地上穿梭。再回来，坐下，他说：“黄先生，其实我们对你原先的教育生涯更感兴趣。亚洲金融危机以来，楼市不好做。我们做项目志在百年，想办教育。前些年，这里有一个地产项目正是打着‘教育牌’成长起来的，其气魄和效果着实令人惊叹。房子应该给客户更多的附加价值。比如，教育。我们想办个学校，先从幼儿园和小学开始，摸着石头过河，你觉得怎么样？”黄小峰也很高兴，深有志同道合之感，但他不明白房地产公司会要他负责哪一块，便说道：“教育确实很不错。房地产公司办教育一方面可以助推地产，也并不仅仅是为了卖房子，业主住下来后，会有一代又一代人繁衍生息，因为城市的价值，人口的流动又让更多需要教育的人入住，所以可以当作一个长远的事业来经营。”最后，唐龙给黄小峰开出的薪酬是每月三万元，负责房地产公司幼儿园的筹建。

中

半夜回到家里，黄小峰把面试的事给李嘉慧一讲，女人笑了：“你总是在后悔中过日子的，前些年来广东，觉得广东好，说来晚了；现在出去跳槽找工作，又说跳晚了。那就早点走，陈小明那样的老板，本事不大心还黑，能早点走就早点走。拖拖拉拉，怎么能有好事情？”

黄小峰应道：“我现在就回去写离职申请书，还要提前办好学堂的迁移。”

李嘉慧说：“慢慢来，凡事都是有先有后的，先找好学堂的地址，把孩子们安顿好，再去办离职申请吧。”又说，“朵朵小学马上毕业了，初中去哪里读？听说分配的那个初中不太好？”

二人约好，周日带上朵朵一起去学校看看。

黄小峰说：“嘉慧，能不能别盯我那么紧？一个已婚的年老农民，没人要。我好忙，你老打电话来，真的影响到我了。”

李嘉慧白了他一眼：“自作多情呢，我哪管得了你！管得了人，也管不住心！”

朵朵正坐在胶凳并伏在折叠小桌上写作业。那张折叠小桌，吃饭的时候是饭桌，写作业的时候垫上一张报纸，又变成了书桌，其他的时间，折叠起来放在墙角。这么简陋的出租屋，三十多平方米，一张床，一间衣柜，一台电视机，所剩下的空间不到两平方米，这么局促的地方，想不到一住就是这么多年。房租涨过两次，从三百五十元到六百五十元。门前不远处有棵细叶榕，那时刚有三米多高，现在已经伸到四五层楼的窗户里。房东和他们年龄相差不大，本地人，女的很胖，说话高声大气，天天骑着摩托车，在环市东边上开个药店。男的很瘦，不喜欢吭声，却爱开玩笑，见到黄小峰就看着李嘉慧大声喊：“老板，今晚去约会啊！哈哈哈！”然后不再说第二句。大家说，要不是本地人，他肯定会被剁掉一条手臂。

一晃到了周日，一家人去那家初中看学校环境。低矮的校舍，墙壁没有瓷砖，地板还是泥地……如果一定要找个优点，那就是空气好，遮天蔽日的各种林木把校园的建筑都遮挡了。

突然，朵朵惊叫着跳了起来，原来是一只壁虎从她眼前溜过去，瞬间消失在草丛里。回来时，走到公交站点，他们发现离校门特别远。那条窄窄的走道，来来往往的摩托车非常多，周围的环境比较复杂。

一家人没有说话，对于是否回老家读初中，朵朵没有自己的态度。李嘉慧比较着老家初中和这家初中的长短，让自家男人拿主意。她说，朵朵是初中生了，有能力照顾自己，不能和关磊磊比，要妈妈回家陪读。奇怪的是，她好久没有提起回老家盖房的事了。

下午，黄小峰坐丁湘的车去看旧厂房，房源倒是不少，但要整出一所像学校的样子来，需要颇费一番周折。

他们一前一后，在楼梯上爬着。他一眼看到阳光照射在她的脸颊上，看出了她的疲惫。这是少有的状态，在他心里，她似乎永远都是充满激情的。或许周日是休息时间，今天的安排破坏了她的生物钟。

黄小峰关切地问："累吗？"丁湘噘着嘴巴，挑战似的看着他，道："哼，那又怎样？待会儿你来开车吗？假殷勤。"

黄小峰耸耸肩，双手一摊："我开！你敢坐吗？"丁湘道："不怕警察抓你无证驾驶？"

黄小峰被人故意戳到痛处，摸摸后脑勺，小声说："我要去考个驾照。"

丁湘说："哥，看来你还是决心不够，又不是离婚。考个驾照而已，大声点。让阳光大地来监督你，看你做不做得到！"

黄小峰剜她一眼："我的好妹妹，怎么提到了离婚啊？莫名其妙！"

丁湘道："哎呀，亏你还是个文化人。你离开中天公司，不就是和陈小明'离婚'啊。"

收到黄小峰的离职申请，陈小明不停地抽烟。他弹掉一截一截的烟灰，坐在沙发里，不声不响。

黄小峰突然有点可怜他，陈小明除了会唱歌，未必很懂经营。他有一些东西，黄小峰身上也有，比如在苦难面前，不如女人来得坚强，有办法。一个浪打过来，自己先趴下，无计可施，还在员工身上发泄转移恐惧的情绪，没有大将之风。黄小峰说了一句："老板，天涯何处无芳草呀。公司里谁都可以走，除了老板。"

黄小峰离开中天公司是静悄悄的，没有请任何同事吃饭喝酒。过了几天，他就在街边租了铺，干起一家打字复印广告的夫妻小店，交由李嘉慧打理，虽说没有大的买卖，倒也落个自由自在。学堂就在旁边的书店的顶楼，一千来平方米，有了办学许可证，足够容纳学生了。黄小峰自己刷了墙，安装好安全围栏，孩子们就搬进来了。其他的日子里只要不去唐龙那里，得了闲，他就会去周边的小学中学里看看，哪家有多余的学位，再塞几个孩子进校读书。

转眼间，暑假过去了一半，黄小峰要送朵朵回老家读书了，这彻底暴露了他在广东闯荡的失败。

黄小峰心里不免有些愧疚。想起刚刚出来时，还回去县一中讲了一次学，好像自己很成功，一晃这么多年过去了，他还是住在那间出租屋里。老家更是不堪，父母早就打电话说老房子不能住人了，一到雨季，外面下大雨，屋内下小雨，房瓦上有几处被老鼠推动了位置，空出大洞，不仅漏雨，连阳光和月光也射进几个圆圆的圈来。

想到这里，黄小峰找唐龙请了几天假，叫李嘉慧把店门关几天，一家三口天天出去玩，广州动物园、香江野生动物园、天字码头、青少年文化宫，去了一地又一地。朵朵玩起来开心，静下来就爱想，爱问："爸爸妈妈，这次回去了，什么时候回来呢?""暑假和寒假就可以回来了。""不是，不是，我想在这边读书。"最后，朵朵沉默了一会儿，对李嘉慧说："妈妈，我想和丁阿姨待一天再回去……"李嘉慧有些生气地说："丁阿姨很忙的，你现在去找她，还以为我们求她什么，万一让她为难了呢？妈妈建议你回黄村后再给她打电话。"朵朵突然爆发了，尖声叫起来："我不打，也不会写信，你就希望我和丁阿姨绝交!"她把自己关在厕所里，半夜才出来，嘤嘤地哭着。

回到黄村，黄小峰才发现父母已经搬到黄大峰的楼房里去住了。湖乡新盖的楼房一律搬在后面的公路边，离开了原先向河而居的老宅。这反映了一个时代的结束和另一个时代的到来。老宅基地上的老屋只剩下两三间，黄小峰的那一间早已倒了一片墙，院内杂草丛生，那些兰草一窝一窝地在杂草里艰难地生长着。他们结婚的家具歪歪斜斜地摆放在厢房里，有些掉了一扇门，有些穿了一个顶。照明用的电线都被扯走了。黄大峰盖楼，需要泥土填高新台基，就在老屋后面的台基上取土，一块方方正正的台基被挖得坑坑洼洼。原先的一条泥土路被横伸出来的灌木遮挡住，平时少人走，进出老屋很不方便了。

黄大峰家里安装了电话，他的手机号码写在墙上，拿起话筒拨了过去，听到“喂”了一声，随之传来切割金属的声音，让人听了很不舒服。黄大峰以为是老校长，语气充满了埋怨：“打我座机啊，打电话太贵，两头都要钱的！”黄小峰看看区号，居然是广东珠海的。黄大峰走南闯北这么多年，结果还是选择待在广东。同在广东，两兄弟却从不往来。这回黄小峰不得不主动联系。

电话通了，“我是小峰。”“哦，小峰啊，你们都还好吧？”两人索然无味地寒暄几句，然后小峰把话挑明了，说朵朵回老家读书，能不能在他家里住下来。黄大峰马上应承，又突然好像被人掐了一下，大叫起来：“且慢，这个，这个，还要问问你嫂子，她现在在外面办事，过两个小时你再打过来。”

李嘉慧生气了，带着朵朵往娘家赶。老木匠家就在学校边上。朵朵平日里和外公也很亲近，李嘉慧想了想，倒不如让女儿住在外公家。

回到广州，黄小峰约了丁湘出来，在珠江边的一个咖啡店里商议学堂的事情。黄小峰说唐龙一直与他有联系，现在提出了私人参股他广告公司的方案。

丁湘剜了他一眼，让他觉得有些局促，自己不就一广告铺，做点广告招牌，做点霓虹灯发光字，能有多少股份可以让“大鳄”参进来？但不能说唐龙是毫无诚意的，顺德发展势头很旺，家电家具产业十分强大，牌子在全国叫响了。唐龙说，这两年，顺德的广告业会迎来一个高速发展期，特别是户外广告，顺德到处都在修路建桥，每个路口和桥头都是很好的广告位。

丁湘觉察到他的不安，说：“哥，我总觉得你行的，小广告是以前，现在马上就是大广告的时代了。”她觉得黄小峰去顺德发展，要兼顾学堂，肯定和唐龙那里的工作有冲突，三万元的工资，到时候估计连打出租车的钱都不够。

黄小峰有些失落，问：“你说我去哪里好？”

丁湘一指远处，道：“哥，如果你是个正直的男人，请一定要记住，自己的人生目标一定是远大的。你看着，前方那座最高的楼，中信大厦，三年前落成时，是广州的最高建筑！要想站得高，根基就要打牢，大干前，多磨刀。第一高楼里有很多很多的世界五百强企业，想不想去看看？”

黄小峰看着她的背影，突然看到了这女人身体上的变化。那长黑直的发型，一如既往，还是那样飘逸动人。但面部的皮肤，还有手臂上的肌肉，明显失去了弹性。女人的黄金岁月其实极其短暂，如果在人生的巅峰期遇到一个对的人，她的婚姻肯定是幸福的。

黄小峰看着珠江上来来往往的游船，似有所悟，他很想大胆地问：“丁湘，何时喝你的喜酒啊？我等得脖子都断了。”但他口里说出来的却是，“妹妹，时间真是过得好快，一转眼，我们都认识十多年了。这段岁月，不长不短，代表着青春里最宝贵的一段。”

丁湘转过头来，看着黄小峰，问道：“哥，在你的心里，我是个什么样的人啊？”

黄小峰想了想，已经不再难以回答。自从上次回答过这个问题，他就在心里排演了多次，真诚，不敷衍，就是最好的回答。她现在又这么问起，表明舅舅何万富带来的伤痛已经愈合。这样一想，他心里有些欣慰，想说：“妹妹，你是一位美丽又有能力的女孩啊，美貌与智慧兼具，世上难得。”但口里说出来的却是，“妹妹，我希望你过上普通女人完整的生活，享受普通的那种家庭的幸福，不必那么拼。”

丁湘叹了一口气，走到石栏边，双手搭在石栏上，望着波光粼粼的江水，说：“你不懂。”黄小峰看她反应并不大，不如豁出去，便继续逼问道：“妹妹，你为什么不结婚？为什么不找对象？”丁湘突然转过身来，在他胸前捶打了一下：“我的哥啊，你为什么那么早结婚？你怎么能懂妹的心呢？”

黄小峰喉咙干痒，似有热火涌出。他不断地压抑着自己的心跳，在心里对自己说：“我是有家室的人了。不管何万富怎么讲，我不能害了丁湘，更不能对不起嘉慧和朵朵。何万富的想法我不能接受，我只是湖乡的一个普普通通的农民……”

黄小峰开始天天看报纸上的招聘启事，只要是中信大厦的，他就来劲，就要仔细看看。但来自中信大厦的招聘实在太少，优质的公司总少不了人才涌入，或许不等招聘启事出街，蜂拥而入的求职大军已经塞满了中信大厦的电梯。黄小峰决定找个时间先去打探一下，看看在里面办公的都是何方神圣。

来到中信大厦，他跟着别人混了进去，走到七楼，出了电梯，就看到一个身材高挑的女人跑了过去，那女孩好似在哪里见过，他嘴快了一秒，喊了出来：“梁可欣！”

女人回过头来，有些纳闷地看了看，立马惊叫起来：“小峰哥，你怎么来了？湘姐呢？”黄小峰盯着她的肚子看，问：“孩子呢？”

梁可欣低下头，脸上表情悲苦：“唉，哪有什么孩子啊。”黄小峰道：“也好，也好。你还是要找那位吗？有消息了吗？”梁可欣摇摇头，道：“遇到何万富，那位就已经消失了。以前，他是最好的，现在和以后，何万富都是最好的。以后的以后，还有比何万富更好的吗？没有了。”说到这儿，一大滴眼泪滴了下来，她揉揉鼻子，哽咽道：“凡是太过精彩的，都不会长久。我的心死了，只有忙碌才会填满慌张虚空的心。”

黄小峰又问她是不是在这里上班，梁可欣点点头，说在一家化妆品公司上班，负责人事工作，又问丁湘怎么样。黄小峰说：“很好。她总建议我过来找工作，说这楼里都是大企业，所以今天过来先探探路。”

梁可欣便带他去各层慢慢看，里面的广告公司都是国际化的大公司，黄小峰记住了几个办公面积最大的，想回来主动写信联系。梁可欣也说遇到楼里熟悉的人事经理，会给他报个信。

丁湘现在迷上了互联网，除了周六日去福利院做志愿者，平日里都待在家里上网浏览网页。有时叫黄小峰过去学习，在网页查找资料。比如，进入某搜索引擎的界面，想搜索什么，就能找到什么。

下

这是城区里的一所普普通通的小学，周围被居民小区包围，学位非常紧张。黄小峰站在门卫室外面等校长，一站就是两个多钟头。

校园里的木棉花开得正艳，像一团一团的火，燃烧起春节前后大片的天空。红色的跑道、绿色的田径场，还有高低不一的教学楼，处处散发着孩子们的欢声笑语。他希望这家的校长能答应他，容纳几个外来工的孩子，以缓解他学堂的压力。

春节刚过，从内地涌入广东的打工家庭带来了不少学龄中的孩子。黄小峰想让他们赶紧上学，但他的学堂实在是塞不下了。于是他和丁湘分头行动，想把学堂优秀的孩子往本地学校里送。这些优秀的孩子不仅学习成绩一级棒，而且能歌善舞，才艺出众，受本地学校欢迎的可能性更大一些。

大多数学校的保安很精明，乐呵呵地接了黄小峰的香烟和红包，但一说到正题，大部分都不肯告诉他关于学位的任何信息，只让他找校长，却不告诉他校长的电话号码。“难啊，上学真难!”保安叹息，表示无可奈何。

只是这所学校的保安是个例外，原来他是内地来的一个退休老师，听到黄小峰的一番话，感同身受，便告诉他，校长外出开会，不过一般中午放学前会回校，叫他在门口等。“李校长的车牌号尾数是三个 4”，保安低声说。

果然，中午快放学时，一辆车牌号尾数为三个 4 的黑色小轿车向门口驶来，黄小峰向车内的人招手，叫了一声“李校长”。车停住了，车窗摇下来，他看到一个戴着金丝眼镜的男人看过来："家长吗?"黄小峰赶紧搭话，问是否可以到李校长的办公室谈谈正事。

李校长没有拒绝，车就开到校园里去了。保安告诉他，校长办公室在三楼308室。

黄小峰来到308室，李校长还没有到，应该正在停车。透过窗户看，李校长的办公室挂满了国画。黄小峰打打腹稿，想想该怎样说服这位校长。

李校长上来，一边打开门，一边问他，是哪位学生的家长，学生在几年级几班。黄小峰抱歉地欠了欠身，非常诚恳地说道："实在是不好意思，我非常想成为贵校的家长，如果李校长您满足了我，我将感到非常荣幸。不知您可否给我五分钟的时间，听我把话说完吗?"李校长对着门边的沙发一指，笑道："好，我非常喜欢你的爽快。我也是个爽快人，五分钟后，如果我们的话题还能持续下去，我再给你泡茶!"黄小峰道："没关系的。李校长，我先向您打听个人好吗?""请问。""何万富，前几年在广州声名远扬的富商何万富先生，您一定听说过吧?"李校长有些惊愕："知道知道，何先生大名，真是如雷贯耳。他折戟于亚洲金融危机，撒手人寰，宛如一朵凋落的南国红棉花，也是虽死犹生啊。因为他支持教育的实举，在我们这里的商界确实是开了风气之先，影响很大，我们教育界还是很敬佩他的。"黄小峰站起来说："李校长，您知不知道，何万富先生生前对一个助学项目非常感兴趣。其实，我听他的外甥女讲，他很早就有一个夙愿，在广东开办一所国际化的外国语基础学校。而开办一家如此高水平的学校，谈何容易？因为民间力量要受到政策、资金、人才等诸多方面因素的影响，直到他去世前一刻都没有实际行动，只是做了一些铺垫。”李校长听到这里，长长地“哦”了一声，他示意黄小峰坐下，慢慢详叙，自己转身，从办公桌后面的书柜抽屉里拿出一罐茶叶，说：“今天，我们喝西湖龙井。”

黄小峰慢慢讲述着自己如何在打工间隙，利用业余时间，艰难地支撑学堂开办了十多年，实现了很多外来工孩子的学习梦想，中途又如何得到何万富和丁湘的关心支持，以及他们宏大的办学计划……李校长听得非常认真，最后大喊佩服。

“你就不怕政府抓你？之前你应该算违规办学。”李校长突然说。

黄小峰说：“谢谢李校长的提点。当初我也确实管不了那么多，主要就一个想法，不能让孩子们失学。好在这十多年来，得到了好多企业家、社会爱心人士和学校的支持。刚进入学堂的孩子都是打工者的孩子，初来广东，真是两眼蒙蒙黑。学堂就重点教育他们如何加快熟悉广东，如何扎实地提高文化课成绩，如何培养丰富多彩的兴趣爱好，做到全面发展。”

李校长拍手叫好：“这真算得上是素质教育了。快说说，你这位校长，这次要送给我什么样的好苗子啊？”

一切都是水到渠成，黄小峰喜出望外，递给李校长一沓设计精美的学生简历，孩子们优异的学习成绩和活泼的才艺表演都清清楚楚地展示在上面。

出了校门，看到丁湘的车已经在外面等候，黄小峰进去坐下，开心地说：“妹妹，今天中午要去庆祝一下，李校长收了我们十五名学生。他说，这些优秀的好苗子，一个班插进去一两个，就是往班级里放进去一两尾鲇鱼，他的学校马上就要活起来……”

丁湘笑道：“看把你乐的。好啊，大功告成了。来句真的，你舍得吗？”

黄小峰摇摇头，有些动情：“这些孩子，不送出去，你就发愁。学堂地方就那么大，座椅就那么多，他们不出去，不腾出位置来，那些新来的孩子怎么进得来？可是，一旦走了，要‘嫁’了，真的，要‘嫁’了，真是让人不舍。妹妹，我们的国际化学校什么时候盖起来？那样，就不会这么伤感了。”

丁湘“哼”了一声，没有说话。

黄小峰想起了什么，问道：“你跑的那几所学校怎么样？‘嫁’出去几个了？”

丁湘冷冷一笑，笑得勉强：“一个都没，我只能把自己给‘嫁’了。”

黄小峰道：“不好意思啊，我不该这么高调与骄傲！”

丁湘道：“就是，以后请哥哥多多考虑考虑妹妹的感受。”

这些年，顺德的路桥建设如火如荼，这个毗邻广州的工业小城，迎来了户外广告建设的黄金期。

黄小峰和唐龙新组建的唐龙广告公司首先选择在顺德发展户外广告业，综合考虑了各方面的因素，最主要的无非是顺德不在广州市辖内，却又在广州辐射的范围之内，这样，在政府的设置审批上远没有广州严格。另外，顺德的业主都是刚刚洗脚上岸的农民，眼界还没打开，根本不知道自己楼顶上空着的女儿墙或是鱼塘边的烂地还能放个牌子收钱，因为他们在租金的价格上十分爽快，不会与你斤斤计较。因此，黄小峰和唐龙花钱不多，却铺开了很多黄金的广告位置。另外，唐龙本地人的优势非常明显，事情好办很多。

黄小峰负责引进农民工，做好广告牌的施工工作。这是他来广东后，第一次包了两辆大巴，到湖乡接农民过来广东打工赚钱，湖乡的农民来了，喜欢上了这份工作。同事都是同村的人，知根知底，都说家乡话，炒菜也是用家乡的铁锅，掌勺的日日做些家乡的土菜，大家干活顺心，吃饭开心，工钱月底一结，遇到事儿的，还可以提前借支一月两月。最开心的是，每个月最后一天的下午的黄昏里，坐在地上数钞票，太阳斜斜地照着，一个个咧开着嘴巴，笑得开心极了。

多少个日日夜夜，黄小峰骑着摩托车，在顺德的马路上来回穿梭，一张秀气的书生脸被晒成了古铜色，像个地道的农夫。顺德的各条大道两边，还有连通北江各条支流的大桥的两头，都有唐龙广告的施工人员在工作。他们挖坑，扎猪笼架，倒混凝土，铺锌铁板；他们举起电焊条，在角铁上点焊，火星闪起来，如冲天鞭炮的屁股。只要过一周，最多半个月，一个长方形的广告牌就立起来了，牌面挂起彩色的广告画布，可以为客户有效地宣传他们的产品。

这两三年里，除了唐龙广告，还有其他的广告公司和楼宇业主在顺德建设起了珠三角范围内最密集的户外广告牌。因为民营企业众多，生意都很好，不愁没人上来打广告。那些大大小小的广告牌很少有空白的，都上着五金、电器、机械等各色产品的宣传画面，把整个城市打扮得欣欣向荣。

快到吃饭的时候了。黄小峰看着唐龙的小车从国道开过来，进入辅道，停了下来，一个长发飘飘的女孩探出头来，喊："黄总，黄总。"黄小峰一看，竟然是老熟人诚诚坐在副驾驶位上，唐龙笑着说："上车。"

黄小峰上车后，急忙问道："唐龙，诚诚，你们怎么搞一块了？都是我的熟人啊。快讲讲，怎么回事？"唐龙笑道：

“什么叫‘搞到一块’，人家本来就是正牌女友。”诚诚嫣然一笑：“人家本来就是正牌男友！”说罢，便把唐龙的手挽了一只过来。黄小峰说：“两位，我要回避一下吗？即便不回避，也要替我的安全着想，独臂大侠开车，我没有安全感。”唐龙抽了手回去，好好开车。

黄小峰问阿芬，诚诚说阿芬早已结婚生子，回江西老家去了。黄小峰“哦”了一声，觉得有点早。诚诚说：“那还不得感谢你们三个男的，天天在人家门口虎视眈眈，逼得人家男朋友天天在那里护花。哪知护花的人，更好采花，阿芬就是那几天被攻下的呀！”

黄小峰哈哈大笑，说：“你说得也太搞笑了吧。”然后他看看唐龙，道：“兄弟，要不要我透露一下你正牌女友的秘密给你？”唐龙“嗯”了一声，等待下面的精彩。哪知黄小峰偏不说，“还是卖个关子吧。再说，天下哪有这么便宜的秘密啊！”

诚诚扭过头来，吐了一下舌头：“本来就没有，黄校长就喜欢编故事。黄校长啊，您知道不知道，前几天有个报道，一个校长欺负女学生啊！”黄小峰道：“得，这是逼我呀，那我讲诚诚的秘密了，兄弟，只要你给一口酒喝，壮壮胆！”

唐龙一踩油门：“龙庄——！”

龙庄是唐龙开的一家农家餐厅，在顺德均安镇，由五十多栋单独的餐屋组成，这些餐屋建于湖面之上，九曲回廊相连，日夜不断地供应百分百正宗的顺德家常菜式，特别受到食客们的欢迎。

均安是顺德最南边的一个镇，靠近中山，经济没有北方兄弟镇发达，被称为顺德的“西伯利亚”。想不到，均安凭借绿水青山，产生了极强的后发优势，环境优美，餐饮发达，常见来自广州等地的客人来此观赏叠翠群山与湖光水色。龙庄，就深藏于此地的群山绿水之中。站在龙庄的单栋餐房里，透过窗户，望青山，瞰绿水，可见蓝天白云之下，白鹭飞翔；酒过三巡，微醺里，于徐徐清风之中，漫步于如茵绿草之上，真是快活如神仙。

黄小峰一来，唐龙亲自下厨，戴起高高的白帽，杀鱼剖肚，切成极薄极白的小鱼片，端上桌来，再上生抽姜丝，开瓶烧酒，大享一道鱼生宴来。黄小峰夹起一块小鱼片，知道是生的，闻闻嗅嗅，不敢入口，却见唐龙和诚诚大口嚼着，欢快不已。问了这鱼，知是草鱼，为何全然没有腥味？纳闷间，又夹起最小的一块，在生抽姜丝里一涮，闭眼，放入口里，轻轻咬来，唇齿生香，咽之，回味无穷。忙再夹大块的，唐龙、诚诚见了，哈哈大笑起来。

诚诚说："这鱼生，我原来也是不敢吃的，都是龙哥后来教的，小女子再次谢过！真是人间美味何其多，好吃的鱼生只在顺德！"

唐龙看着她："这说的什么话？诗不像诗，文不像文。"

黄小峰刚好借机揶揄："莫非鱼生吃多了？管她吟诗还是说文，意到即可！"

诚诚白了唐龙一眼，说："还是小峰哥善解人意。你以为是刘三姐对山歌啊？"

黄小峰敬二人一杯酒，非要他们说出拍拖在一起的前因后果来不可。来回敬了三次，唐龙才说："上网聊 QQ 认识的。"

黄小峰大感新鲜："你不是在宣传网友见面要小心吗？防盗、防抢、防骗，防范措施一二三！还听说有老太冒充少女和青年男士网恋。还有，千年虫什么的。哦，太不可思议了！"

唐龙说："就是，就是。俺就是一个上当受骗的'失足青年'啊，现在一切都晚了呢！"

诚诚白了他一眼："哼，还想造反不成。"她举起酒瓶，先把自己的杯子倒满，再把唐龙的杯子倒满，两个杯子放在一起了，对着黄小峰叫："小峰哥作证，是不是一样满？"黄小峰说："是！等等，你们是不是想把交杯酒喝了？""喝就喝！"二人手挽手，真喝了一次交杯酒。诚诚说："唐龙，再后悔，也晚了！"唐龙连连说："不后悔，我高兴着呢！"

黄小峰笑道："唐龙，不是还没被诚诚收吗？不是还没领证吗？怎么就把中国男人的地位拉低了呢？"

唐龙笑道："这个去问问你老婆。你老婆说过，'气管炎'的男人有福气！"

黄小峰故意气他："那是'妻管严'啊。你是什么？正牌女友！"又对诚诚说："抓紧点，把他收了！让他有福气！"

三人一起举杯，黄小峰说："预祝你们，尽快把对方收了！"

一只闪着绿色光亮的小虫从榕树下的水面飞过来，越过敞开着的窗户，进了餐屋。它飞呀飞呀，好像在寻找着什么。这虫子温柔轻巧，透明的薄壳像少女头上的纱巾。唐龙问："诚诚，你说这萤火虫是男的还是女的？"诚诚看了看那虫子，抬起头，眨了眨眼睛，说："是女的。"又飞来了一只，它们并排在一起，在屋里翩翩起舞。诚诚说："这只是男的。"唐龙说："为什么呀？"诚诚说："刚刚来的那只应该是迷路了，女人就喜欢迷路的呀。或者，她的男人好晚了都没有回家，她就到处找啊找啊。后来，男人来到这里找她了，他们开心地飞来飞去，夫妻双双把家还！"

第六章

上

周日，卢强过来蹭饭，竟然带着一个眉眼含笑的大眼睛女孩。

李嘉慧看了看，对黄小峰会意地笑笑。黄小峰说："卢强，介绍介绍，老实交代。"那女孩倒是主动，右手挽起卢强的左臂，笑道："你们啊，我是都知道的，卢强常常提起。我嘛，叫乐萍，是卢强的学生！""学生？哪门子的学生？你来自湖乡老家？卢强确实是教过书的。怪不得别人介绍美女给卢强一律不要，原来早就有了啊！"黄小峰有些疑惑，又立马恍然大悟。卢强呵呵一笑："梅州人，我的霹雳舞学生，她是硕士研究生，在一家外资公司上班！"

哇！太叫人惊讶了！谁知道卢强不声不响地追到了一个广东妹呢？这家伙，把"硕士研究生"和"外资公司"几个字说得重重的，像是一种炫耀。当年，瘦猴一样的卢强在老家找媳妇可是老大难，黄小峰和关杰曾经介绍过好几个同村的女孩给他，都被他一一否决，后来才知道，他要找有点气质的姑娘。“气质”这个词，在湖乡新颖又另类，大伙儿听不懂，觉得卢强怪。卢强编出很多女孩的不足来搪塞，有一次，居然说关杰介绍的那个女生眼球上有个黑点。这就怪了，好多人活了半辈子，没听过这一说法，谁好意思去看女孩的眼球上有没有黑点呢？何况，有黑点也不一定看得出来啊。大家只能甘拜下风，服了，说道：“卢强，你是火眼金睛啊，眼球上的黑点都让你看出来了。”卢强并不嬉笑，一本正经地说：“真的，真的。”或许是真的，皮肤上都长黑痣，或许那女孩眼球上也是生了一颗“黑痣”吧，天知道呢。

俗话说，不是一家人，不进一家门。乐萍和卢强都爱好音乐、舞蹈和外语。用卢强的话说，他教过那么多学霹雳舞的女孩，乐萍与他结缘还是在英语培训班。好几次到英语培训班上课，在英语情景模拟对话环节，一个女孩老是喜欢点名找他对话，那女孩发音标准，落落大方，给他留下了深刻的印象。后来，那女孩听说他是霹雳舞教练，便带好几位姑娘过来报名，一起向卢强学习霹雳舞。自然地，两人从英语谈到音乐，从霹雳舞谈到外企生活，又从马路谈到公园，从公园谈到双方租住的小屋。那投缘的情感，好似久旱逢甘霖，又像燎原的星火，一发不可收拾。熊熊的火焰燃烧起来，势不可挡。想想卢强的出租屋，三十平方米的面积，容纳了厕所、厨房、卧室、书房、运动场，还有阳台，一张蚊帐一挂，面积狭小得连蚊子都觉得喘不上气来。乐萍来了，阳光满面，圆圆的脸蛋白里透红，丝毫不见缺氧的征兆。相反，她还带来了满腔的氧气，源源不断地传递给卢强，让他兴奋、甜美、眼明心亮，对未来充满了无穷无尽的美好向往。

乐萍身高和卢强差不多，对比卢强的瘦削，她的身材更加丰满，这或许是一种上天安排的弥补。和卢强的性格一样，乐萍喜欢笑，笑是有声的笑，“咯咯咯”的大笑，听起来十分爽朗。更令人赞叹的是，她来了后，并不是拘谨地坐着，安分守己地当个客人，而是来到厨房，先是帮李嘉慧理菜，一起说着话，时不时传来一阵笑声。然后，像主人一样，拿起拖把，收拾起屋子。拖把到了卢强脚边，就喊卢强，声音娇脆：“卢强，卢强。”拖把到了黄小峰脚边，就喊起：“峰哥，峰哥。”

黄小峰故作惊诧道：“乐萍，你们不是师生吗，应该叫卢强老师啊。”乐萍的脸有些红，看卢强一眼，为自己辩解道：“黄老师，你以为还是原来正襟危坐的孔夫子啊？咱们霹雳舞队，师生平等，没人叫他老师的。卢强，你说是不是？”卢强便说：“还不是拜你所赐，学生爬到老师头上来搭窝，把头一样高的规矩蹬到地上去了。”四人哄堂大笑。

黄小峰诡秘地笑着对卢强说：“乐萍的眼睛有没有黑点？脸上有没有气质？”卢强笑了笑，嘀咕道：“你怎么好意思盯着人家女孩子看？”乐萍瞟了一眼：“你们俩说什么悄悄话？”黄小峰说：“卢强说，你很有气质。”

乐萍亲自做了一道菜，端上桌来，让人大吃一惊，原来是一道叫作“水煮肉片”的川菜。黄小峰说：“为什么呀？广东小妹，做川菜？”乐萍有些得意：“不喜欢吗？”黄小峰说：“谁说不喜欢？喜欢得不得了啊。”卢强夹了一块，放入嘴里，闭上眼睛，嚼一嚼，做出很陶醉的样子，然后睁开眼睛，说：“好，味道好极了。”他又给乐萍夹一块，道：“古时候是女为悦己者容，现在是女为悦己者做菜。粤东妹子的贤惠是出了名的，今日一见，果然名不虚传。乐萍，这菜，小白鼠刚才测试过了，您就放心享用吧。”

黄小峰和李嘉慧互相看了看，觉得这两人如此卿卿我我，甜甜蜜蜜，必是到了领证办事的阶段。便问卢强，何时带乐萍回一趟老家，意思是让他父母瞧瞧未来的儿媳妇。乐萍开心地说：“去过了，不是湖乡吗？卢强还叫我看过你的老屋。梅州啊，卢强也去过了，玩得乐不思蜀。”

黄小峰“嘿”了一声，说：“卢强，这保密工作做得好扎实啊。看来今天你是请我喝喜酒的。”卢强说：“正是。实话说，我们也是无事不登三宝殿，今天特意找哥哥嫂嫂商量正事呢。乐萍工作很忙，马上升主管了。我们计划在这个国庆，把喜事办了。我和乐萍都不喜欢烦琐的礼节，所以，我们想参加‘千禧世纪婚礼’。”

黄小峰和李嘉慧一起竖起大拇指。

说到“千禧世纪婚礼”，黄小峰的话就多了。他说，唐龙公司目前正在参与筹办这场集体婚礼，今年是第二届。在相关部门的指导下，唐龙公司和酒店、婚纱摄影、旅游景点合作，一直在为新广州人举办第二届千禧世纪婚礼的事情忙碌。按照活动方案的策划，这场集体婚礼将由政府领导主婚，亲自为新人送上祝福。到时候，来自五湖四海的新人齐聚在广州的中山纪念堂，十指紧扣，手捧鲜花，走上殷红的地毯。礼炮声里，绚烂的花瓣从天而降，白鸽迎着风儿振翅飞翔。在新人亲友的注目下，在庄重的婚礼进行曲中，新人们依次从主婚人手中领取结婚纪念证书，许下美好而神圣的承诺，结成白头偕老的美眷。

黄小峰一席话让大家听得入神，女人们的想象力更是丰富又美好，对那种诗情画意的集体婚礼充满了向往。李嘉慧“哼”了一声，有些伤感地说：“卢强、乐萍，还是你们好啊。

当年我和黄小峰，就坐在湖乡照相馆的硬板凳上，衬着一张红布，‘咔嚓’拍了一张登记照，我就把自己嫁出去了。”

乐萍笑道：“嘉慧姐，千万不能这么便宜了峰哥。哼，峰哥，你要补偿补偿咱们嘉慧姐！”说完，又抓起卢强的手，在手心上拍了一下，红着脸说：“政府领导主婚，谅你以后也不敢欺负我！”

一转眼，到了国庆节，集体婚礼如期举行，差不多整个广州城都沉浸在一片欢乐的海洋中。九十九对新人，在一千多名亲友的见证和祝福下，完成了一场热烈而喜庆的世纪婚礼——这将是他们一辈子最盛大的节日！

卢强的爸爸妈妈第一次来到广州，第一次亲眼见识这么隆重盛大的场面，感动得直流眼泪。婚礼结束后的乐萍，卸下婚纱，花枝招展，像只快乐的小鹿，在亲戚朋友间跑来跑去，招呼这个接待那个，那一副可亲可爱的大嗓门，叫得大家喜笑颜开，乐不可支。

音响里，反复播放着《爱你一万年》的深情歌声。

按照惯例，卢强两口子另在广州酒家订了一间包房，上好菜，开好酒，宴请亲朋好友，以示答谢。一时间，高朋满座，推杯换盏，好不热闹。来得最早的是黄小峰、李嘉慧两口子。卢强的妈妈有些激动，握着黄小峰的手，说：“小峰，树挪死，人挪活。你们来广东，都来对了。我听卢强说，这活动是你公司参与操办的。一个外地人，做这么大的事业，不容易啊，你可长了湖乡人的脸。阿姨佩服你，为你高兴啊。卢强也争气，原来在老家没有姑娘看上他，那是地方小，没有高人，没有知音呢。现在好了，他的梦圆了，我们的心也安了。”又转头对李嘉慧说："嘉慧，小峰做了大事业，你也不要在厂里上班了，太辛苦了！你把朵朵接过来，在这边上学。你啊，一心好好伺候大人小孩，一家人其乐融融。还要早点再生一个，趁年轻！"李嘉慧说："阿姨您有所不知，朵朵不喜欢这边的学校。这边好的初中，进不去。"老人一听，担心了，径直问卢强："儿子，嘉慧说朵朵在这边上不了初中，你们也快生孩子了，到时候去哪里上学？这边上不了回老家也好，我给你们带。"乐萍羞红了脸，对着卢强眨眼睛，卢强忙说："妈，这个不担心，还早着呢。"

正说着，唐龙和诚诚来了，两人手挽手，像一对蜜月里的新人，有说有笑，亲密无间。黄小峰赶紧起身，安排他们坐下。卢强说："唐总好，诚诚好。唐总，你知不知道我和诚诚是什么关系？"诚诚对着唐龙神秘一笑："使劲猜！"又喊乐萍过来，"萍萍姐，过来猜！"唐龙和乐萍面面相觑，脸上有些说不出的尴尬。黄小峰说："兄弟之间，别把玩笑开大了。龙龙、萍萍别听他们装疯卖傻。"不料唐龙和乐萍一起过来问黄小峰，求他快点说出来，否则吃饭喝酒不爽快。诚诚和卢强又偏不让他说。"什么关系啊？我知道。"李嘉慧说，"不就一同屋的租客吗？这么神经质，想浪费一桌好酒菜不成啊？"众人哄堂大笑起来。卢强便把刚来广东时，因为临时住吴烨的出租房，与阿芬、诚诚同住一屋的事情说了。唐龙与乐萍齐声说："神经病。"心里不由释怀。

关杰到了，整个人大变样，穿着一套雪白的西服，烫了发型，身上散发出浓浓的香水味。李嘉慧看了直瞪眼，对黄小峰嘀咕："何美好会后悔的。我看关杰，八成有了别的女人……"

关杰拿了一个红包送给卢强，在他肩上轻轻打了一拳，又提上来一箱红酒，往桌上一放，抽出一瓶来，叫服务员开酒。他环视一周，看看外面，说："丁湘到了没？""没到。"卢强答道。关杰说："大家注意，待会儿人到齐了，吴烨在时，大家千万别提丁湘，丁湘在时，大家千万别提吴烨。那两个才是你们想使劲猜出的那种关系。"

黄小峰略略吃了一惊，问道："是吗？"

关杰道："是的。你还记得吗？我们刚到时，吴烨在我们面前告诫说，丁湘怎么怎么不好。而刚开始呢，丁湘对我们也不友好。最后，我们才了解丁湘真是非常不错的女孩。所以，我一直在想，他们住着对面，会不会是吴烨追丁湘，没有成功啊……"

乐萍笑了："你是小说家吧。我听卢强早说过的，你喜欢写小说写故事，还上过报纸。"

关杰笑着瞪了卢强一眼，装出苦大仇深的样子："花尾巴喜鹊，讨了老婆，背叛了朋友。"众人都被逗笑了。

吴烨来了，手持一束百合花，送给卢强，说："祝福两位百年好合！"

黄小峰安排他坐下："吴大哥，也赶来了，有情有义，先吃点东西。"

吴烨倒满一杯红酒，说："我是大哥，却迟到了，先敬两位新人！"拿酒杯碰了，仰头一饮而尽。又倒满一杯，说："这是我的赔罪，我干了，大家随意！"说罢，头一仰，酒杯即空。

大家看着吴烨，此时的吴烨有些憔悴，并不是春风得意的样子，喝起酒来却如此豪爽，好像有什么心事。

卢强的妈妈看到这么多熟悉的面孔，好几个都是湖乡走出的娃，心里高兴，便问吴烨结婚了没有。吴烨说还不想结。卢强妈妈纳闷了，说：“你年纪不小了，比卢强还大三岁呢。有合适的，早点结婚，再去忙事业，不矛盾。”吴烨说：“我现在在忙事业，等事业稳定了再说。”

卢强的手机响了，一看是丁湘打来的，丁湘说：“卢强兄弟，不好意思啊，车出了点问题，迟点到，你们不要等我。”说完便挂了。

关杰在东莞开广告公司，因为同行的缘故，与黄小峰和唐龙的话特别多。他们的业务还是有区别的，黄小峰和唐龙的是用钱砸出来的，投资多，收效慢，目前还在亏损之中；而关杰的主要靠电脑设计，做点印刷和制作相关业务，成本不大，来钱也快。

卢强妈妈听了，就问儿子以后做点什么。李嘉慧说：“您别操心，乐萍干得很好，一年的工资比开个公司赚得还多呢。您看黄小峰，说起来多么厉害，多么风光。揭开底子看看，老家没有房，这里也没有房，朵朵也还是留守老家，艰难着呢。”乐萍说：“我看了一处房子，也不贵，我想年后就落定。那里离顺德也近，如果你们住那儿，峰哥去唐龙广告办公也方便，不如先考虑买一套吧?”黄小峰摇摇头：“如果年后学堂不装修再看看吧。”

吴烨酒喝得又快又猛，很快就醉了，趴在桌上一声不吭，卢强和黄小峰只好扶着他去房间休息。

丁湘和梁可欣差不多同时到，一进来，送上两条名为“真爱经典”的紫色水晶手链，祝福的话说个不停。宴会便再上到一个高潮，乐萍忙着招待大家，丁湘说：“真不好意思，车坏了，要不是遇到可欣就麻烦了。”

黄小峰指着身边的空座位，问丁湘："吴烨喝多了，去休息了，坐吗?"

不等丁湘回答，李嘉慧和黄小峰换了位置，叫服务员换餐具。

丁湘坐下了，一副若无其事的样子。

李嘉慧说："认识吴烨?"

丁湘"嗯"了一声，尴尬一笑："没印象。"

梁可欣说："峰哥，你到底还去不去中信大厦上班？一家外资大品牌广告公司正在招人的，那可是全球有影响力的大公司。他们的人事经理和我是朋友。"

这条信息太有价值了，黄小峰和唐龙一起答道："必须去，一定要去开阔眼界。"

中

黄小峰好不容易把学堂和公司的事情安排妥当，才抽开身来到丁湘这边。

前两天，他赶着把学堂新进的一批老师进行了上岗前的系统培训。为了起到效果，他亲自制作演示文稿，将学生生活管理和学习管理作了周密的讲解。他对老师们说，爱心是关键，带给孩子知识是重要的，但怎样对待孩子更重要。因为知识只是孩子求学路上的一个小站，而怎样对待孩子，会在孩子的心里留下永不磨灭的印象。如果没有爱心，没有发现孩子优点的眼光，就不具备做老师的前提条件。

唐龙公司的事情更是繁琐。顺德户外广告牌的制作规模已经比较大了，还要考虑进一步向南海区延伸。另外，广告牌竖起来了，每月都需要支付租金和电费，这是一笔很大的开支，所以卖出去的力度要加大。

黄小峰直到坐上地铁，往丁湘那边赶的时候，还觉得有许多事情没有安排，便打了电话给唐龙和下面的同事，叮嘱他们要特别注意广告牌用电的安全……

现在，他已经到了丁湘家门口，白猫一骨碌爬起来，对着他大叫。他找了猫粮，倒一些在碗里，白猫津津有味地吃起来。

丁湘正在看光碟，播放的是一部新电影。见到黄小峰进来，她便关了播放器，说："哥，带上嘉慧姐，我们一起去看个电影。新片《卧虎藏龙》，可好看了！"

黄小峰笑笑："你不是说有大事？"

丁湘说："周润发的每一部片子都是大事啊。"

黄小峰说："你不是看了光碟？"

丁湘说："看光碟不过瘾，先吃饭。"

"吃饭？"黄小峰说，"到下面大排档？"

丁湘说："就在家里吃。"

丁湘拉了黄小峰坐在餐厅的饭桌边，按住他坐下，叫他闭上眼睛。黄小峰便闭上眼睛，听到她在厨房里进进出出。过了一会儿，丁湘叫道："可以了，哥，睁开眼睛吧。"

黄小峰睁眼一看，桌上满满的菜肴，全部是粤菜，冒着热气，共有六菜一汤。黄小峰搓了搓手："丁湘，看来真有大事，生日吧？"

丁湘道："你别管，先吃。"

黄小峰放下筷子，说："不说清楚，我不敢吃。"

丁湘道："那好，今天是我新的开始，我想改变一下自己。你看乐萍，川菜做得顶呱呱，一个粤东女人，为了什么？”

黄小峰道：“管住男人的胃，才能管住男人的心。这不是卢强经常灌输给乐萍的吗？乐萍伺候他像伺候大爷一样，实际上是上了这‘湖乡小骗子’的当。我们不能和人家比，我们是兄妹，而且我们也没有那份闲工夫，还有那么多的事要做呢……”

“得。”丁湘伸出手来，在他嘴巴前面摆了摆，示意他不要说话。她夹了一筷子菜，放在黄小峰碗里，自己夹了一筷子，放在嘴巴里咀嚼，嚼了两口，眼泪流下来了。

黄小峰想起何万富的话来了，“黄小峰，你给我听着，不要亏待我的外甥女儿，她对你是真心的，懂吗？黄小峰，你是一个男人，做男人就要大气，尤其是不要辜负一个女人对你的心！”

黄小峰用手给丁湘擦眼泪。丁湘把那口菜咽下去了，扭过头来，说：“哥，如果有一天你老了，很老很老了，还有最后一口气，你会对我说什么？”

黄小峰说：“吴烨不好吗？”

丁湘笑得无可奈何：“这是抽哪门子的风啊，我和他根本不熟。我对你说，他确实对我有所企图，但我很快发现他心术不正。我和他完全没有交往过。”

黄小峰说：“嘉慧现在有点神经质呢。除了这个，你想要什么，我都会满足你。”

丁湘摇摇头说：“我什么都不要，只要你有时间过来看看我，我这个做妹妹的就心满意足了。”

黄小峰低下头，说：“这对你不公平，你还是一个女孩子啊。”他激动得满脸通红，又说：“你要有你正常的人生。”

他们坐在一起吃饭，对方的呼吸声都能听得清清楚楚。真的，黄小峰看待丁湘就像看待自己的亲妹妹一样。一直以来，他希望有一个亲妹妹，好让他有一种做哥哥的责任感和成就感。何万富的话总是在耳边回响，其实，兄妹情是一种更持久的感情。刚见到丁湘的时候，他就对她有一种亲近感，后来丁湘对他的帮助更大。而他只是在丁湘不开心的时候来开导她，就像一位大哥哥一样，来开导涉世不深的妹妹。

丁湘的粤菜做得非常地道，与乐萍的川菜有异曲同工之妙。女人一旦用心改变，总是会带给人意想不到的惊喜。

丁湘突然说：“哎，看我这记性，酒也没开。都怪你，让我不开心。”丁湘打开一瓶红酒，倒入高脚杯，递给黄小峰一支，自己端着一支，转了转里面的酒，笑着说：“哥，碰一个！”

“好，碰一个。”黄小峰举起杯来，说，“祝青春美丽！”

黄小峰和她聊起那部新的电影。他想让丁湘先讲讲剧情。丁湘说：“先不说，看了就知道了，反正我看一遍就落一次泪。”

黄小峰说：“那就不要看了，免得你哭，我也害怕看到你哭。”

丁湘把他的胳膊抓过来放在桌子上，问他：“再说一句不要看，我就咬一块肉下来，信不？”

黄小峰赶紧求饶，指指上次咬过的地方，吐了吐舌头。

吃完饭，黄小峰要刷碗，丁湘也不争，坐在化妆台前化妆。黄小峰洗完碗，丁湘的妆也化好了，换了几套衣服，要黄小峰定夺，黄小峰都说“好”“好极了”。丁湘说：“好好先生，好好哥。”黄小峰说：“妹妹，人漂亮，当然穿什么都好。不是衣服衬你美，是你让衣服更美！”丁湘笑了，穿了蓝色连衣裙出门，那黑长直的发型，几年都没有变过，显得纯洁而浪漫。

黄小峰没有同意叫上李嘉慧，他怕她一听到“丁湘”这个词就会爆炸，哪怕他心诚如镜，也会跳进黄河洗不清。和丁湘的这次电影之旅，让他内心满是羞愧与罪恶，左右为难，难以拒绝，只能默默地对自己告诫，下不为例。

他们一起往电影院走。黄小峰发现丁湘身上有些变化，似乎褪去了当初肤浅的贵族慵懒气。走了半天，他才发现丁湘好久没有带白猫出门了。她现在非常忙碌，总是飞来飞去，到处考察民办学校的办学情况。黄小峰强烈地感受到，他们办国际化学校的理想在阔步前进。岁月流逝，带给他们的不仅仅是年岁的增长，还有经验的积累和眼界的扩大，以及沉甸甸的业绩成果。有时候，从机场接她回来，看到她的头发竟然扎成一条马尾或两个羊角，人也显得更加成熟干练。他忍不住笑出了声。

“哥，你笑什么？”丁湘问他，脸上竟然有些害羞的神情。

“没什么……”黄小峰感觉自己的脸红了。

“不信，快说！”丁湘笑着命令他。

黄小峰看了她的头发一眼，说：“妹妹有时候也不像妹妹了。”

丁湘莞尔一笑：“越说越说不清，怎么不像？”

黄小峰说：“比那个女明星更美。”

丁湘笑了。

他们上了一个坡，就到了电影院。进去，坐会儿，电影就开始了。

电影里，演的是一位武林绝顶高手李慕白与两个女人的故事，一个叫玉娇龙，年轻霸气，一个叫俞秀莲，成熟稳重，却都是武林高手。李慕白与俞秀莲心心相印，却始终没有表露爱意。最后，李慕白临死前，躺在俞秀莲的怀里，说：“生命已经到了尽头，我只有一息尚存。”俞秀莲说：“用这口气，练神还虚吧。解脱得道、圆寂永恒，一直是武当修炼的愿望。提升这一口气，到达你这一生追求的境地，别放下，浪费在我身上。”李慕白说：“我已经浪费了这一生……我要用这口气对你说，我一直深爱着你。”

看到这里，黄小峰才知道丁湘问他的用意。他不由得抓住丁湘的手，拉过来，用另一只手握住不放。

“秀莲，我们能触摸的东西没有‘永远’。师父一再地说，把手握紧，里面什么也没有，把手松开，你拥有的是一切。”从李慕白之前的话里可以看出，留给他们的，都是后悔。

玉娇龙的男友罗小虎的一段台词也很感人，他说：“小的时候，有一天夜里，我看见天上落下千万颗的星星，我想，它们都落到哪里去了？我是个孤儿，就一个人去找星星。我想，如果我骑马到了沙漠的另一头，我就可以找到它。从那以后，我就一直在大漠中奔驰。”

听到这段话时，丁湘把嘴巴凑过来，说：“我们要办的那所学校，希望能容纳成千上万的星星……”

看完电影，黄小峰和丁湘沿着那条旧马路，往家的方向走。春光明媚，南国的夜色里弥漫着各种草木的香味。万木萌发的季节里，两人心情无比的美妙。他们都沉浸在自己的想象里，一句话也没有说，就这样安安静静地走着。

其实，他很想问问那首散文诗《兰草花》，它是怎么“来到”她家的相框里的，她是怎么理解作者兰草的创作情感的？这里面一定有故事和感悟。兰草花曾是他内心的力量之源，想必她也感受到了这股神奇的力量。许久许久，他没有开口，他怕问出一段忧伤，破坏了这美好的夜晚。

“哥，慢一点。走那么快，马上就走没了。”她仰起脸来，语气中满是娇气和嗔怪。

他只得把脚步放慢，说：“我习惯了天天在工地上跑，就像在草上飞呢。要说慢，原来在老家才叫慢，来到广东，走路都快了许多。”

下

转眼间，又到了年底。元旦是黄小峰父亲的生日，这一点他是记住了，不是别的原因，主要是这个日子好记。

黄小峰从学堂出来，算了算，吃了一惊，原来老校长七十三岁的生日快到了，他心里不由得哆嗦了一下，俗话说：“七十三、八十四，阎王不请自己去。”这个年龄还真是道坎。出来这么多年，一直没有在家里盖个房子，黄小峰觉得在这一点上，特别对不起老人家。

父亲生有两个儿子，按常理，应该在两个儿子家里轮流过。因为黄小峰没房子，老校长夫妇一直待在大儿子黄大峰家里。这样的例子也不是没有，湖乡村里也有不少两兄弟的家庭，其中有一个考出去了，或是当兵出去了，成了公家的人，怎么还会在湖乡盖房子呢？所以，父母自然住在另一个儿子家里。黄小峰情况有点不一样，他曾经务农几年，村里还有责任田呢。现在是沾改革开放的光，下广东，混出了个人模狗样，但不是公家的人。所以，不在家盖个房子赡养老人说不过去。其实这也没什么，前提是黄大峰两口子能谅解他，外人也不会说什么。真是无巧不成书，胖脸嫂钱再多，也受不了两个老人年年待在她的家里吃喝。平日里，黄大峰一家人常年在外做点玻璃装潢生意，一心赚钱，快过年了，便像候鸟一样飞回湖乡。正月里，两口子天天和两位老人面对面吃饭，心里不爽，脸色也难看，动辄说几句难听的话，搞得两位老人下不来台。

有一次，黄大峰打麻将回家晚了，胖脸嫂立马脸色变了，从开始的争争吵吵，到动手动家伙，不出三五分钟，局势迅速升级成流血事件。胖脸嫂在他脸上用“五龙爪”划出了几道血痕，而自己吃的都是暗伤，黄大峰踢了她几脚捶了她几拳。她坐在地上号啕大哭，老人出来劝架，自然沾上了火星，当场就被胖脸嫂赶出家门。她骂道：“你们不是还有个小儿子吗？今年去你们小儿子家里过年！他不盖房子，你们就站在他的空台基上！”一边说，一边跑到老人的房间里，抓起被子和衣服往大门外扔。门外飘着鹅毛大雪，地面早已冰雪覆盖，那些衣物、被褥全被扔在雪地里，惹得全村人来看笑话。

寒冷的冬日里，老校长含着泪，用手夹着衣物、被子，牵着金铃，颤颤巍巍地往老屋里走，一边骂着黄大峰的窝囊，一边怨着黄小峰的不孝。都说养一个儿子累死，养两个儿子气死。看来，他今天终于尝到这滋味了。来到老屋，才发现大伙儿都搬去了新宅基地里的楼房，再没有一家一户住老宅基地的砖瓦房。人影稀少，阴森森的，实在可怕。偏偏电线已经被拆走，没有电灯，点根蜡烛，见风就被吹灭。老屋山墙倒了一片，挡不住寒风。可怜的两位老人只能紧紧地抱在一起睡，睡一整夜没暖和过来，冻得瑟瑟发抖。

第二天一早，老校长拨通黄小峰的电话，叫他回来接二老到广州过年。黄小峰估计是出了事情，老人都晕车，平时上镇里也不坐车的，怎么可能来千里之外的广东呢？黄小峰轻言慢语地和老人说着话，终于明白了事情的前因后果，便给村里的干部打了个电话，请他们出面去调解。胖脸嫂本是害怕村干部介入的，一听说有被判遗弃罪的可能，只得赶紧把二老接了回来。

经过这事后，黄小峰深感内疚，不时向家里打打电话，或是汇点钱，以便让内心有一丝安慰。

几天来，黄小峰心里像揣着一块沉甸甸的石头一样沉重，父亲到了这个年纪，真是到了今年不知明年事的时候，活一日，算一日，再不尽点心，说不定以后就真的没有机会了。他打算先跟李嘉慧商量汇钱的事情。现在，李嘉慧不上班，看着店管着家里的钱，一分一毫，都清清楚楚。

一听到要给老人汇钱，李嘉慧就来气，她反对的理由是："黄小峰，又要往家里汇钱啊？你知不知道黄大峰汇了没有？汇了多少？就你有钱？老人要你的钱干什么？你的钱是不是都让老人花了，还是让相好的花了啊？"这也不是没道理，两兄弟基本不联系，各搞各的，却都拿了一只眼睛在湖乡盯着，生怕吃了兄弟的短。湖乡有好几家两兄弟的，一个经济条件好，一个经济条件不好，都是好的带不好，盖个房子，多盖出一间来留给穷的弟兄，不讲长幼。偏偏黄大峰盖房子，不仅没有给黄小峰留一间住房，甚至每年黄小峰回到老家，在他家里住几日都要给他脸色看。

后来，胖脸嫂去了村委会，嘴里不断嘀咕："老人不养算遗弃罪，这个我懂。但不要兄弟，算遗弃罪，没这个道理吧？好歹他也是一家人，都是健健康康，壮壮实实的，凭什么住我家了白吃白喝过大年？”村干部说：“你说得对，你没有义务让黄小峰住你家的房子。”

黄小峰先去步行街买了一双鞋，送给李嘉慧。他也不懂，只挑贵的，还是牌子货。拿回家，李嘉慧又惊又喜，觉得这鞋贵了，也不是喜欢的样式，但黄小峰买鞋给她，历来少有，也代表丈夫对她的感情，所以不免开心。想了想，她问道：“黄小峰，你是不是做了什么对不起我的事情？”说罢，揪起黄小峰胸前的衣服往鼻子上嗅了嗅。

黄小峰对她的这个动作习惯了，不免厌恶，便站着不动：“有什么味？汗臭味。好闻吧？”李嘉慧笑道：“算你老实，人家开个玩笑不行啊？”黄小峰便说：“嘉慧，真有正事，找你商量。你看元旦快到了，朵朵爷爷的生日快到了，你说汇多少回去？我听你的。”最后那句“我听你的”，黄小峰说得担心又虚伪，但也没有别的办法。

李嘉慧“哼”了一声：“我说呢，今天怎么会有新鞋穿。看在这双鞋子的分上，我答应你。”黄小峰喜出望外：“你同意了，太好了。说实话，我真是个不孝子啊，想到这些都惭愧。今年老人快七十三了，我想多汇点，让老人有钱花。”李嘉慧竟然没有反对：“是啊，那你说，给我爸汇多少？朵朵在老家读书，都是我爸在带呢。吃饭、洗衣，你爸妈什么都没做，只会要钱。”

黄小峰只能选择性地装作没听见，对于那些不中听的话一律过滤掉，不进耳朵，否则这交谈无法进行。“给你爸汇五千块钱吧。”黄小峰说，他知道李嘉慧会在这个数字上打个折，汇给他的爸妈。李嘉慧说："嘿，五千，你也够大方的。其实，对我爸来说，一点都不多，你算算，假如给朵朵请个家教，一个月起码一千块钱吧，一年都一万二千块钱了，算算，咱们朵朵在外公家待多少年了呀。还是外公体贴，一分没要你的。既然你有心，汇五千块钱，就五千块钱吧。"

黄小峰连连称是，最后听到李嘉慧说完了都没说出给朵朵的爷爷汇款的数目，便再问一句："给朵朵的爷爷汇多少呢？"李嘉慧悻悻道："你看着办哦，你说多少就多少。""五千？""切。""四千？""……""三千？不能再少了，爷爷奶奶，两个人呢。""……""两千五？""嗯。"

汇完款，黄小峰觉得越发愧疚而郁闷，他不想回出租屋。一个人在街上走着，漫无目的，晚了，累了，回去倒头就睡，也不和李嘉慧说话。

李嘉慧在看一本书，好多天了都还在那一页。她只在黄小峰回到家里的时候，装装样子，其他的时间都在看电视，追那些没完没了的肥皂剧，等黄小峰回到家了，再交流那些剧情和人物。她常常对电视上那些抛妻弃子的男人破口大骂，好像在给黄小峰打预防针。好几次，黄小峰觉得厌烦了，就说："李嘉慧，别一天天老看这些电视剧，多么浪费时间啊？"李嘉慧蹙起眉说："什么事情不浪费时间？读书吗？"黄小峰说："那就自考个大学文凭吧？"李嘉慧以为黄小峰是在笑话她，没好气地说："字都不认识几个，还想自考个大学文凭？哎呀，黄小峰，跟着你这样的文化人过日子，真的好累啊。瞧瞧黄大峰，看看你嫂子，要不要去自考个大学文凭啊？那不笑死人啊？考了有什么用，现在的大学生工资很低，连个农民工都不如。"看见黄小峰有些不高兴，她便拿出黄小峰读过的书，翻了几页，哈欠就上来了。自己咯咯一笑，睡去了。

有几次，唐龙过来，就追加投资的事情与黄小峰商量，让李嘉慧听到了，当下花容失色，坚决反对。因为她知道那些投资兴建的广告牌不但没赚到钱，反而还亏了不少。黄小峰急了，恨恨地说："嘉慧，你听好，钱是我黄小峰赚的，你管得着吗?"嘉慧非常生气："嫁鸡随鸡，嫁狗随狗。你是男人，男人养家，不是很正常吗?"黄小峰也气："养你，你吃白饭就是了，还管我那么多，是不是吃多了没事干?"李嘉慧"哇"的一声哭了，一夜没理他。

第二日，李嘉慧不见了，到了吃饭的时候，都是冷锅冷灶的。好不容易挨到天黑，李嘉慧回来，对黄小峰说："我明天要上班了，不看店了，不再吃'白饭'了。"黄小峰有些过意不去，说："你上什么班啊?别太辛苦，辛苦就不要干了。那些话，你不要往心里去，我说的都是气话。"李嘉慧说："人嘛，本来就要自食其力，靠谁也是靠不着的啊。我上了班，赚了钱，就是我李嘉慧自己的，我全部存起来。"黄小峰看她心情还好，只得顺着她："好，随便你吧。但记好了，太辛苦就不干。回来，我养。"

李嘉慧关了店，到外面干了两天，第三天就说不干了。她在一家公司里做清洁工。她说，做清洁工也挺好，就是受不了那些人的颐指气使。有个老总每次上厕所前都叫她先去冲一遍，一天他吃坏了肚子，她居然冲了八遍厕所。"你说，那老家伙，变态不变态?"李嘉慧说起来愤愤不平。还有一次，她在前台拖地，看到乐萍进来了，赶紧扔了拖把就跑。"还好，乐萍并没有看到我，幸亏穿了这套工服!"后来，拖把还是保安给她拿回来的，为了表示感谢，李嘉慧塞了一个十元的红包给他儿子。

李嘉慧又闲在家里了，照样做饭看电视过日子。这些天，她与黄小峰准会为一点经济上的缘故产生冲突，或是“关杰”“丁湘”两个引爆词让她当场大爆炸。蓝天下没有新鲜事，不改变自己，写出来的故事就没有特别的。李嘉慧再次去找工作，找来的工作基本上都是非常辛苦的体力活，工作时间长，作息没有规律，辛苦得走路都要打瞌睡。于是，她又辞了工，回到家里。如此反复，一年几个轮回，黄小峰习惯了，李嘉慧也习惯了，谁也改变不了谁。黄小峰慢慢总结出，李嘉慧其实也是很简单的一个人，有两条底线是不能碰的：一是女人，哪怕黄小峰和外面的女人合个影，她也是不能容忍的；二是金钱，李嘉慧把钱袋子抓得紧紧的，一分钱的去向都要弄明白，否则，她会彻夜无眠。

自然，这次汇钱回老家，李嘉慧又嘀咕了好多天。她也有自己的道理，因为朵朵在外公家，给外公汇钱，理直气壮；给爷爷奶奶汇钱，觉得不值。因为她实在不知道黄大峰汇了没有，她也会自己判断，胖脸嫂那样的人品，汇钱给老人，根本是异想天开。

黄小峰为了这些小数额的钱而郁闷，使他更加反思自己做儿子的不孝。胖脸嫂在大寒之日驱赶老人到雪地的事情，在湖乡传得家喻户晓，这是他兄弟俩的耻辱。黄大峰也就罢了，因为他老婆的泼辣横蛮是出了名的，难道李嘉慧也是这样的吗？其实，李嘉慧在湖乡的名声还是相当不错的，面对这样一个厉害的妯娌，她温顺以对，不卑不亢，从来没有红过一次脸。胖脸嫂经常给老人们脸色看，李嘉慧却从来没有过，更多的时候，人们经常看到朵朵端了好吃的送给爷爷奶奶。问题就出在黄小峰的身上，爷爷奶奶在大哥家受气，黄小峰谁也怨不了，只能怨自己。

这几天，黄小峰又开始在街道上徘徊。他惊奇地发现，每次走的终点都是丁湘的新住所，那个幽静高档的居民小区，从大门边进去，左转第一栋，上电梯，22 楼。是日黄昏，下着蒙蒙细雨，他进了这个小区，看见丁湘那间的灯光还亮着。他想知道她在干什么，又觉得不能上去打搅。于是返回来，向自己的出租屋走去。快到家的时候，突然想起有话对丁湘讲，他再次走回来。

刚走到小区门口，他忽然愣住了。他看见丁湘穿着一件紫色风衣，两手插在裤兜里，正在不远处看着他微笑。他突然拘谨了，满脸通红，或许丁湘老早就已经看到他在这里转了几个来回。一个有些窝囊纠结的男人被一个女人看穿，会是多么懊恼，多么着急。

他看着她，觉得她气质迷人。丁湘走过来，说："哥——稀客啊。你好久没来了。"他像个孩子，赌气地说："我还没吃饭呢，想吃你做的菜，可以吗?""当然可以!"丁湘显然有些激动，抓住他的手向楼里走去。

左转第一栋，上电梯，22 楼。电梯的声音掩饰了他内心的心跳，也掩饰了他的拘谨。到了 22 楼，黄小峰却按了顶楼，他们继续向上，来到天台，对着防雨的石板，一屁股坐在女儿墙上。他用衣服擦了擦台阶，示意她也坐下。她"哎呀"一声，却坐在他的腿上。她晃动两下手臂，想站起来，黄小峰却双手护住她，让她坐在怀里，外面落着细细的雨点。

他把头埋在她长长的发丝里，顿时激动得难以呼吸。上一次，她的秀发拂过他的嘴唇，他像被电击了一样，心跳得强烈，感到自己浑身在颤抖，他完全是被动的。这一次，可以用挡雨来做借口吗？距离如此之近，她能感受到他的体温和呼吸。一切都是偶然，一切都是鬼使神差，一切都是命中注定吗？她不懂，这个男人从遥远的地方来到面前，只是打了几次招呼，听了他的声音，看了他眉宇间的气息，就对他产生了莫名的好感。他说话的声音充满磁性，语气友善，不肯提高一点的声音，生怕伤害了她。他的心细得像一根细细的针，总能穿透她内心最脆弱的点，给她慰藉和温暖。

以前，她是多么孤独，虽然吃穿不愁，甚至高出常人一大截，但是她没有归宿，没有安全感。直到那天她读到报纸上的《兰草花》，诗人兰草给了她特别的力量，让她振作。她离不开这种力量，把诗歌从报纸上剪下，设计成卡片挂在家里，日日读着，在脆弱的时候，不断地去汲取力量。

但她还是那么脆弱，在无数个梦里，巨大的悲痛让她伤心欲绝，她像大海上一艘巨轮上被扔下的弃儿，惊慌失措，孤独无依，拼命挣扎，几番沉浮。终于，她抓到了一个男人的手臂。她靠在他的怀里，感受那里的平静和温暖。她突然很恨他，因为她觉得这支手臂会随时抽走，真是薄情！她想张大嘴巴，狠狠地咬他一口，撕下一块皮肉来，心里才解恨。她总是想起电影里罗小虎的台词：看见天上落下千万颗的星星，它们落到哪里去了？

他有些眩晕，额头上冒出了汗珠。他咬着牙，却让自己的每一个毛孔满是温柔。他觉得心里很甜蜜，以前从来没有发现自己的诗歌会进入一位女孩的闺房，这种成就感让他陶醉。影视明星曾离他多么遥远，因为她的影响而成为追星一族，这种青春血气来得冲动而不可思议。以后，影视明星成为他们共同的话题，成为连接他们心海的两座桥梁，把他们的志趣与观念巧妙地连接在一起。突然，他又觉得自己好卑鄙，自己不就是李嘉慧深恶痛绝的那种男人吗？关杰就是其中的一个，湖乡出来的泥腿子，禁不起富贵诱惑的花心大萝卜，是男人中的渣渣。

他撩开她的发丝，抬起头，有些难为情："妹妹，对不起，我今天失态了，请原谅！"

"好了，好了，我们去做饭。"丁湘站起来，对他微微笑。

他们手牵着手下了台阶，打开门，进到屋里。一刻钟后，丁湘端出一盘炒青菜和一碗清蒸鲫鱼，说："这鱼下午清蒸好了，现在热一热，我还以为要浪费了。真巧，有人来收拾残羹冷炙，谢谢啊。"

他笑了："你的菜做得越来越好了。"她坐在旁边，把鱼里的刺都挑出来，把鱼肉分成一块一块，用勺子往他的碗里送。这种吃鲫鱼的方法，他还是第一次遇到。鲫鱼味道非常好，但刺太多，吃需要耐心，需要小口小口地。他想起李嘉慧很少去做这种鱼，她喜欢做鲈鱼，或是石斑鱼，贵是贵了点，但不担心鱼刺。

黄小峰有些感动，说："你真好。"

丁湘笑笑："向你学的。"

他忽然想起什么："好妹妹，你是不是要出门？"

她说："不出门，这样挺好。"

他们打开一瓶红酒，边吃边聊。他们谈起了学堂，还有学校筹备的进展。丁湘现在也在学堂代课，音乐、美术、英语，都是她拿手的。还有手工，孩子们非常喜欢。关于筹备学校，她说，北京那所大学已经初步答应授权，以大学附校的名义，在广东开办一所基础教育的外国语分校。目前，已经找到舅舅生前的一些好友，在做学校的规划方案，先要召集股东，进行第一期融资。

“咚咚咚！”“咚咚咚！”门敲打得急促，像七月的冰雹。

黄小峰拉开门，“啪！”脸上挨了一记响亮的耳光。李嘉慧歇斯底里地闯进来，她奔向丁湘，把桌上的半瓶红酒“咕嘟咕嘟”地淋在她的头上。

李嘉慧骂出了最恶毒的语言，连珠炮一般，响彻整栋楼宇。

黄小峰不停地解释，丁湘却一声不响。

他不知道，李嘉慧自下午开始就一直跟着他，牙齿都咬碎了。

第七章

上

每年的年底，黄小峰都会抑郁一段时间，因为又到了回老家的时候。

房子的事情已经纠结了好多年，还是没有盖起来，前些年是因为手头紧，没有钱，现在是因为没有时间，李嘉慧的态度也是个问题。因为盖房是一项很细致的活，只有钱砸出去是远远不够的。现在的建筑需要打桩，桩打到哪里了，自己不在场，什么都由着那些泥水匠，心里不踏实。还有浇灌混凝土的时候，要施水，不然会有裂缝。房子装修的时候，更要一板一眼地守着，不然会有许多空鼓。以后搬进去了，这里漏雨，那里掉灰，会让人苦恼不已。

李嘉慧现在坚决不肯回家盖房，她不愿离开黄小峰半步。她日日守在家里，躺在沙发上看电视，腰比水桶还粗，眼界也在一日一日地退步。她像井里的那只青蛙，只要守着那口水井，就不会饿死，外面的世界，由着它去精彩吧。这精彩，李嘉慧是害怕的，害怕那五光十色的霓虹，害怕那推杯换盏的声音。

黄小峰每次应酬回来，李嘉慧都会抓起他的衣衫，像警犬一样嗅个不停；一看到黄小峰心情平和，总是打破砂锅问到底："沐足是怎样的？是男服务员还是女服务员？""这次吃饭有几个女的？丁湘去了没有？"有几次回家晚了，电话打到丁湘那里去，只要听到丁湘那一头安安静静的，她就安心了。但转念又一想，丁湘去了更好，她害怕黄小峰沾上别的女人。丁湘这么多年来，还是让她放心的。

黄小峰不回答她的那些问题，只是说："下次带你去，你就放心了。没有沐足，没有沐足。"李嘉慧不吱声，其实她也不会去，只是想从黄小峰的话里得到一种安慰。黄小峰没有掩饰，没有变着花样哄她，这说明是可以放心的。实际上，她缺乏一种自信，根本不敢去那些地方。黄小峰与别人谈论的话题，她听不懂，也害怕与人交流。

其实，这也不怪她，她生在农村，没有受到良好的教育。如果一辈子待在农村，只要做着地里的农活，她算得上一流的好手。来到城市，她喜欢上了城市的繁荣与便利，却没有兴趣提升自己。她宁可把自己蜷缩在一个蜗牛的壳里，安安静静地躺着，她很满足，享受着那片局促但舒适的空间，不想改变。时光变迁，别人拥有的，她都拥有了，黄小峰带来的财富、地位和声誉，让她脸上神采奕奕，她成了一位骄傲而有点神经质的女人。她最重要的工作，就是每月初去银行打印存折和信用卡的流水，每月底去公司看看账本。对于有疑问的支出，回到家里一一询问自己的男人。再就是去唐龙广告和学堂看看那些新来的女同事，觉察可能威胁到她的蛛丝马迹。然后，回到家里，她开心地打开电视，为剧中的主人翁的起伏沉浮而提心吊胆，甚至是泪流满面。电视看完，她开始清理菜蔬，准备一天的晚餐，按时催促黄小峰回来吃饭，看着男人狼吞虎咽地吃完，就是一种莫大的幸福。

年底是他们一年里最不开心的时候，他们经常为家里盖房和给老人汇钱的事情而争吵。另外，朵朵已经上了高中，过两年就要面临高考，老木匠毕竟年岁大了，很多学校里面的事情都不清楚。朵朵从来没有主动给他们打过一次电话，不知是心里不满还是功课太忙。李嘉慧每次汇了生活费过去，问问她的学习成绩，叮嘱两句节约用钱，不再有其他的话。

黄小峰担心孩子会越来越不亲近父母，不止一次提出让李嘉慧回去陪读，这又触动了她心里那根最敏感的神经，搞得她闷闷不乐。不开心的李嘉慧从来都是采用一个办法来对付黄小峰，先出去找工作，后铩羽而归，怨天尤人："不就是说我没做事，那好，我就去上班，看你还能怎么说。"

冬日的广州仿佛秋季的湖乡，天气十分凉爽。

这夜，李嘉慧跟踪黄小峰，终于看到了她最不想看到的场景，也印证了她的第六感。她掉进了深不可测的冰窟窿里，瑟瑟发抖。亲眼看到自己的老公与她熟悉的一个女人依偎而坐，亲密无间，像夫妻一样同餐共饮，其乐融融。突然，她怨自己性子太急，为何不继续埋伏，来一次捉奸在床的大戏？哼，好在我也不是好欺辱的，骂那个陈世美骂得真好。那酒水灌得那个女人真是狼狈不堪。可是，那个女人为何一言不发？那个女人还能辩解什么？黄小峰是我的老公！

李嘉慧激动万分，她一个人在街上走着，絮絮叨叨，最后坐在公园的一条长椅上。她想找何美好聊天，但电话打过去已是关机。她不想回家，反正黄小峰有人做饭吃。她继续沿着街道行走，漫无目的。

这几日，街上颇为反常，常常见到小小的士多店或药店前面排起长龙，大家都在购买食盐、食醋等。更夸张的是，街道边的一家房屋会放出一张木凳，上面写一个纸板“新到白醋，三百八十元一瓶”。她记起今天黄小峰对她说过，阿彩在公司和学堂里到处熏白醋，说有一种奇怪的传染病正流行，人心惶惶。她当时“哦”了一声，说了“注意点”，就继续追剧。她一直以为那些妇人们的江湖传言不足为信，没有当真。心里想，熏白醋就熏白醋吧，除除异味，也是好事。

第二天一早，丁湘出差去江苏，她要参观一家民办外国语学校，说是为黄小峰做先锋打头阵，看好了，再请黄小峰大领导一起过去考察。黄小峰也说，他在和广州、佛山两地的商会接触，请他们推荐几位对教育感兴趣的大老板，把规划方案发给他们，争取融资，如有融资意向，他这个小先锋打头阵，谈好了，再请丁湘大领导拍板。

黄小峰满大街寻找李嘉慧，却没有结果。寻思她是不是回了黄村，那要等到下午再打电话问老木匠。他心里忐忑不安，继续在街上寻找。到了中午，他拿出手机，给丁湘打了个电话，丁湘十分冷淡：“脸不疼了？哥。”

“累吗？”他问。“嗯。”她答，“心累。”他叹了一口气，“开心点，别这样。”她在那头无力地笑了，说：“逗你玩呢。”他松了一口气，“我在你家门口呢。现在腿不听话，一出门就爱往你那边跑，这该怎么办是好？”她说：“腿没有大脑，更没有心，所以它是最真实的，懂吗？”

他说了聚会的事情，想不到时间这么快，一晃十多年了，按照当初与卢强、关杰的约定，三人要聚一次，这次应该在中信大厦。她“嗯”了一声，问道：“想叫我去吗？那我算什么呢？同事？兄弟？红颜知己？”他一声不吭，听她说话，声音低低的，仿佛能听到呼吸。他想了半天，才说：“你是我的亲人，最亲的人。”

他们互相谈着对对方的看法，实际上是传递一种牵挂。说什么也许并不重要，重要的是能听到对方的声音。就像前两天刚换手机的时候，他打电话试音，也是拨通了丁湘的手机。一听到黄小峰换了新的手机，在试音，她当下感动得落下眼泪，半开玩笑地说：“哥，你的‘第一次’终于给我了。”说完她哈哈大笑，笑得花枝乱颤。当时是晚上九点多，她刚刚吃完饭，龟缩在沙发里，静静地躺着，想起自己的过去，想起黄小峰带给自己的挣扎与煎熬。手机铃声响了，果然是她朝思暮想的人，她按了免提键，按了录音键，让声音在空旷的房间里放着，她觉得舒服，感到温暖。她有个习惯，把黄小峰的来电都录了音，睡前，或是半夜醒来，再打开，听一听，心里就充满了希望。

电话里，说来说去，就那么几句，居然耗费了快两个小时。最后，挂电话都要经过一番讨论，谁也不肯先挂，每每找到一个让她先挂电话的理由，他都要耗费不少的脑力，从“女生优先”，到“笔画顺序排列”，再到“谁拨谁挂”，他使出浑身解数，让通话自始至终充满情趣。她也任性，如果他的理由站不住脚，她可以一直让电话保持通话，有一次居然达到十五分钟。“大领导呀，白白流失了多少话费啊。”最后，他学着那只白猫“喵喵”两声，她才把电话挂断。

黄小峰接着打电话回黄村，先后和朵朵、父母和老木匠通了话，没有李嘉慧回黄村的消息。他顿时慌了，匆匆忙忙报警。回到家，胡乱煮碗面条吃了，冲个凉，又马不停蹄地出门寻找……

早上醒来，黄小峰发现自己睡在街心公园的长椅上，清洁阿姨的扫地声叫醒了他。“嘉慧——嘉慧——”他嗓子嘶哑了。这时，派出所的人打来电话，问人回来了没有。他心狂跳起来，会不会有什么意外？李嘉慧彻夜未回，还是第一次。他打了几个电话分别给卢强、乐萍、唐龙、梁可欣，又给公司和学堂的值班同事打电话，都没有李嘉慧的消息。他跑到市场，超市，仍没有嘉慧的影子。再次拨通110，派出所叫他亲自过去一趟。问询、笔录、签字，一无所获。一位老警察看着他心急如焚的样子，说：“会不会在医院？”黄小峰像被电击了一下，大声问道：“什么？”老警察正色道：“我也是推测。她到处行走，要是晕倒了，会被好心人送到医院的。你不妨去医院查一查。”

正说着，来了一个电话，是人民医院的，问他是不是李嘉慧的家属。他赶紧点头说“是”，咽下口水，他的心要跳到嗓子眼了。电话那头一个急促的声音告诉他，李嘉慧可能被病毒感染了，病情发展非常迅速，已经进入重症监护室，随时可能有生命危险，请迅速到医院办理相关手续。

他赶紧下楼，一路飞奔，上了车，猛踩油门，来到医院。这时的医院到处都弥漫着一种紧张的气氛，平日里白大褂都敞开穿的医生护士，现在全部包裹得严严实实，戴着一个凸出来的大眼镜，仿佛电视上的生化演习现场。他来到导诊台，问李嘉慧的病房。导诊护士大惊失色，问他是不是病人家属，并不停地告诫：“隔离治疗，怎么可以探视？”他说是接到医院电话的通知来的，导诊护士便带他到了行政楼副院长的办公室。办公室内，坐着一位浑身上下都包裹了白衣白帽的医生，镜片后面的两只眼睛布满了血丝，平静而疲惫地看了他一眼，再递给他一张纸、一支笔。他看了看那张纸，告诉黄小峰，李嘉慧已经在昨夜被收入医院治疗，并被确诊为急性病例。作为病人家属，不能探视，必须马上入院隔离观察。

黄小峰签好名，又来了两位医护人员，带他进入医院的隔离生活区。他被要求量体温，戴上宽大的防护眼罩和手套，穿上防护服和防护鞋，他顿时感到头晕气短、两眼发胀。只见里面躺着几名被传染的病人，原来都是医生护士。有的人胡子拉碴，显得疲惫落寞。

他头脑稍微清醒，开始记挂起李嘉慧。他拿出纸笔，给嘉慧写了一封信。他写道："老婆，你要好好的。其实很多事情，都不是你想象的那样。我没有对不起你，我永远爱你。朵朵也需要你，一定要挺住。"他拿出手机，自己一字一句地读出来。

他央求一位护士把手机包好，给她，一定要把这信播放给昏迷的李嘉慧听听。护士有些感动，拿来一束康乃馨。

护士走了，他又开始记挂丁湘和朵朵。他用医院的电话给她们打电话。丁湘说，为什么不接电话，她都打了他一整天的电话，她快疯了。

黄小峰告诉了她李嘉慧的事情，丁湘没有说话。过了好一会儿才说，嘉慧姐没事的，会挺过去的。丁湘叫黄小峰不用担心她，她已经回到家里，只是回来的过程非常曲折。说完就呜呜地哭了起来。朵朵的外公接了电话，叫他们不要回老家，朵朵不用担心，都没事。

那一年春节，黄小峰在医院里过，没有上网的电脑，只有一台电视，整天播放新闻和电视剧。他与丁湘一天不知要打多少个电话发多少个短信。他出院的时候，医院正式通知他，李嘉慧已经去世，并按照规定做了处理。他已经麻木，也早已有了心理准备。但他还是哭了，丁湘拉着他，任由他哭得稀里哗啦。以后的日子，他天天泡在网上，一蹶不振。

黄小峰像一具行尸走肉。公司和学堂的事情，他都不管。他不想出门，颓废得像一只又长又臭的袜子。重症肺病这个词成为印在他骨头里化也化不掉的一根刺，总是时时刺痛他。他总是希望李嘉慧还活着，得了重症肺病，为什么就一定要死去？如果李嘉慧还活着，会是个什么样子？他想，是什么样子，都不重要，他一定会好好对她。

以后，他在搜索网页时，时时会搜索这方面的信息，他不断发现了一些有关重症肺病的资讯。两三年后，他找到了有些令他欣慰的消息，一些重症肺病帮扶基金成立，专门帮助那些幸存者。但这些民间的基金没有专人运营，它们的消息也是时有时无。他留意到，有一个名叫“肺病爱心屋”的博客，定期更新，坚持得非常好。

其实，“肺病爱心屋”刚刚注册的时候，他就留意到它了，它不断变换着头像，最后居然变成了李嘉慧的照片。他想确认，但那头像太模糊了，一拉开全是马赛克，或许是其他人呢？还是自己太在意李嘉慧了？他每年都会给“肺病爱心屋”的慈善捐赠账户汇进一笔钱，以减轻他对李嘉慧的愧疚。

中

十月一日，十年一次的聚会在广州的中信大厦举行，这比约定的时间晚了三年。十三年前，他们刚刚来到广东，那天晚上他们就在广东国际大厦聚了第一次。十三年后，中信大厦早已成为广东第一高楼，按照当初的约定，他们的地点自然选在中信广场。

十三年，真是弹指一挥间，每个人的变化都很大。黄小峰和丁湘带着朵朵来得最早，他们在楼前广场等候。朵朵是在暑假来到广州的，她变得有些木讷，身上散发着农村孩子的拘谨，加之去妈妈的墓园拜祭，无声的长久哭泣使她变得更加沉默。好在她与丁湘亲近，丁湘带着她出去玩了几天，她慢慢恢复过来了，一些疑问逐渐从内心吐露，变得开朗了。

朵朵上了这边的一所寄宿制高中，黄小峰正想办法把户口迁过来，免得高考再回老家。如果迁到广州有困难，就只能迁到佛山的顺德去。周末放学，刚开始是黄小峰和丁湘轮流接朵朵，后来由朵朵指定丁湘去接。第一次在广东的家里，朵朵看到爸爸和丁湘并不住在一起，又纳闷又有些得意，纳闷的是，这有些出乎她的意料；得意的是，妈妈虽然已经去世，爸爸仍是妈妈的。

唐龙广告里那些回家过年的农民工，把黄小峰和丁湘的关系讲得活灵活现，说两人早已在一起，李嘉慧是生不如死，还不如死了的好。他们都说，现在李嘉慧真的去世后，最开心、最得意的就是黄小峰和丁湘。

一日，朵朵坐在丁湘的车里，想起湖乡人的闲言碎语，忍不住问："丁阿姨，你会和我爸爸结婚吗？"丁湘当时就僵在那里，差点撞到前面那辆车。她不知道如何回答朵朵。朵朵急了，像个孩子一样地大叫起来："丁阿姨，你快说！"丁湘把车停在路边，微笑地看着朵朵："朵朵，你不是小孩子了，你觉得丁阿姨是怎样一个人呢？"朵朵看着车窗外，又扭头看着丁湘："丁阿姨，我只知道你是爱我爸爸的。但我真的很恨你！都说是你和我爸一起害死了我妈妈。我不信。我心里好矛盾、好痛苦！"丁湘想了想，说："朵朵，给丁阿姨一些时间，我再告诉你答案好吗？"

高中的学习压力非常大，朵朵的基础还是差一些。她是个不服输的孩子，总是下了晚自习后继续在宿舍里学习。丁湘经常给她送消夜，有她爱吃的肯德基炸鸡翅和汉堡。第一次，朵朵居然将这些扔在垃圾桶里，对着丁湘冷冷地说道："都说你不是我亲妈，果然只会买这些垃圾食品来应付我，你看我额头上的痘痘……"一转身，她靠在墙壁上哭了。丁湘一动不动地僵在那里，如被浇了一桶冷水，从头凉到脚，从五脏六腑里冒出一股凉气。她看着朵朵，这孩子好高了，她真的长大了。朵朵又说："在老家，我经常看到别人的爸爸妈妈给自家的娃送消夜，我好羡慕，好嫉妒，又好恨……李爷爷和黄爷爷那么大年纪了，开过一次家长会，就再也不敢让他们来了，我不是孤儿，可又像个孤儿……"

第二天，丁湘又来送餐，朵朵冷冷地看着她。她打开亲手煲的莲子羹，朵朵眼睛里有了光亮，喝了几口，故意剩下一大半。莲子是湖乡的特产，她特意找长途司机捎过来。还有一天深夜，学校宿管打来电话，朵朵发高烧，却不肯上丁湘的小汽车，说汽油味让她恶心。丁湘走了很远，骑了一辆单车过来，慢慢地载着她，走街串巷抄近路去了医院，忙碌了一个夜晚。

朵朵更多的是对黄小峰不满，又想好好地折磨丁湘。直到有一天，丁湘载着她去社区医院拿药。台风警报刚刚解除，暴雨如注，丁湘的车撞在中间的黄色隔离带上，额头流下血来，她惊慌失措地问坐在后排的朵朵："朵朵，你没事吧？"那一刻，朵朵看清楚了眼前这个不再年轻的女人，那一张脸满是惊恐，写满了疲惫，潦草不堪的皱纹爬上了脸颊，头发里居然有了几根白发。朵朵突然抱着丁湘大哭，一块坚冰就在那一刻彻底融化了……

关杰来时，坐着一辆奥迪 A6，驾驶位上是一位长发美女，商务气息十足。关杰下了车，长发美女开车去停车场，再也没有上来。

关杰看看黄小峰和丁湘，夸张地笑道："嘿嘿，你俩，今天会宣布大事吗？什么时候喝你俩的喜酒啊？"丁湘微笑不语，黄小峰在他胸前捶了一拳，道："干吗不说说你车里的黑衣美人？"关杰道："同事、同事，别想歪了。"关杰又说："吴烨不来了，他在忙他的事业。"两人再聊点正事，等候其他人的到来。

关杰在东莞的广告公司已经有些影响力了，但他一直叫苦叫穷，时不时地向黄小峰借钱，都是一万两万元地借，借了还立个字据，搞得无比郑重，也不知道他是真穷还是装穷。黄小峰去过他公司两次，他的公司在一个旧厂房改造的创意园区，环境很不错。办公室里女孩子多，男孩子只有两个，都是他亲戚的孩子。黄小峰每次都说："为何关总不去广州和顺德，原来是自己公司风月无边啊。"关杰说："这你就不懂了吧，广告创意行业本来就是女孩子的天下，策划、设计这些活，哪个男孩子能坐得下来，在电脑前面，磨磨唧唧忙碌一整天啊？”

卢强和乐萍是带着孩子坐地铁来的，男孩叫“石头”，卢强取的名字，说是大俗即大雅。石头已经三岁，见人就喊叔叔阿姨。其实真要看气色，最好的还是这两口子。打工挣工资，其他无忧，哪像黄小峰，一头浓密的黑发里有不少白发了。乐萍是个开心果，从不惹卢强生气。天天煲广东靓汤，滋润得卢强红光满面。他们两人都爱运动，霹雳舞很少跳了，现在成双成对地在公园里跑步。乐萍笑哈哈地说：“虽然我们钱不多，但心态一流，人就是要为自己活。”

因为梁可欣就在这座大楼里上班，国庆节值班，所以事先跟黄小峰说了，她就在楼里守“株”待客，大家上了电梯，再给她发条信息，她好中途精准地插进来。黄小峰特意提醒，咱们这次是大团圆啊，该带的人一定要带，不许藏着掖着。梁可欣呵呵一笑，说：“小峰哥，你想带丁湘只管带，我啊，哪有。”黄小峰本想说，丁湘本来就是一伙的啊，当时不是住对门吗？结果电话里已是忙音，梁可欣把电话挂了。梁可欣在故意回避，因为黄小峰在电梯里亲眼看到她和一个韩国的男孩一起上下班，没想到两人正交谈甚欢，只要梁可欣喊一声“小峰哥”，那韩国男孩便不吭声了。那些日子，梁可欣听说黄小峰想来中信大厦上班，便天天帮他在大楼里的广告公司门缝里投简历，最后，真还去了那家国际知名的广告公司，黄小峰在里面待了三个月，学到了不少东西，极大地开阔了他的视野。但他太忙了，根本不能安心工作，所以还是请辞了。

唐龙和诚诚来得最晚。这两口子通过 QQ 网恋，见了真人更是一见如故，没几个月便闪婚了，现在女儿诗诗都四岁多了。两人分工也很明确，唐龙负责广告公司的经营，诚诚负责农庄的生意。诗诗来了，扎着羊角辫，和石头在一起玩得不亦乐乎。关杰说：“你们以后做夫妻了，石头上面好作诗，真正的大俗即大雅。”诚诚和乐萍哈哈大笑，“那你做红娘。”

一行人上了电梯，黄小峰给梁可欣发了一条信息。电梯到四楼，门开了，梁可欣兴奋地对着里面张望，看到大家，高兴地叫起来。她进到电梯，黄小峰熟悉的那个韩国男孩果然也跟了进来，提着一个女士单肩包。黄小峰叫了一声：“安宁哈塞幼（韩语，你好！）”韩国男孩有些惊讶，也说了一声“安宁哈塞幼”。梁可欣笑喷了：“小峰哥，这是干吗？这么夸张？”黄小峰道：“可欣，你们认识啊？我担心你的包包，还不介绍介绍？”梁可欣逃不过，只得轻声对黄小峰说：“别急，别急，先上去。”

来到观光层，孩子们先叫了，他们伸出双臂，做出飞翔的样子，欢呼雀跃。大人们俯瞰广州城，视野开阔，令人心旷神怡。这是位于广州中轴线的起点的标志性建筑，大家身处观光层中，觉得整个大厦似乎有微微晃荡之感，心里不免有些发毛。

关杰第一个来到窗户边沿，双手撑腰，看着下面，一言不发。梁可欣依偎在韩国男孩的怀里，安静地看着远方。忽然，乐萍叫起来：“卢强，卢强。”她一脸恐惧，卢强伸出手，让她靠住，她忙伸出双手，紧紧地靠住自己男人的腰。诚诚说着“不怕”，向着窗户边刚刚走出三步，便开始叫唐龙了，那叫声尖利，大家都捂住了耳朵。朵朵靠着丁湘，轻声说：“阿姨，太可怕了，我怎么感觉人在往下掉？”丁湘忙用双手扶着她，说：“都说高处不胜寒，今日一见，果然如此。有个办法，你不看下面，你看天空，看云霞，多美啊。”丁湘靠着黄小峰，黄小峰看着下面，只见周围那些高大的楼宇都变得矮小，体育中心、火车东站，还有远处一望无际的原野和起伏的山脉，这种一览众山小的气势，让人觉得非常震撼！心胸顿时开阔豁达，一切的阴霾与烦恼消失殆尽。太阳东升，漫天的朝霞在如火的晨光中换上了红装，广州城显得一派宁静与祥和。

回到四楼，在一家韩国餐厅坐下，大家的心还在怦怦直跳。韩国男孩拉开单肩包，给三个孩子派红包。梁可欣站起来，韩国男孩也站起来，梁可欣说："介绍一下，这位是我的男朋友，韩雨。这些，都是我们生死相依的兄弟……”餐桌上顿时兴奋起来。

关杰问："‘我爱你’用韩国话怎么讲？”韩雨就说了一遍“撒浪嘿哟。”关杰摇摇头，向梁可欣一指，说："对着那边说。”韩雨听话地对着梁可欣说："撒浪嘿哟。”梁可欣拿眼剜关杰，羞涩地笑。

关杰扭头叫黄小峰："小峰，你会说韩国话撒浪嘿哟吗？对着阿湘也来一句？”

黄小峰不理他，对梁可欣说："可欣，你们也好多年了，什么时候喝你们的喜酒啊？”

梁可欣看看丁湘，说："你们相处的时间很长了吧，我不抢先。”

丁湘看朵朵，朵朵好像没有听到，看着餐厅的布置发呆，脸上的表情不知道是快乐还是不快乐。

唐龙说："男人要主动些。”

诚诚嗔道："当年干吗忽悠我女士优先啊？”

大家哄堂大笑。

下

黄小峰正在散步，关杰的电话来了，说话的却不是关杰。那人用湖乡的土话问候他，并关心地问着朵朵好不好。说了几句，那头问他知道是谁了吗。黄小峰想了半天，也不知道是谁，只得说对不起。那人笑了笑说："我是幺叔！"哦，幺叔，不就是黄幺狗吗？他怎么来了东莞，还和关杰在一起？黄小峰客气地大叫"幺叔"。黄小峰责怪关杰，幺叔来了也不提前招呼，好让他去迎接。关杰呵呵一笑，这也怪不了他，幺叔从深圳过来，顺路过东莞，临时决定来看看，也是刚刚到的。关杰说："快过来，幺叔明早就走。"

黄小峰赶紧上车，走虎门大桥进入东莞，不到两小时就到了关杰说的那个酒店。

"哎呀呀，黄校长开上奔驰了呀。"一个六十多岁的老头从酒店里面走出来，远远地伸出手，往驾驶室里递。黄小峰赶紧按下窗玻璃，来人果然就是黄幺狗。黄小峰与他握握手，又松开，停好车，再下来，又被黄幺狗双手握住。黄幺狗格外开心，乡音一点都没变："黄校长啊，咱们十多年未见啰。你忙，我也忙，你看一个村子里的人，见个面都难了。"关杰也跟着，对着黄小峰眨眨眼，指指车，大意是黄幺狗非要来看看你的车。

黄幺狗变白了，胖了，头发净白，但精神很好。岁月真是能改变人，财富也是，黄幺狗没有半分的颓废，脸上挂着轻松的表情，老是笑眯眯的，浑身上下都透露着一股从容劲儿。

黄小峰说："幺叔，您有所不知，做生意，车是资本呢。

头一年给人家设计个广告标志，那老板看到我是骑单车过去的，非要把价格打五折。您看，这是教训！”黄幺狗哈哈大笑，说：“就是，就是，你看我还是买了一辆顶尖的奔驰车。实力的象征嘛，做生意必备的投资。”

三人进了酒店餐厅，黄幺狗叫黄小峰坐下，问朵朵怎么样，还说朵朵很乖，来广东读书是对的，能开阔眼界，叫黄小峰一定要对朵朵好。又问黄小峰何时再婚，李嘉慧走了，家庭还是要完整的，这对朵朵好。黄小峰看了关杰一眼，知道自己被他出卖了，他不知道黄幺狗是试探还是催促，但在前辈面前，他也不好不说。他说：“幺叔，您这么关心小辈，小辈也跟您说句实话。嘉慧刚刚去世，我哪敢考虑个人的问题，只要把公司经营好，把朵朵照顾好，我就心满意足了。”黄幺狗把茶杯放在台上，说：“嘉慧去了也好。这个病啊，侥幸活下来，也有不少后遗症……”

黄幺狗看了看黄小峰，拿出手机，说：“网上有个‘肺病爱心屋’，是个姑娘办的，我每年都捐点钱。”黄小峰有些吃惊，“幺叔，您也关注‘肺病爱心屋’？这是个姑娘办的？”黄幺狗点点头，说：“捐的钱不多，咱也害怕上当受骗啊。每年汇钱之前，我都会给她打个电话。那姑娘应该在广东，电话区号是广东的啊。”黄小峰有些激动：“幺叔，您能把她的电话号码给我吗？我也每年捐点。”黄幺狗找出电话号码，黄小峰存上了。黄幺狗继续道：“小峰啊，幺叔劝你，为了朵朵，为了事业，赶紧成个家。我知道你是有个相好，目前嘉慧已经走了，你就没有什么顾忌了。假如嘉慧在，你在外面拈花惹草，幺叔也是不答应的。咱们湖乡的男人，讲良心，不忘本，古话说得好，糟糠之妻不下堂。你看，你翠儿婶天天在湖乡打麻将，什么事都不管，照样是我幺叔的老婆嘛。”黄小峰便道：“是，我回去考虑一下，到时一定请您过来喝酒。”黄幺狗开心一笑，便说起了正事，问黄小峰有什么好项目。黄小峰便把国际学校的项目说了一遍，黄幺狗听得仔细，听完了，连连说这是个好项目。

这些年，黄幺狗在外经营建材生意，也投资设立了几个铝型材加工厂，目前已是湖乡首富，资产过亿元。随着年龄的增长，黄幺狗想回报家乡，这也是一种落叶归根吧。刚好老家政府领导非常重视向在外打拼的老乡招商引资，黄幺狗成了县政府的座上宾。年初，县里出了政策，开发县城新区，把政府机关、名牌学校、医院、汽车站等悉数迁入新区，并在不远处划出一片土地作为工业区，引导企业厂房入驻。幺叔拿到一块极好的地，建起了铝型材产业园。银行发了五年的贷款给幺叔，幺叔拿来平整地面，通电通水通路，再划出几块区域来，居然招了不少建材企业入驻。眼看土地已经不多，这次黄幺狗南下广东，希望引进一批高技术的企业作为园区的招牌。他在深圳待了几天，有所收获，偶然得知关杰的标识制作厂很不错，希望他回去建个分厂，便临时来到了关杰的公司，又听到关杰说黄小峰在顺德的事业已是风生水起，便叫黄小峰过来。

黄幺狗说了一通，招呼服务员上酒上菜，并对着关杰大喊“阿雅”。一个化着浓妆的长发女子踏着碎步跑来，站在关杰的面前，拿来酒瓶，给幺叔满上一杯，娇滴滴地说：“幺叔，还想喝啊？”黄小峰这才发现，这女子不就是上次送关杰去中信广场的那个同事吗？黄小峰对关杰笑道：“关总下面的人，真是以一当十啊。”阿雅闻声过来，仍是娇滴滴地说：“黄总，我知道您。关总天天提到您，您刚才说我是关总下面的人，这话不能乱讲哦，关总老婆好厉害的哦。要是听到了，关总要回去跪榴梿皮的。”说着，对关杰抛个媚眼：“关总，我是你上面的人，还是下面的人？你倒是说说嘛。女人能上能下，方是真女人；男人能屈能伸，才是大丈夫！”

黄幺狗听着这些带荤的话哈哈大笑，道：“阿雅，今天幺叔在，听幺叔的。待会儿，吃完饭了，你是上是下，就是你和关杰的事情了。”黄幺狗说罢，举起酒杯来，一饮而尽，说：“这杯酒，是敬给阿雅的，这美女，好犀利（广东话：厉害）！”阿雅听了，一连喝了三杯，道：“幺叔，按照您的规矩，园区的地价，打三折！”黄幺狗慌了，说：“地价三折？我宁愿你叫我黄幺狗——”关杰道：“管理费三折。”黄幺狗连连点头，说：“这才是老乡！美女，好犀利，好犀利啊！”阿雅故作惊讶，眉毛飞扬，脸上现出两个酒窝。她拿着酒杯，那四排长长的眼睫毛，像两只蝴蝶的翅膀，扇得人神魂颠倒，“幺叔，那把合同签了？”幺叔举起杯，和她碰了一下，一饮而尽，道：“爽快，签了！”

关杰递上合同，黄幺狗大笔一挥，真的签了。阿雅陪着黄幺狗聊天，说：“好佩服幺叔，还能讲广东话。”黄幺狗更来劲了，说：“别小看你黄幺叔，你黄幺叔可是湖乡下广东闯荡的鼻祖。那时，你阿雅肯定还没有上幼儿园呢。”

黄小峰看着眼前的一切，就像是一场表演。他实在想不到唐龙广告能回到老家干些什么，除了占块地皮，等它升值了卖掉，还能有什么更好的念想呢？老家的县城偏于一隅，交通极不发达，未来的发展极为有限。要去那里发展户外广告和国际化教育，他认为还不到时候。

第二日一早，黄幺狗回去了。关杰留下黄小峰喝早茶，告诉他，合同是真的，也不是演戏给他看。黄幺狗就那德性，只有阿雅这样的女人才治得了他。关杰说，黄幺狗走的时候连连叫苦，说阿雅签到了他最低的管理费，一年省下十几万元啊，他肠子都悔青了。

“阿雅，同事？”黄小峰看着关杰，目光里满是狐疑和警告，“关杰，黄幺狗说了，糟糠之妻不下堂啊！”关杰说：“瞧你们说的，我是那样的人吗？叫她不要上班，她偏要上，给人家做饭，一个月两三千块钱。碰到这一根筋的，你说有什么办法，唉……对了，丁湘在你心中哪个位置？人家帮你多少啊？阿雅于我，也是这样一个女子！”

“也是这样一个女子！”关杰把话说得很坚决。但丁湘完全不是像阿雅这样的人。或许，黄小峰只看到了阿雅在酒桌应酬上的一面，他又想，丁湘从来不是这样的呢，她是那么安静，那么懂得分寸，那么彬彬有礼。

“那中午去你家吃个饭，我想尝尝嫂子做的家乡菜。”黄小峰看着关杰说。关杰摇摇头：“何美好的家乡菜，天啊，一辈子就是那么几个，青椒炒肉丝、红烧排骨、红烧鱼、粉蒸鱼、粉蒸肉，你还没吃腻吗？”黄小峰坚持道：“去看看你儿子啊，好像比朵朵大三岁吧？”关杰说：“大一了，谈了女朋友，一个月花一万多块钱。真是老子不知儿子多大本事，儿子不知老子多大的家当。唉，家里还是别去了，何美好现在像个神经病，整天疑神疑鬼，见到我除了骂就是骂，苦大仇深啊！”黄小峰道：“怎么会这样？老夫老妻了。”关杰干笑道：“前两天还跑去公司，把阿雅的头发抓了一绺下来……”

第八章

上

想了好久，黄小峰决定将李嘉慧的骨灰迁回湖乡。

迁回的时间，选在暑假，主要是考虑不能耽误朵朵的功课。出发前，黄小峰拨通了黄大狗的电话，问他去哪里接人上车。这位老实巴交的堂叔告诉他一个地址，叫他不要急，早上还要出工，去捶一个混凝土桥墩，取出里面的钢筋，卖了钱，可以交个路桥费。黄小峰本想说，不担心路桥费，那头电话早已经挂断。打过去，不接，只能下午再过去了。

黄大狗就是这样，出来这么多年，一直没有与他主动联系过，这次还是通过老校长转过来的。他说现在种地不用交农业税了，他要搭便车回湖乡，还是搞他的老本行，去“修理地球”。黄大狗在黄村的春社上与黄小峰交换过几次电话，但从来没有打过电话。有几年中秋节，黄小峰打电话给他，发现是空号。原来黄大狗知道可以先透支电话费，然后再换个卡。第二次春社再遇黄大狗，问他为何不联系，黄大狗很不好意思，笑着说：“你的电话号码，我是记得的。只是我这个做叔叔的，混得差，衣服都穿不正，去你那里给你丢脸，这个我不干。”

黄小峰傍晚出发，一路匀速行驶，经过十多个小时，车便到了湖乡的土地。这一路，他思绪万千，毫无倦意。前半夜，黄大狗和他的老婆海阔天空地说着话，黄小峰一句也听不进去。后来，两人开始呼呼大睡，鼾声如雷。黄小峰面色凝重，如盖了一层寒霜，他几次流下泪，都被朵朵轻轻地拭去。他强忍着抽泣，想的全部是李嘉慧，还有他们生活在一起的点点滴滴。

黄小峰知道，李嘉慧是真正属于湖乡的庄稼人，城市并不属于她。在广东，她一直毫无自信地生活着，对周围的一切充满了恐惧。每次遇到黄小峰的同事，她都不敢主动说话，唯恐在别人与她交流时，找不到好的话语来应对。在她心里，男人就是她的天，就是她的地。她越是害怕失去，越是抓得紧。她牢牢地掌握着男人的钱包和胃囊，时时留意男人的思想动态和行动轨迹。看电视的时候，她对剧中陈世美式的人物大声讨伐，黄小峰的任何辩解都会被她驳回去。有一次，她还动了手，在黄小峰的大腿上狠狠地拧了一把，一本正经地骂道：“黄小峰，你是不是想做一个抛妻弃子的渣男啊?”为了结束这场毫无意义的争吵，黄小峰连连讨饶，全力附和她的观点。她马上笑了，温驯得像一只快乐的小猫。在黄小峰无助的时候，她也急得团团转，旁观着、伤心着。她把自己关在一个小小的城堡里，不愿意出来看看外面的世界。而在湖乡，她却不是这样。她喜欢那里的土地，喜欢那里的空气，喜欢那里的鸡鸭。她提着竹篮，在菜园里薅草……每次回来都提着那一篮新鲜的瓜蔬。在稻田里，她更是一把好手，弯下腰去插秧或是割稻，干练、整洁，真要把黄小峰甩开几畦远。她有自己的底线和原则，知道哪些是女人应该做的，哪些是男人应该做的。比如，撑船、挑担，都是叫着黄小峰去干，黄小峰吃力地干着这些男人的活，显得那么可怜，也不专业，但她不嫌弃，安安静静地享受着这份属于老婆的待遇。朵朵出生后，她尽着一位年轻母亲的责任。她变着法子给朵朵梳出各种各样的发型来，让孩子显得漂亮高贵，在学校的教室里简直是鹤立鸡群。她与黄大峰的老婆是不一样的农家女子，她知道打麻将会带来家里的争吵，所以她从不上桌打麻将。奇怪的是，黄大峰的老婆打遍湖乡的男人女人，没遇到过敌手，却从来没有和李嘉慧红过脸。

在黄小峰的眼里，对李嘉慧唯一不满意的地方，就是她文化水平不高。黄小峰一度想提升她，叫她看书，但李嘉慧拿起书本来哈欠连天，说眼疼得厉害，最终都以失败告终。黄小峰总是不明白，一个年纪轻轻的人为什么不喜欢学习？在湖乡，黄小峰根本说不动她，她在这块土地上更有发言权，或者说，湖乡真正有威望的人都是老中青的庄稼把式，黄小峰连一船稻谷都撑不回来，还有何脸面讲道理，让庄稼把式听你的改变？在湖乡，百无一用是书生，哪怕你是校长，是老师，都是一个虚名。于是，黄小峰说什么，她听不进去。黄小峰喜欢看书，喜欢看报，哪怕地上掉一片纸，也要俯身下去，用手小心地捡起来看。李嘉慧不是，她的眼睛更多的是看庄稼、家畜、乡民。偶尔一次，黄小峰拿着一张文章发表的稿费单，在李嘉慧面前晃晃，说："钱！"李嘉慧这才动心了，有些激动地问道："黄小峰，多少？"黄小峰把汇款单递给她，她看了看，发出一声尖叫："天啊，三十元！"然后就是揶揄，"我说呢，能有多少？我记得你最大的一笔才五百元呢。看来超越不了了，不如种多一亩地。"其实，三十元也可以买半袋化肥或三瓶农药，有时候家里连十元也拿不出呢。这三十元只是副业赚的，还有荣誉，两人间应该有些惊喜的气氛才对。李嘉慧的平淡，让黄小峰有些失落，还有些难受。

黄小峰总在想，如果他们不离开湖乡，一定可以平静地终老一生。但他们受得了时代带来的诱惑、社会发展带来的财富差别吗？很难。他们的南下，在湖乡的青壮年里，差不多是上了最后一班车。偌大的湖乡，只在春节前后才热闹一个月，其他的日子，全部是老人和儿童。以后，越来越多的儿童去了父母赚钱的地方读书，湖乡的学校在黄小峰离开后的第三年撤销了。镇上的小学也没有几个学生，更多的留守儿童都去县城里上学。湖乡的田地被外来的种植大户承包，养殖小龙虾或种植瓜果等湖乡特产作物。谷物粮食离农民越来越遥远。

黄大狗回家，这是好事。家里老人年纪大了，需要有个年轻一点的男人照应，万一老人们身体不适，还可叫个车，叫个救护车什么的。所以，一听到黄大狗回家的消息，黄家几兄弟都把责任田要了回来，一亩地租金三百元，全部交给黄大狗去耕种。

黄村村口来了一大群老人、妇女和儿童，他们披麻戴孝，举着旌旗，敲着锣鼓，放着鞭炮，欢迎湖乡游子的骨灰回归故里。墓亭设在老宅基地的河沿坡地上，两个橱窗，将骨灰盒放了进去，用水泥封好，旁边还空着一个。黄小峰知道，这个空着的，就是自己将来的归宿。送葬的人群，排成一列，围着墓亭打转，亲人们哭声震天。有人提着一壶凉水，在墓亭周围边走边倒，据说这是给死者喝的忘魂水，只要过了今日，死者喝下，就认不得回来的路，便不再留恋阳间的过往，安心去到另一个世界。

对于李嘉慧的去世，黄小峰除了悲痛，还有无尽的疲惫与恐惧，他的思想是混沌的，他的精神与肉体一蹶不振，无助、无用、无望，像是被人丢弃的一块又脏又臭的破抹布。现在，他头脑异常清醒，心情却无比悲痛。在李嘉慧骨灰盒的下面，压着五百元的港币。尽管他一直没有收到《兰草花》的稿费，但散文诗既然已经发表，就没有理由不给李嘉慧，这是她一直惦念的事情。

他跪下来，大声地痛哭，哭声像夏天的闷雷，从一个悠远的世界滚来，又向眼前的这个广袤无垠的田野滚去。这田野上的天空、田地、小路、河流、湖泊、树木、花草，还有庄稼、飞鸟、昆虫，没有什么比李嘉慧更熟悉，更难以割舍。但她现在喝了忘魂水，不再留念，走向另一个陌生的世界了。他突然想起，她的适应能力是那么微弱，她辨别方向的能力是那么差劲，她适应不了，会是多么痛苦；她迷路了，会是多么慌乱。而且，在那个世界里，她没有可以依靠的黄小峰了，她该怎么办？他突然想随她而去，去护着她，为她所依。他剧烈地摇晃起自己的身体，为不能一死了之而大声地怒吼。众人按住了他的身体，他疲惫不堪，声嘶力竭，终于低下头来，他看见朵朵抱着他的大腿，大声喊着“爸爸”……

第二天，他醒来了，头痛欲裂，再也睡不着。他起床，洗把脸，拿出带过来的百草油擦了擦太阳穴，走出门，向墓亭走去。朵朵截住了他，轻声说：“爸爸，丁阿姨来了。”

墓亭边，丁湘伫立在晨光之中，她头上扎着一条白色的纱布，身穿黑色的衣裙。她看着朵朵和黄小峰走来，嘴角动了动，没有说话。朵朵用带着哀求的哭腔说：“丁阿姨，可以带我爸爸去镇上吃点早餐吗？不要让他来这里了……他昨天快要死了……我不能没有爸爸!”

回到广东后，黄小峰大病一场。那病也来得离奇，让他没有食欲，没有精神，蔫了两个月。有一天早上，他看到自己的眼睛变黄了，额头的皮肤也变黄了。赶紧来到医院看门诊，医生大惊失色，埋怨道:“你这个人，看起来文化水平不低，怎么这么无知?这是急性黄疸型肝炎啊，再晚来几天，就没救了。”

丁湘急急忙忙地赶来，一手拉着朵朵。两人泪眼婆娑，见到黄小峰，上来抱住他。黄小峰嘿嘿一笑，说:“有什么啊?这么夸张呢。我的病，我自己清楚。”丁湘说:“不要扛了，和什么扛，都不要和病扛。”黄小峰说:“没事，这不住医院了吗?我听医生的，医生说何时出院，我就何时走。”又对朵朵说，“朵朵去上学，明年高考，耽误不起啊。”他想对丁湘说:“以后你也少来，这是传染病房，不能随便进。”话到嘴边，没有说出口，他怕她误会。

输液也奇怪，一输液，黄小峰就没有了食欲，医院的饭菜更加令他恶心。于是，丁湘就给他送一日三餐。她拿他当孩子，餐餐喂着他吃，什么粥啊、菜啊、饭啊，变着花样来伺候。晚上，她又要给他冲凉。他关上冲凉房的门，不让她进，她在外面急着喊:“别摔着，别摔着。”冲完凉，他躺在病床上看电视，她给他削苹果，苹果皮连成一朵螺旋形的花。他看着她，发现她眼皮有些浮肿，眼袋也很明显，心里颤动了一下:“丁湘，没睡好?是不是又哭了?别担心。”他抓住她的手，她睫毛尖上挂着泪珠。

他记起，村里有几个像他这个年龄的男人，先后因为肝癌去世。但医生的检查已经排除了这一项，只说是原因不明的肝炎，至于是什么病毒，甲、乙、丙、丁、戊都排除了。原因不明的病，医生只能对症治疗。这或许是丁湘担心的原因。

丁湘说："我们转个大的医院好不好？或是转个好一点的病房好不好？"丁湘每次都是小心翼翼地提建议，她发现他生病以来，脾气变得有点臭。

黄小峰每次都是轻描淡写地说："没事，没事，死不了。"

然后就开始问工作，唐龙广告的事情，学堂的事情，还有民办学校的考察和融资的事情，一大堆事情，让人焦头烂额。丁湘都一一回应他，让他安心养病。

他实在是厌倦了病房里的生活，那股药水味和病人们的愁苦相让他更加郁闷。每晚八点，他就要赶她回家，因为有几晚的凌晨，他听到哭丧的声音隐隐传来，令人不寒而栗。他坚持把探视的地点改在医院之外，中午的时候，他举着打点滴的药水瓶去医院附近的公园里，坐下来，看那些活跃的小孩欢天喜地地奔跑。这时，丁湘就从公园的那一头提着饭盒过来，斑驳的阳光洒在她的身上，挽起来的马尾有节奏地跳动着。他突然觉得自己亏欠这个女人太多，会不会耽误她的一生？

他大口吃着饭菜，连连夸赞她的厨艺。她心里清楚，自己做饭做菜完全不在状态。"丁湘，这里多好啊，多有活力啊，到处都是阳光。"他说，"你看，人真是奇怪。在外面的时候，都是以命搏钱，一旦进到医院，又开始以钱搏命。当然，进来了的，如果还能出去，就是胜利。我要尽快出去，我有个计划，等出院了，我们一起去跑步，之前太不注意身体了。"

她有些惊喜，眸子闪亮，问道："去哪里跑步呢？大夫山？白云山？体育中心？"她目光又黯淡下来，想起何万富的摩托车厂。原先的那个厂，芳草萋萋、绿树蓊郁，围绕厂跑一圈，就是五公里。她突然掐住自己的思路，打了一个冷战。可她还是说出来了："富达厂要拆迁了……"

他像被什么咬了一口，急急地问道："什么时候拆迁？我们要去看一看。"

她"嗯"了一声，说："等你出院。"

他忽然想到了什么，眸子里散发出一丝柔情，看着一点一点往下滴的药水，说："丁湘，你知不知道，有个女孩搞了一个'肺病爱心屋'的基金，专门资助那些幸存下来的有困难的重症病人。她的博客特别好，更新得特别勤，她好有爱心。可是，快两个月了，她的博客一直没有更新，她是不是也生病了？还是遇到了什么困难？还是结婚了？或者她的老公不支持她了？你说我要不要打个电话给她……"

她听着，一动不动，眼神随着他的话语不断变化，惊讶、开心、着急，什么都有。但他说到要打电话时，她急忙阻止他。她看着远处那个奔跑的孩子，对他说："没必要吧。说不定过两天就更新了呢。你好好养病，她也会开心的。"

黄小峰的病程比想象的要长，医院一直查不出结果，也不能中断治疗，医生尝试停药一天，病情马上出现反复。丁湘找到附近大学的一家寄生虫病研究所，化验了他的血液，居然在里面发现了湖乡的一种常见的寄生虫——血吸虫。这真是一个天大的玩笑，要是在湖乡，村卫生站的赤脚医生只要给病人五六片白色药片，即可去掉此虫。可是，南方的医院却一直没有见过这类的病，他们如何会治疗？

他想，这或许是冥冥之中的一种告诫。家乡在时时刻刻牵挂着他。这体内的血吸虫，或许是在儿时潜入，或许是在青年时劳作的时候潜入，却偏偏选在人在中年时他乡发作。这是告诫他：黄小峰啊黄小峰，你忘记湖乡了，你忘记湖乡的一切了。

他拨通了黄幺狗的电话，说他这次回去，湖乡的路很烂，能不能大伙儿合计一下把路修一修，装个路灯。黄幺狗连声说好，并承诺下来，他会去牵头办这个事情。

他心里稍稍宽慰了些，在病程的恢复期，他身上常常发生奇痒，一阵一阵，像千万只蚂蚁在身上剧烈地爬行。这是一种非常痛苦的感觉，丁湘不停地挠，但挠了这里又顾不着那里，痒得他生不如死，大声呻吟："丁湘，我是不是要死了？这感觉，真不如死了好。"丁湘吓坏了，束手无策，只是死死地抱住他，流着泪说："要死，我们一块死！但是，朵朵呢？朵朵呢？"他睁开眼睛，安静下来，奇痒过去了。但很快，又一阵奇痒就会来临……

这样持续了五天，他终于痊愈了，称一下自己的体重，一百零八斤，回到了十七八岁的重量，足足轻了四十斤。他面黄肌瘦，走路绵软无力，脚步稍稍快了都会气喘吁吁。用他的话说，这医院，进来了还能出去，他胜利了。

丁湘的眼睛全部凹进去了，差不多老了十岁。整夜偷偷地哭泣，极大地摧毁了她美丽的容颜。她没有时间打理她的一头长发，不知何时竟然将它剪短了，俨然成了一位中年妇女。

那天黄昏，黄小峰突然发现她的头发剪了，非常生气地问她，抱着她大哭。他说："你是我的贵人，我却是你的灾星……"她紧紧吻住他的双唇，让他无法说话。

他们来到富达摩托厂的时候，那里已经是一片工地。大量的工人和机械在忙碌，工地边的公示牌上写着，这里将开发成一座规模较大的市民公园，还有五公里的橡胶跑道。

“去哪里跑步呢？哪里都不去，就在这里。”他们一起说道。

朵朵高考后的一个月，市民公园竣工了。那天早晨，他们三人穿着一样的运动衣和跑鞋，开始在这里奔跑。或许，何万富在天上看到了他们矫健的步伐。

起步前，朵朵叫了爸爸和阿姨，说：“我们要不要搞点仪式？奔跑的人生，向健康努力，向梦想努力，在看似平凡的起点，一定要不平凡。”

黄小峰微笑着对丁湘说：“女儿长大了，比妈妈还高。”

朵朵站到丁湘的身边，比了比，真是高出半个头来了。

丁湘暗暗吃惊，为他的话语和朵朵的行动在发愣。“妈妈”这个词汇是他故意启发朵朵，还是一时的口误呢？她想了想，觉得是前者的可能性更大一些。她突然有些害羞，抬头看着天空，蓝天蔚蓝得像一块翡翠，一群鸟儿飞过，落下叽叽喳喳的叫声。

“妈妈——你看。”朵朵拉住她的手臂，叫她。

他单膝跪地，呈上一枚闪闪发光的钻戒。只见，那张有些憔悴的熟悉的脸庞，满是通红，他把胡子刮得干干净净，目光热烈、紧张，充满了期待。

她有些眩晕，眼前的情景，她期盼了多少年，今天终于出现了，她有点怀疑自己是不是在梦中。就这么答应他吗？她又觉得亏欠了自己。这个让自己朝思暮想的男人，耗费了自己美丽的青春，还有无穷无尽的眼泪。他像那个影视明星吗？她仔细看看，不像，又还有点像。她是一个孤儿，第一眼就被他浑身散发出来的稳重与细心所征服。他对她的关心，真是无微不至，简直是用心到完美，又惊喜不断，让她享受到了有生以来最温馨的快乐。但完美的男人却是别人的老公，她连竞争的机会都没有。她羡慕李嘉慧，在心里妒忌她，有时候甚至希望她消失。但李嘉慧真的去世了，又让她觉得眼前的他好似越发遥远了，那些世俗的流言怎么会轻易散去，还有他内心的枷锁怎么会轻易打开？他生病期间，她倾其所有地照顾，就像是对待自己毫无隐私的丈夫，虽然没有同床共枕，但在漫长的煎熬里走来，她觉得他们甚至已是老夫老妻。黄小峰啊黄小峰，你不觉得你的动作有些奇怪，到了今天，还有这个必要吗？

“嫁给我，丁湘，我会好好地补偿你！”他的声音显得很真诚，充满磁性，有些颤抖。

她忽然感动了，她在老夫老妻的感觉里领略到了他的一丝害怕。什么是真爱？真爱就是我怕你！她忘记了这话的出处，觉得他是真爱她的，一个词“补偿”，触动了她内心最柔软的地方。

“妈妈，妈妈。”朵朵跳起来，有些着急了。一大群人围过来了，他们大声喊着：“帅哥美女，亲一个，亲一个！”

她低声“嗯”了一声，牵住他的手。他们抱在一起。

中

是日上午，来自北京的老专家林教授在丁湘的陪同下，前来拜访黄小峰。他听了黄小峰的项目陈述，又去现场看了学校的选址，一路兴高采烈，不停叫好。

林教授是国内外语教学界的权威，已是八十多岁的高龄，但他鹤发童颜，精神极好，三天的广东之行，没有让他产生丝毫的倦意。返程去白云机场的路上，林教授叫丁湘把车折出高速，直奔省教育厅。原来，林教授的学生洪副厅长，正是省厅主管基础教育的主要领导之一，他对林教授毕恭毕敬，不敢有丝毫的怠慢。

“您这次到广东考察，一定有不少感慨吧？”洪副厅长特意带来机关主管业务的同事，一同前来聆听林教授的感受。

“出发前，我还以为这是最后一次来广东了。”林教授呷了一口茶，对洪副厅长说，“小洪啊，我以后要常来了。”

洪副厅长说：“太好了，太好了。只要您多来指导，广东的外语教育肯定会取得更大的进步！”大家听了，顿时报以热烈的掌声。

林教授笑着摇了摇头，说：“小洪啊，你们广东真是藏龙卧虎之地。你知不知道，内地来了个民办教师，扎根广东一直从事公益的学生教育，针对外来工子女开放，解决了数千人的上学问题。他一干就是十几年，却没有收过学生的一分钱。这种精神，这种情怀，堪为教育人士的楷模！”

洪副厅长看看下面的同事，大家面面相觑，无人应答。

林教授指了指身边的黄小峰和丁湘：“我以后就是他们的搭档了，义务做他们的顾问，你听她讲讲。”

丁湘微笑着，把黄小峰来广东的经历讲了一遍，并重点阐述了今后国际学校的办学思路和建校情况。

洪副厅长身子向前倾了倾，关心地问：“学校的地址定了没有？何时开学？”

丁湘答道：“学校初定在佛山市，考虑到学校的筹备和建设需要大量的时间和精力，离计划的开学时间还有三年。”

洪副厅长站起来，用双手握住黄小峰和丁湘的手，激动地说：“好，很好，你们为广东教育做了实事，为民办教育发展摸索出了一条新路，省厅应当大力支持。”说罢，他从兜里摸出一张卡片，递给黄小峰："不知道你们还有什么困难？这是我的名片，欢迎随时来电！"

下面掌声如雷，经久不息。翌日，黄小峰和丁湘的故事成了轰动广东的一个大新闻。

送走林教授，黄小峰和丁湘需要安排好去北京、杭州和澳大利亚的行程，有三所民办国际学校是林教授建议要去考察学习的，用林教授的话说，它们代表了国内和国际的顶尖水平。

出发前，黄小峰要在家里搞一次丰盛的晚宴，时间定在周末，朵朵也从广州大学城赶回来。这仿佛是一种盛大的仪式，洋溢着家庭的温馨和快乐。他知道丁湘的家庭，从来没有大家庭的热烈气氛。家是什么样的呢？一家人除了和和美美地在一起吃饭、聊天、打趣以外，就是陪伴、包容和爱，还能有什么比这更快乐的呢？朵朵与丁湘完全没有隔阂，就像亲生母女。他一回到家，家里就热闹了，先哄哄白猫，再打开家庭影院，陪丁湘一起唱卡拉 OK，或是打几局游戏，接下来收拾屋子和摆弄餐具。晚上六点半，黄小峰开始从厨房里出菜，一盘一盘的，码上白色的餐桌，他唱着的歌，必是最流行的电影歌曲。"吃饭了——"黄小峰叫着。"吃饭了！"丁湘和朵朵也叫着。三人愉悦地微笑着。

有时候，丁湘会抢着去做饭，但只要她一穿上围裙，黄小峰就会从背后抱住她，嘴巴和鼻子钻进她的秀发里，从脖子一直亲到脸颊，温柔地说："亲爱的，我的女神，求求你，别做饭。你闻闻，多好的秀发，多嫩的肌肤。油烟伤美颜呢，我怎么赔得起……"有时候，他回家晚了，她已经把饭菜码上了餐桌，他就会抓过她的手来，仔细地看看，哪里又蜕皮了，哪里又肿了，哪怕刀把儿把手腕儿挺出一道红印儿，他都要大呼小叫："丁湘，别做了，别做了，小心会出茧子的！"

她知道他是细心的，只要她一挽起马尾辫，或是偶尔睡眠不好，他就对她放大了十倍的关心，问她哪里忙了，有什么难题，并说，事情要慢慢做，不要纠结，一锹挖不出一口井。

端起碗来，只要尝一口，她就会故意蹙眉，道："黄小峰，怎么办呢？吃了你的菜，我就觉得自己的厨艺要失业了。这可怎么办才好？"

黄小峰得意地笑笑："好办，简单。教给你要收学费的哦！"

丁湘笑得喷饭。朵朵便说："不会，不会，妈妈的味道，是最好的味道。"

每次听到这话，她都好感动。说实话，她也考虑过给黄小峰生一个孩子，一个爱他的女人会这么做的。一家人在一起后，这个愿望越来越强烈，而且，她也不年轻了。和她同龄的女人，孩子都比妈妈高了。再过几年，她生孩子会不会有困难呢？但考虑到黄小峰一直都这么忙，她也忙，真是没时间细想，无精力准备。对于孩子，黄小峰也不提，或许还要考虑朵朵的感受呢。

黄小峰和丁湘从澳大利亚飞回广州的时候，从美容院传出了棘手的事情。原来是顺德店出了美容纠纷，店长打来电话时，有些惊慌，语无伦次："丁小姐，那个顾客来了两次了，这次还带来她的老公，威胁我们再不赔偿，她就要去告发我们！"

纠纷源自"十一"假期的一次促销，美容院发出通告，凡是老会员续约年卡的，一律送抹脸玻尿酸两支。有位女顾客听说有玻尿酸送，赶紧续了年卡。周末的时候，她开开心心地过来，说要注射玻尿酸。服务员说：“我们什么时候说给你注射，我们的玻尿酸都是送给顾客抹脸的。”那女顾客一听，大惊失色，尖着嗓子大叫起来：“你们以为我没有见过世面啊？玻尿酸不是用来注射的吗？抹脸的是什么东西啊，几百元一瓶的雪花膏啊？”

注射用的玻尿酸上万元一支，送她两支亏本不说，还要去有资质的医疗机构才可以注射，顺德店没有这样的资质和专业人员。那女顾客就开始胡搅蛮缠：“反正我不管你们，你们说送，就要负责注射，保证效果，出了问题，我还会找你们赔偿的！”她老公也在店里骂骂喊喊，拍桌打凳，把店里的女服务员吓坏了。

丁湘赶了过来。果然见到一个矮胖的中年男人举着手机对着前台拍照，一边拍一边叫道：“大家快来看啊，这家店流氓大促销，坑骗顾客，原来说送玻尿酸两支包注射，现在死不认账，只送两瓶雪花膏……”

丁湘生气了，这样的人居然如此不明事理，录了视频就有可能发网上，那样网络舆论更不好辩解，她赶紧大声制止道：“先生，你影响到我们正常的经营了，我要报警。”

那女顾客原来坐在旁边的椅子上，看到丁湘后，猛地站了起来，说：“好，丁老板，你报警吧。报警了，我们正好揭发你们的骗子伎俩。报啊，报啊！”

丁湘哭笑不得地说：“有什么事都可以好好商量，你们这样闹，还有诚意谈吗？”

那男人嘿嘿一笑，一把拉住女人的手，说：“走，我们回去。每天来一次，录些视频放到网上去，来个天天深度联播。这就有她们好看的了！你们这些小骗子，骗我们小老百姓还可以，你能骗得了亿万的网友？丁老板，再见——！”

两口子走了，丁湘叫服务员拿出那女顾客的消费记录表，发现这个叫小莉的顾客就是在前一个月办的年卡，费用只有正常消费额的十二分之一。这样的顾客极有可能是专门以坑蒙拐骗谋取钱财的美容院“闹闹”。女服务员们也担心，万一那男的把视频放到网上，美容院的生意就不好做了。更令人担心的是，网络炒作会不会引发新闻媒体的跟风炒作，那样，压力才是真正地来了。

一整天，丁湘都在网上浏览，到了晚上，没有动静。黄小峰回来，做好晚饭，叫她吃饭时，她满腹心事地看着他。

“怎么了？谁欺负你了？好妹妹。”黄小峰问她，她不应，又叫她，“湘妹妹——”

“如果有人把负面的东西放在网上了，怎么办才好？”她终于说话了，但没有提美容院的事情。

黄小峰说：“这就要看是什么人了。如果是专业的水军团队去炒作，会掀起很大的网络舆论。”

丁湘把那两人的形象在脑海里过了一遍，断定他们就是一般的“闹闹”，应该不会有网络水军呼风唤雨的能力。

“没什么。”丁湘笑了，“吃饭！”

刚刚端起饭碗，电话响了，她飞快拿起手机，走到阳台上接听：“丁老板，考虑好了没有？给你最后五分钟的时间，五分钟之后我把视频就放到网上了。一到了网上，我想控制也控制不了啰。”

她看了那个电话号码，是座机，估计是在哪个公用电话亭打来的。

她按了手机的录音键，说：“你是谁？你要怎么样？”

“哈哈，我是谁？我是谁你不知道吗？你好，你继续装。我放到网上去了……”

丁湘赶紧打断他，“你有什么条件？”

对方笑了，“爽快。两条路：一是继续赠送注射玻尿酸两支；二是赔钱，双倍的定金，还有精神损失费，共十万元!”

丁湘说：“十万元，这也太多了吧？”

对方怒不可遏,道：“去你的鬼，等着瞧!”

接完电话，她整个人都不好了，黄小峰全部听明白了。他拉她过来，坐回餐桌。他分析道：“丁湘，你不用怕。不是还有我吗？我估计啊，这伙人有可能是专业的‘闹闹’，也有可能是比较偏激的个例。我觉得，这个玻尿酸你肯定不能给她注射，如果注射了，他们会继续在鸡蛋里挑骨头，到时候要求的赔偿会更多。既然他提到了精神损失费，那就按法院来裁决吧。”

她望着他，问：“我们现在以静制动？”

他点点头回答：“注意安全，注意收集证据。”

第二天一早，丁湘从床上跳起来，对着黄小峰大叫道：“糟了，我们真的遇上专业的‘闹闹团队’了，你看网上全部都在转这个视频。”黄小峰安慰她一下，拍拍她的脸蛋，说：“我们不怕。”便上班去了。

到了中午，网络舆论迅速转向，网友们居然开始了人肉，把丁湘的身世，还有何万富的死都挖出来了，并猜测她并不是何万富的外甥女，而是情妇；说她与黄小峰的结合实际上是一场策划许久的阴谋，包括对李嘉慧的谋杀。到了晚上，网络上充斥着她的各种照片和表情，都是些移花接木的东西……

“天啊，太可怕了！怎么会这样？”她想到了反击，把那人的电话录音传上了网络，但网友总是不分青红皂白地攻击她，用最恶毒的语言来骂她。她打了电话给乐萍、卢强、诚诚、梁可欣和唐龙，还有她认识的所有的人，叫他们加入她的队伍，一起战斗。她知道黄小峰在开很重要的融资会议，没有打扰他。他们虽已竭尽全力在网上反驳，但发出来的力量实在太微弱了，发上去的帖子和评论很快就被覆盖了，浮在上面的全部是对她的谩骂和攻击。

她不想看那些，但又忍不住看，差不多要彻底崩溃了。

晚上，黄小峰回到家里的时候，她跪在沙发里，披头散发，筋疲力尽，十分沮丧。

他把她抱在怀里，心快疼死了，他不停地说："你信那些诬陷吗？我一点也不信，谁都不信！"

"可是，可是，我要这些信息消失，消失，给他十万元算了吧。"她说着，打电话给美容院，叫服务员通知那个叫小莉的女人，叫她快点来取钱。

从公用电话亭打过来的电话又响起了，话筒中传来如一个机器人的声音："丁总，小区门口见。"

黄小峰和丁湘出去，门口就是那个男人。黄小峰骂道："你们也太狠了吧？全部是污蔑！"

那男人耸耸肩，无奈地说："不好意思啊。这可怪不了我们。我们只是在网络上反映实际情况，那些都是网民自己的判断。如果你觉得他们伤害到了你，你可以采取法律手段啊。"

丁湘说："好了，不是要钱吗？给你！"

"多少？"那男人嘿嘿一笑，说，"丁总，现在十万元搞不定了哦。丁总成了网红，压下来可要大价钱——五十万元！"

"敲诈！"丁湘骂道，"滚！"

她拉着黄小峰，转身上了楼。

“还有更好看的，等着瞧吧！”那男人在外面喊着，吐了一口唾沫，双手插在兜里，走了。

走进家门的那一刻，她举起拳头，对黄小峰说：“一定要把这件事，放在阳光下，才能驱走黑暗。”黄小峰用额头在她额头上轻轻碰了一下，说：“对头！”

第二天一早，丁湘举办了人生第一场新闻发布会，本地主流媒体和各大网站悉数出席。她列举出了小莉消费的原始凭证，还有两次的电话录音，以及昨夜来人敲诈的视频录像。

记者就网络上的种种谣言一一向她咨询，她全部详细作答。讲到何万富，讲到她小时候的家庭和经历，她展示那些已经发黄的照片，声泪俱下。梁可欣到场，亮出自己与何万富的那一段感情。讲到李嘉慧，黄小峰也出示了医院的死亡证明。最后，朵朵站出来，说：“丁湘就是我的妈妈，是和亲妈一样亲。她小时候是个孤儿，现在好不容易有了一个完整的家，希望大家不要污蔑妈妈，不要破坏妈妈宁静幸福的家。妈妈在孤儿院长大，她希望每一个孩子都能在学校里快乐地学习和生活。所以，她现在与爸爸一起，尽自己的一份绵薄之力，全力建校办学，为的就是要圆每一个外来工孩子的上学梦。”

新闻发布会取得了意想不到的效果，网络舆论立马转向。公安机关也对小莉和她的男人进行立案调查，挖出了此次案件的背后头目，依法对其处理。

丁湘第一次把自己的隐私与伤口暴露于众，虽然伤心欲绝，但也算是劫后余生，她觉得自己变得更成熟了。特别是梁可欣那么帮她，已经完全超出她的意料。

这一次，也让她彻底领教到了网络的威力。在接下来的几个月里，她成立了一家网络公司，专门代理顺德几个知名品牌的电器销售，在各大电商平台上开了旗舰店。她的融资渠道又多了一个门路。

下

又是一年的年末，就在人们即将体验这一年带来的美好成果时，南方飞舞联翩的雨雪开始飘落在人们的视野。

这场雪来得猛烈，下得旷日持久，它覆盖了东北、华北、东南和西南……最后，把所有的肆虐撒在习惯了温煦冬阳的华南。当皑皑白雪不再是人们欣赏的风景时，它就变成了一种可怕的气象灾难。它疯狂肆虐，重创了交通、电力、通信等设施，火车停运，高速公路封堵。一年一度的全民大迁徙中，游子们大量滞留在归乡的汽车站、高速公路、甚至铁轨之上。

互联网上经常看到这样的画面：客运大巴熄火了，几十名旅客从车上下来，脚踏厚厚的冰雪，用身子套住一根长长的麻绳，向前慢慢地挪动着脚步，像名画《伏尔加河上的纤夫》。公路两边，树冠上全是白皑皑的雾凇，山体成了冰山，客车顶部垂下冰条，如柱子一般，连着大地上的冰雪……

黄小峰准备带丁湘回家见父母，因为事情忙碌，将归期安排在腊月底，要是早出发几天，估计也会滞留在高速公路上。

“回不去了，回不去了。”离开外面繁华的大街，随便走到一个城中村的街上，就可以发现这时候外来工们多了起来，不知是来自哪个厂里的，放假了，无所事事，外套是陈旧的夹克、厂服或广告服，里面穿着自己女人手织的毛衣，针线有些粗大。他们的脸庞被南方的太阳晒得黑里发亮，牙齿却是雪白。“回不去了，回不去了。”他们这样打着招呼，或许更多的是一种叹息。他们脸上笑着，眼睛里全是忧愁和恐惧。互相问起对方家里的亲人，无一不是年迈的父母和年幼的孩童，一个个都指望当家的男女回家过年，这个指望，一年望一回，这回却落空了。女人买好了送给老人孩子的衣物、玩具和鞋帽，收拾在蛇皮袋里，这几天又拿出来，看了看，忽然又亲了亲，时不时地哭出几声来。男人原把钞票缝在最底层的内衣兜里，现在只能拿出来汇一部分回家，另一部分重新存回银行。女人的哭泣让男人发毛，他们骂着自己的女人，又哄一哄，带到街上去闲逛。回到家里，忽然想起病着的老爹或老娘，不知还能不能见上最后一面，夫妻只能抱头痛哭一场。

雪灾在提示这些卑微的人，在大自然面前，人类是多么渺小。原本以为，火车那么大的铁家伙是最稳当的交通工具，结果居然被风雪挡住了。早上和夜晚去卖火车票的小铺里查问，还是只有一车次一车次被取消的消息。原本想省掉一月两月房租而退房的，现在又从房东那里续回来，好话说尽，价格还高出几成。房东没好气地唠叨：“寒冬腊月大过年的，什么都涨，房租哪有不涨的理儿?”真是人算不如天算，只好打碎了牙往肚子里咽了，心里嘀咕道：“好，好，算你狠，来年早点回，再空你两个月，钱都在那儿的。”

黄小峰的学堂刚刚放了寒假，现在只得重新开放。唐龙公司和国际学校筹备办都放了年假，不少职工出去旅游了。黄小峰和丁湘哪里都没去，他们叫上朵朵，填补放假老师的缺口，一天到晚陪在学堂带小孩。

一天早上，睁开眼睛的丁湘摇醒了黄小峰，兴奋地说：“小峰，你说孩子们不回老家，一个个家长愁眉苦脸，我们要是能给娃娃们带来点春节的气氛就好了。”黄小峰说：“好主意，但做什么好呢，一起吃个年夜饭？”丁湘说：“年夜饭固然好，如果能有一场活动，持续时间长一些，把他们的爸爸妈妈也拉进来，他们就不会无聊了，也不会想家了。”黄小峰看着丁湘说：“高明！”丁湘说：“现在过节最隆重的仪式是什么？看春晚！一家人在一起看春晚。其实，回到家里，也是这样的。所以，我想办一场规模盛大的学堂春晚。孩子们自己演，自己唱，那不是很开心吗？”黄小峰连连点头，说：“太好了，太有意义了！这是学堂开办这么多年来，第一次举办这么新颖盛大的演艺活动，孩子们一定会乐坏的！”丁湘说：“再通过小手牵大手的策划，让那些农民工家长也参与进来。”

学堂春晚开始筹备，得到了差不多所有家长的热心支持。丁湘将学生和家长分成两个小组：第一组，愿意做演员的，天天来学堂练习、彩排；第二组，愿意做后勤的，分配好任务，在自己家里做道具。学堂春晚的筹备也是一种宣传，留在广东的外来工家庭里一下子充满了欢声笑语。其实，很多大人都有表演天分，他们缺的只是一个舞台。

唱歌是表演最多的节目，有几位家长的唱功确实了得，令人刮目相看。特别是有一位江西的男家长阿森，彩排时，他唱起《大城小爱》，音色独特迷人，令人沉醉。

让大家惊喜的是，阿森的老婆阿芳居然在下面观看。大家都知道，这本是一对将要离婚的夫妻，老婆看不起自己的男人，年年都有无数次的争吵，阿芳也无数次地出走。今年，阿芳见到熟人就信誓旦旦地说，这个春节是和她家人过的最后一个春节，春节过完马上去民政局办理离婚登记。结果，湖南的大雪挡住了他们的去路。他们的孩子性格孤僻古怪，学习成绩很糟糕，这让黄小峰大伤脑筋。好几次，黄小峰去他家家访，都不见他妈妈。孩子哭着将他推了出来，说："爸爸在上班，夜班很晚才能回来，要自己煮饭吃，不能留老师吃饭，因为还有很多的作业要做。"

朵朵说唱歌的节目太多了，学堂春晚不就变成唱歌大赛了？那样太单调了。她说要编一个开场的舞蹈，黄小峰和丁湘带头配合。黄小峰和丁湘问是什么舞，朵朵说："天机不可泄露，做好准备工作再说。"朵朵把自己关在书房里，在电脑上淘着宝贝，又去街上逛了几天，终于买回几袋子花环。她取出一束花环，戴在丁湘的头上，看着丁湘说："爸爸快来看，仙女下凡了！"丁湘有些不好意思，笑着打趣道："朵朵，你不会只是来玩老爸老妈的吧？"朵朵自己也戴上一束花环，在丁湘面前蹦蹦跳跳，唱了起来："我从山中来，带着兰花草。种在小园中，希望花开早……"

黄小峰看着朵朵，他想起自己刚来广东的那一晚，丁湘把他们从治安队院子里带出来，一行人坐着何万富的小轿车来到露天卡拉OK，丁湘唱的就是这首歌。那时，丁湘二十岁出头，清纯的脸上充满俏丽，眉宇间散发出优雅的气息，让他暗暗惊叹。现在，朵朵也快到丁湘那个时候的年龄了，现在唱起这首歌，是一种机缘的巧合，还是冥冥中一种暗示？

黄小峰鼓起掌来，丁湘已是泪流满面。朵朵说："怎么了？妈妈，你不想听这首歌吗？那我换一首？"丁湘抱住朵朵说："朵朵，妈妈喜欢，就是太喜欢了，所以，高兴得有点过了头。"

黄小峰和丁湘问朵朵："你喜欢兰花草吗？"朵朵眼睛放出光来："喜欢，与生俱来的喜欢！"

学堂春晚引起了新闻媒体的关注，彩排的画面不断出现在报纸和电视屏幕上，更在网络各平台上深入地传播。不少没在学堂上学的孩子和家长也申请加入活动，社区和街道办事处的领导找到黄小峰，希望将学堂春晚扩大规模，转移到街道的市民公园或礼堂去办。一听到市民公园，想到那是富达厂的原址，丁湘的眼泪就止不住地流了下来，黄小峰赶紧同意，把学堂春晚定在了市民公园举行。黄小峰觉得，这是一种对何万富的告慰，是最有意义的一次告慰。

经过日复一日的紧张准备，学堂春晚正式在市民公园举行，并由电视台面向市民直播。唐龙公司为春晚搭建了一个两百多平方米的舞台，两边装上了专业的灯光和音响。唐龙和诚诚担任晚会的司仪，他们身穿红色的礼服，开启了晚会的第一个节目——开场舞《兰花草》。只见灯光渐亮，音乐响起，是那熟悉而动人的歌曲《兰花草》。幕后一群活蹦乱跳的孩子从两边出场，他们戴着满是鲜花的头箍，身穿红色和绿色的舞裙，举着鲜艳的五彩花环，像一个个美丽的花精灵。丁湘和黄小峰牵着朵朵，缓缓从幕后走出来，她身穿浅蓝底色的印花长裙，显得清新雅净！她长发及腰，戴上五颜六色的花环，花环上镶嵌着蓝色和白色的蝴蝶花，比以往更多了一种艳丽和风情，真是美若天仙。孩子们围着他们翩翩起舞，他们忘情唱着："我从山中来，带着兰花草。种在小园中，希望花开早……"

晚会开场夺人眼球，堪比专业演出，台下的观众掌声如雷，笑声不断。

阿森和阿芳拉着他们的儿子一起上台，演唱了《你是我心内的一首歌》。

好几次，唱到动情处，阿森拉过阿芳的手，十指相扣，眼眸闪闪，以久久的相拥谢幕。

晚会还没结束，记者们就迫不及待地采访了黄小峰和丁湘。记者问："你们为什么想到用《兰花草》作为开场的舞蹈？"丁湘说："这个是我们女儿的创意，要请朵朵回答。"朵朵对着镜头说："因为我爸爸妈妈都喜欢兰草花。爸爸的笔名不就是兰草吗？妈妈喜欢养兰草花，阳台上各种各样的兰草花。还有，我们小区里，到处都是一大片一大片的兰草花，这兰草花和歌里的兰花草是不是一样的草？我觉得这个不重要，它们的生活状态和人生命运是一样的。而我们的学堂，那些孩子，我觉得他们就是一朵一朵的兰草花，当然，我也是。这些兰草花，像一只只美丽可爱的蝴蝶，从广西、江西、湖南、四川、湖北、福建，还有好多好多的地方飞来，他们在广东这块绿色的大地上跳跃着，舞蹈着，虽然看起来那么渺小，那么卑微，却是那么活泼，那么快乐，充满了朝气和希望……"

记者采访了阿森和阿芳，问道："参加这样的活动，有什么感受？"阿森激动地说："感谢我们的大恩人——黄小峰校长和丁湘老师，他们不仅让我们的孩子有了书读，还通过这次活动，让我们将要放弃的婚姻恢复了，学堂的这次春晚把我们的感情找了回来。"记者又问："你有这么好的歌声，怎么会甘心在工厂里打工呢？"阿森说："如果有机会，我愿意去唱歌。唱歌是让我最快乐的事情，这也是我第一次上舞台唱歌。以后，天天上舞台唱歌就是我最大的梦想！"

晚会结束了，路边有一辆车，一直亮着灯，好似在等人。黄小峰开车经过时，那辆车的窗玻璃滑下来，露出一张熟悉的面孔，原来是陈小明。他扬出手来，喊道："黄总好，活动很成功，祝贺祝贺！"黄小峰停下车，礼貌地回答："陈总好！"陈小明早下了车，道："可否一起吃个消夜，喝碗粥？我记得你第一次来广东，我带你去‘榕树头’那个地方喝过蟹粥，你当时说很好吃。怎么样，再去一次?”黄小峰看看丁湘，丁湘看看朵朵，朵朵点了点头。

两辆车一前一后地行驶着，很快来到了“榕树头”蟹粥店。十几年没来，蟹粥店装潢更气派了，门面也扩大了。陈小明下了车，居然还有阿珍。原来这么多年以来，阿珍一直跟着陈小明。陈小明的中天广告已经发展得非常稳健，他先是拜所谓的某个成功学大师为师，到处开讲座，后来，成功学退潮了，他还是到处讲课，不过他讲的是国学，是他自己为人处世的感悟和经验总结。业余之时，他也会再上舞台，拿起金话筒，过一把主持人的瘾，唱一曲《我的中国心》。陈小明笑了笑说:“中天可谓广州广告界的‘黄埔军校’，出去那么多员工，黄总是最成功的。想不到现在我们又走在了一起，你办国际化教育，我也想办中国生活国学教育，两条路，目的一样，都是为了孩子。”黄小峰看着他，点点头，说些客套话。看到他脱发严重，两鬓露出少许的白发，估计这段时间没有去染黑，新生的白发就显露出来了。他问阿珍在干什么，陈小明说，中天公司都给了阿珍。阿珍并不澄清，脸上挂满微笑，她不卑不亢，对黄小峰说:“唐龙广告很有名，以后希望黄总多多关照。”双方草草地喝了粥，黄小峰要埋单，阿珍死活不肯，最后阿珍埋了单。告别时，陈小明递给黄小峰一沓资料，说，他的生活国学正在引入投资，希望黄小峰多多考虑。

半夜，黄小峰收到阿森发来的短信，说有几家酒吧和唱片公司打电话给他，他可以上舞台唱歌了。他把信息给丁湘看，打趣道:“亲爱的，我有点怕，会不会有人把我的仙女挖走，让她上舞台跳舞呢?”

第九章

上

刚刚入夏，广东就遭遇了一次超强台风的袭击。

气象部门对此早有防备，网络宣传也是铺天盖地。在预报台风登陆的那天，政府启动了台风黄色预警，珠三角地区的所有城市停课、停市、停工，超市的商品被抢购一空，家家户户的窗玻璃贴上了“米”字胶布。一家人聚在家里，热闹得像过节一样，大人刷着手机，孩子们玩着游戏，等候着台风的到来。

傍晚时分，台风准时在珠江口登陆，狂风暴雨扑打着楼宇、大地和林木，不断有大树被连根拔起，房屋倒塌，行人被吹倒。海风倒灌的视频不断传到网上，令人不寒而栗。

唐龙广告已经停工，工程部的员工全部被黄小峰赶回家里守护家人，他自己却一个人驾车在马路上巡逻。他时刻留意那些广告牌的状态，在微信群里反馈给维修工人，做好台风后抢修的准备。

丁湘在家里吓得瑟瑟发抖，若不是朵朵在家，她无须硬要装出一份妈妈的坚强。其实，她早已撑不住。她看到朋友圈里有人发出高楼微微抖动的视频，尖叫起来，大声喊着："朵朵，我们这楼在动吗？"朵朵笑了笑，也有些紧张，安慰道："没有吧。"风很大，裹挟着瓢泼大雨狠狠地打在墙壁和玻璃上，阳台和书房的落地玻璃门都进了水，她们不停地扫水，倒进水桶里，再颤颤巍巍地提着水桶倒到厕所里。天黑时，风雨越发大了，她想打电话给黄小峰，又怕他分心，所以拨了几次又匆匆挂断。台风登陆那一刻，房屋就像被一个巨人抓住了身子，拼命地摇晃，风雨声发出狂妄的嚎叫，令人发怵。屋里的灯全部亮着，突然，飘窗上贴好的报纸全部掉了下来，露出外面的一大片黑夜，她叫了起来："朵朵，叫爸爸快回来！"她从来没有见过这么强大的台风，以往都是天气预报宣传得厉害，一般没来时酷热难当，来了落落雨刮刮风，马上烟消云散。

黄小峰回来时，已是第二天的清晨，台风整整肆虐了珠三角地区十多个小时。他开了门，家里的两个女人都在酣睡。他打开电脑，整理好唐龙广告公司有安全隐患的几个广告牌，发在工作群里。唐龙接了白天的班，指挥大伙儿开始灾后自救，并向政府指挥小组作了汇报。丁湘醒来，看到他，马上跑过来抱住，有些劫后余生的欣喜和后怕。他微微一笑，说："你知不知道，咱唐龙广告的牌子还是很抗风的，这么大的台风，那些倒掉的广告牌没有一个是唐龙公司的。"她用手推了一下他的嘴巴，说："老说广告，命都不要了？"他依偎着她，说："台风来了，在家里最安全，你和朵朵不是在家里吗？"她有些生气，语气里有些责怪："你呢？奥特曼啊，打怪兽去了？"他说了一声"对不起"，她便起身去厨房，给他煮面条。

面条端到饭桌上的时候，他还在唠叨广告：“湘湘，广州举办亚运会，城市形象要升级，拆了很多广告牌。所以，我有个预感，顺德也迟早会跟上。”

丁湘没有理他，他继续说：“你看看，无论哪个城市，都没有顺德有这么多的广告牌。”

“拆了好。”丁湘剜了他一眼，说，“免得你那么累。凡事都抓在手上，公司养那么多人干吗呀？”

“嗯嗯。”他说，“那可都是一个个家庭啊，他们要养家糊口啊……”

政府拆除广告牌的通知果然下发了，他们成立拆除小组，雇专业人员，拆除在台风中有损坏的广告牌。拆除也遇到了一些阻力，比如唐龙公司的老员工，聚集在广告牌下希望政府别拆除这些广告牌。

城市管理科的科长亲自找唐龙公司的两位老板做工作，说，唐龙公司是有影响的品牌公司，务必全力支持政府拆除广告牌的工作。

唐龙和黄小峰看了纸上那一长串的拆除清单，眼睛立马直了。唐龙广告共有户外广告牌三万多平方米，政府计划拆除两万多平方米，几乎是“腰斩”。

唐龙情绪崩溃，他把茶杯重重地往桌上一放，说：“我找你们区长去。”

科长正色道：“唐老板，政策就是这样子啊！”

黄小峰问：“哪个城市都有广告牌，顺德再发达，也比不过纽约吧？你看看纽约时代广场上琳琅满目的广告牌……”

科长叹口气，说：“你们仔细看看，这清单，给唐龙广告留了三分之一的资源，包括那些设置证已经过了期限的。我们也考虑到了唐龙广告的广告牌非常抗风，另外，政府也需要一家本土的大型广告公司。”

离开政府大楼，黄小峰悟到了那位科长的话外之意，他说，政府这次给唐龙广告留下的广告牌里，有一些的设置证已经过期，那么这话就有两层意思，一是看看清单里有哪些没有过期的，这个理应不能拆除，还有哪些过了期但有较大广告价值的，也可以争取保留。

黄小峰把想法和唐龙说了，唐龙连连点头。他们分头行动，尽全力补救。这事关公司一百多号人的饭碗，他是一个恋旧的人，对那些老员工特别好。即便业务惨淡，他硬是一员未减。为此他和唐龙不止一次争论，他说：“新员工，就是唐龙广告的希望，裁了新员工，唐龙广告就没有了希望。老员工，是唐龙广告的核心竞争力，所有的技术和经验都在他们的身上，还指望他们‘传帮带’呢。有几个老员工在创业之初就进来了，与我共坐一辆摩托车，共拉一张广告布，风里来雨里去，现在一有了困难就想裁了他们，良心何在？”

他们决定找分管城市管理的领导私下里聊一聊，结果他们从这位领导嘴里得到了一些有用的信息，比如，广告牌是拆定了的，但可以在具体点位上增增减减，保留一些有价值的广告牌。另外，区局的管辖还只是在跨区的几条省级公路，区内的干道还要去各个镇里协调。他还说，下周区里所有镇的镇长都去北京集中学习一周，这将是唐龙广告最好的沟通契机。

这段时间，丁湘变得有些捉摸不透，对黄小峰时冷时热。黄小峰也知道是婚期的问题，只得忙完这一段时间再与她说，便一心准备和唐龙、诚诚去北京的行程安排。出乎他意料的是，丁湘主动请战，还带上了梁可欣和乐萍。

“战争，让女人走开；但饭局，没有女人，又怎么会取得成功?”四个女人在飞机上得意地唱着，接着又叽叽喳喳起来，把几天的行程全部安排好。商场公关，最怕对手没有爱好。他们就遇到过一位北部片区的镇长，请吃不来，送礼不收，即便“偶遇老乡”也是只谈天气不说工作。要是其他地区的镇长也是如此，就罢了，偏偏他所在的镇是珠三角真正的地理中心，位置之重要，地域广告价值之高，真是让人一言难尽。

一次课后茶歇，他们偶尔听到那个镇长居然插着耳麦在听英语，乐萍过去，与他用英语交谈了几句，不料他兴致一下就上来了，还以为遇到了英语教师。乐萍一直与他英语交谈，谈到国家外语教学权威林教授来广东的故事，谈到黄小峰和丁湘以及他们的国际化学校项目。那个镇长忽然把耳麦摘下来，对乐萍说：“国际化学校能不能多招些我镇的学生？如果可以，我镇将优先考虑保留唐龙公司的广告牌。”黄小峰气喘吁吁地赶来，对那个镇长说：“当然可以，我们的目标就是要尽量培养多一些优秀的学生啊。保留下来的广告牌，我们也会更多地用来宣传本镇政府的政策和形象。”

功夫不负有心人，他们达成了初步的目标。黄小峰和唐龙也商议，其实顺德的广告牌已经过剩，实在是没有必要保留所有的广告牌。政府的政策是正确的，唐龙广告应该顺应潮流主动精简广告点位，并把工艺材料尽快更新换代，使唐龙的广告牌添“美”不添“乱”，成为城市一道道亮丽的风景线。

回到广东后，黄小峰的第一件事情，就是带着丁湘去领结婚证，然后，马不停蹄地安排并落实唐龙广告的工作。经过一个月的战斗，唐龙广告严格履行自己的计划，将广告牌精简了三分之二。这些保留下来的广告牌全部做了加固处理，换上了新的铝板和画面，柱身也喷上新漆。他们还资助有困难的其他小型户外广告公司，帮助他们转行转型。

下午，忙碌完的黄小峰有些不习惯，他又在刷“肺病爱心屋”的博客，看到里面刚刚贴上来一则“义工招募启事”，启事说，“肺病爱心屋”将在近期招募一批志愿者，举办一系列爱心公益活动，一是进入肺病患者的家庭，给他们心理上的疏导和物资上的帮助；二是在市民广场和小区门口摆摊，宣传相关知识。他看到博客评论区一些网友的报名留言，也留言申请参加第一项活动。电脑“嘀”了一声，“肺病爱心屋”给他发来了一条私信：“感谢您的报名，不好意思，报名已满。”他有些不服气，孩子气地回了一条私信过去：“在我后面留言报名的都报上了，为什么我不行？”“肺病爱心屋”还是回复：“不好意思。”他打开手机通讯录，找到那个电话，拨了过去，但被对方挂断了，再打，已是忙音。

他有些气急败坏，又没法发泄。丁湘从卧室里走了出来，脸色有些慌乱。他赶紧关心地问：“亲爱的，怎么了？哪里不舒服？”她笑笑，走进卫生间，哗啦哗啦地洗脸，没有理他。他终于忍不住了，在洗手间门口说：“丁湘，我就不明白，我想报名公益活动当志愿者，‘肺病爱心屋’竟然不同意我参加，我还年年捐款呢！”她打开门，走了出来，对他说：“我参加吧，你那么累了，该多多休息才是。”他笑了，问：“你报名成功了？”她点点头：“嗯，还有朵朵呢。”

中

羊城的四月，春光明媚，百花盛开，刚刚从回南天走出来的城里人开着自己的私家车，纷纷北上，到从化或清远看金黄无垠的油菜花。广州城内，经过城市升级大改造，交通便利，环境宜人。在环市北路一家五星级国际酒店里，一场被业界誉为“中国广告达沃斯论坛”的中国广告论坛隆重地拉开了帷幕。会场上，来自五湖四海的广告嘉宾把座位占得满满的，黄小峰、唐龙、关杰、丁湘、诚诚、阿雅等人都来了，男人们坐在中间的“总经理专区”，女人们坐在后面的“高管区”。大家无不认真地聆听大会专家的发言，对一些网络新媒体非常感兴趣。

微博之夜是这次广告论坛的重头戏。在论坛两边，微博工作人员一字排开，全部是朝气蓬勃的青年男女，形象气质百里挑一，他们人手一台笔记本电脑，负责微博内容的编排、精选和传播。这个位置以前都是电视台的码头，如今电视台退位，让新媒体上了。他们在主舞台两边挂上两块长方形的高精度显示屏，现场转播论坛嘉宾的发言。最有创意的是，台下观众的互动意见也全部发上了微博，次第更新，速度飞快，覆盖范围也很广泛，令人大开眼界。黄小峰强烈地感受到，一个新媒体为王的传播时代来临了。

突然，舞台两边的大屏幕上出现了“唐龙广告”的用户名，并发表了一段文字：“唐龙广告祝贺微博新媒体事业蒸蒸日上，请大家关注唐龙广告，顺祝商祺！”黄小峰连忙拿出手机拍了照片，暗喜之余，心里想着是谁发的呢？他扭头看看后面的三个女人，看到她们都在拿着手机打字，满脸的笑容。这时，他的手机振动了一下，他收到一条信息，是丁湘发来的："那是我刚刚发的微博，你要不要过个瘾，发几句话上去露露脸？先要下载个微博客户端……"他打了几个字：老婆真聪明，点击发送。他下载了微博客户端，登录并注册了一个新用户名，发了一句"丁湘我爱你"！看看屏幕，这话早已经显示在上面了，因为字少，文字显得特别大，他有些得意，故意不看后面。一边的唐龙把嘴巴凑近了，轻声说："兄弟，别这么肉麻，我那位领导也在，要我表忠心呢！"黄小峰说："简单，你也表表忠心。"便教他下载手机微博客户端。这时手机又振动了一下，是丁湘发来的信息：快看微博。黄小峰打开微博，只见"丁湘"的用户名在刚才那句下面留了言："别说得好听，还欠人家的婚礼是不是？"黄小峰回复道："别急，我要想一个最有创意的婚礼。"

此时，黄小峰又回想起刚来广东做广告时，电脑设计软件是全英文的，用电脑设计出来的唯美画面，令他折服。近年来，人人都会用电脑，越来越多的人懂得操作设计软件，广告业务单的报价一落千丈。好在他之前在那家国际知名广告公司学到了广告经营的精髓，牢牢地走着户外广告这条道路，才使得唐龙广告的经营现状还在稳步发展。想想那次台风引发的广告拆除行动，让很多家户外广告公司一夜关门，让不少户外广告老板转行去开餐馆或卖水果。行业的变化太快了，哪怕你稍微打个盹，就可能被淘汰。现在，新媒体对传统广告业的冲击越来越大，让他不寒而栗，感到危机重重。先是丁湘的美容店遭受网络暴力，让他亲身感受到了网络的巨大威力，接着"肺病爱心屋"的博客传播让他印象深刻，激发他和黄幺狗年年捐赠。现在，以微博为代表的新媒体必将引发一场更大的传播风暴。想到“肺病爱心屋”，他下意识搜索了一下，果然，他找到了“肺病爱心屋”的相关新媒体账号。他发现“肺病爱心屋”在新媒体平台上更新更频繁，形式也更丰富。他翻看着“肺病爱心屋”发的内容，里面居然有许多丁湘和朵朵参加爱心活动的照片。照片上的丁湘，美丽温柔，充满耐心，脸上永远带着那股淡淡的微笑。他点了好多赞，并在下面留言：“无私奉献的你，最美丽！”不料马上就有个女的回他：“谢谢峰哥，您年年为我们的基金捐款，您永远是最帅的！”他看看丁湘，丁湘也正在弄着手机。

黄小峰看着舞台，眼睛的余光忽然瞟到关杰，发现他总是瞅着展台前的那些美女出神，不时举起手机，把她们的照片拍到手机里。

黄小峰笑道：“关总，要吃药了？见到美女就流口水。”关杰道：“我要是有丁湘，天下再无美女。”黄小峰道：“你当初不是说丁湘不好吗？”关杰道：“那是吴烨的酸葡萄心里话吧？”黄小峰道：“阿雅也不错啊，还能公关，帮助你好多！”关杰道：“唉，现在天天逼我离婚呢。等着上位。”黄小峰有些急：“你真的不要何美好了？糟糠之妻不下堂啊。你们儿子都那么大了。”关杰在他脚上碰了一下，“打住，后面有炸弹。”黄小峰看看后面的三个女人，丁湘和诚诚都在手机上打字，只有阿雅杏眼圆瞪，满脸怒气地看着这边。黄小峰不由呵呵一笑，在关杰的大腿上拍了拍。关杰嘀咕道：“还用看吗？不看我也知道她那样。”

本次广告论坛落下了帷幕，他们几个人又上台去留了影，要了嘉宾的卡片，便散去了。黄小峰提议去珠江边的酒吧街喝喝啤酒，哪知关杰说头疼，想回房间早点休息。阿雅和他的关系还没有公开，现在只算是公司同事。老板说了要休息，副总不敢反驳，只好由着他回了房间。其他人打个车，来到天字码头。一下车，才觉得天色已是很晚，看不到天空的轮廓。珠江两岸勾勒建筑轮廓和美化楼宇的灯光全部亮了，夜里的城市，灯光璀璨，霓虹闪耀，宛如仙境。城市夜晚的宁静撩得人心花怒放，如梦如幻。

唐龙给大家当起了导游，介绍着天字码头的辉煌历史。买了票，上了游船，来到三楼，清风袭人，令人心旷神怡。唐龙叫大家看广州改革开放的标志性建筑白天鹅宾馆，欧洲新古典主义建筑的典型粤海关大楼，有名的海鲜食府新西贡渔港，"骑楼建筑"的代表作爱群大厦，国际级音乐表演殿堂星海音乐厅，还介绍了孙中山大元帅府纪念馆、白鹅潭风情酒吧街、海心沙亚运公园，等等。

游船走了一圈，大家上了岸，去酒吧街，寻一间特别的酒吧进去，大堂特别阔大，一些青年在里面唱歌跳舞。大家一对对挨着坐，要了啤酒，慢慢喝着，看着节目。过了一会儿，丁湘看到阿雅匆匆出了酒吧，对黄小峰努努嘴说："看阿雅，走了。"黄小峰说："这一路上游船逛马路，她如坐针毡，估计有心事。"丁湘叹道："是呀！"唐龙和诚诚过来了，四人找个人不多的僻静处，玩色子，喝啤酒，时间一晃就到了凌晨一点。

突然，关杰来了电话。黄小峰一听是阿雅声嘶力竭的声音，吓得魂都要飞了。"黄总，快过来，何美好来了，酒店出大事了！"电话里有人叫骂得非常难听，隐隐约约是何美好的家乡话。黄小峰便对大家说："快，快回酒店。"

来到酒店，上到十九楼，一出电梯，就听到何美好在号啕大哭，还有人在低声抽泣。来到关杰的房间，先是看到门口站着的阿雅，她大声说：“警察马上就到，我报警了！”何美好立马停止了哭闹，瞪了阿雅一眼，骂道：“好个臭娘儿们，谁叫你报的警？关杰叫你报的警吗？”阿雅眼一瞪，道：“就要报警，免得你老在这里撒泼，只有警察治得了你！”

何美好一手拉住黄小峰，激动地说：“小峰，你看看，你看看，这个花心忘本的男人，是怎么对我的？磊磊说要杀了他！”黄小峰赶紧安慰道：“嫂子，先别急，凡事都要搞清楚。趁大家都在这儿，把事情搞清楚，有误会，多沟通，关杰真有错，你再怎么处罚他都行，我们全力支持你，绝不让关杰欺负你。刚才说磊磊要杀爸爸的话，不能乱说呀。一家人，儿子杀老子，那叫什么话？磊磊是大学生，有自己的判断，肯定希望你和关杰都好，是不是？太过激的话，不要说。”阿雅双手抱在胸前，对眼前的一切冷眼看着，不再言语。

黄小峰进到房间，看见关杰坐在沙发上，耷拉着脑袋，一声不吭。床上坐着一位女子，吊带裙的吊带被拉断了，里面的内衣都被扯走了，扔在地上。她低声啜泣着，像是受了极大的委屈。

关杰冷冷地说：“何美好，你给老子记住了，过了今天，明天我们一早就去登记离婚，如若不休了你，老子‘关’字倒着写！”唐龙也劝道：“那要是这样，我们都散了，什么都不用说了。遇事先冷静冷静嘛。”丁湘和诚诚连连说是，问阿雅是怎么回事。

阿雅摇摇头，“我哪知道，来到酒店，睡了一会儿，就听到何美好大吵大闹。我一过来，就是这样了。”

关杰道：“以后工作都不能聊了。好不容易约到在广告论坛认识的孟小姐，谈广告代理的事情，结果被这臭婆娘盯上了。唉，以后我还怎么好意思跟人家谈合作？”

何美好忍不住说：“谈合作要进酒店房间吗？你去酒吧谈，我不会说什么。你进房间干什么？三更半夜，孤男寡女？”

关杰道：“房间才有电脑啊。孟小姐想把资料发给我。商务办公，不进房间，去哪里找电脑发文件？！”

事情已经明了。估计何美好一直在盯梢关杰，关杰约了孟小姐去了酒吧，聊了几个小时，她都知道。后来，二人进了房间后，她便爆发了，把人家孟小姐的内衣都扯了下来，想制造她想要的现场。

孟小姐突然起床了，问阿雅：“报警了没有？我正等着呢。”阿雅没有回答她。她猛地站起身来，拉扯好衣服，又俯身下去捡起那件内衣，找到一个塑料袋装了，对关杰说了一句：“关总，等着我的律师找你，等着法院的传票，等着赔偿我！”说罢，便大步走了。

关杰站起来，对着何美好咆哮道：“听到没？拿你的钱去赔人家！”

何美好大哭起来，“我哪有钱，一个月一千八百块钱的做饭钱，我不贪又不拿，能有多少？反正你关杰就是对不起我，到处拈花惹草。阿雅这个臭娘儿们……”

阿雅猛地走到何美好面前，揪起她的衣领，举起手来，却没有落下，一字一顿地说：“何美好，我给你老公打工有错吗？你老公为何拈花惹草，还不是因为你不像个女人？再说，你不会把篱笆扎牢啊？”

何美好双手揪住阿雅的头发，骂出一声“臭不要脸的”，两个女人便厮打在一起。

丁湘和诚诚赶紧上来，却怎么也拉不开激战中的女人。

不知什么时候，关杰拉开窗户，半个身子已经伸了出去，他大叫道：“再不住手，我就跳楼了！”

两个女人闻声，住了手。

关杰从窗口回到房间，拍拍手，对大家说：“不好意思，打搅了，请回去休息吧。”

何美好和阿雅跑上来，抱住关杰，一起大哭起来。

黄小峰、唐龙、丁湘、诚诚面面相觑，摇摇头，不知该说什么好。

在电梯里，诚诚说：“这真是个碟中谍，连环计。”唐龙应道：“开眼界了，螳螂捕蝉，黄雀在后。”诚诚眼一瞪，问：“你敢吗？”唐龙装出可怜巴巴的样子，答：“有贼心没贼胆，更没这智商啊。”诚诚一把抓住他的耳朵，厉声道：“有贼心也不行，这叫精神出轨！”唐龙忙叫：“黄总救我——”丁湘笑道：“你们周瑜打黄盖—— 一个愿打一个愿挨，诸葛亮都不救，我们怎么救？我们什么都不知道。”

下

外国语学校马上要奠基，时间定在春节后。黄小峰的父母非常关心，给选了个奠基吉日，说，可保学校千年基业顺畅兴旺。老校长这次不同以往，以前黄小峰和丁湘打了多少个邀请电话，老两口请也请不来，这次却是主动要求过来，黄小峰和丁湘就不敢怠慢。他们知道两位老人都晕车，只能自己开车过去，慢慢地将老人送到机场，再将小车办了托运，之后一家人坐飞机回了广东。

一到腊月，关杰打了四五个电话，问黄小峰回不回老家。黄小峰知道他要和何美好大闹一场，到时候等着他出马救援。这等吃力不讨好的事情，他不想搭理，便说不回。关杰在电话里哀求，黄小峰便把电话挂了。过了两天，关杰的电话又来了，黄小峰正在洗澡，丁湘看到是关杰的来电，便接了电话。关杰嘴巴像抹了蜜，对黄小峰家里的老人小孩一一问候，再问他们春节是否回家。丁湘不知道他的原委，实话说了，要回家接老人来广东，准备学校奠基的事情。关杰大喜过望，当即邀请丁湘一定要和黄小峰到他家里来住两天。他知道黄小峰在老家没有盖房子，和哥嫂关系不好，住哥嫂家肯定会不自在。而他家房子大，套间也多。说到这里，关杰有些动情，他说，其实在他当年盖这房子的时候，在三楼给黄小峰留了两厅两房一卫，不信就来看看兄弟的情谊。

出发前，小车后备厢塞满了送人的年货。丁湘特意准备了一箱，全都是送给黄大峰一家人的：两条烟，一箱酒，是给黄大峰的；一只黄金镯子，是送给胖脸嫂的；另有衣服两套，送给黄大峰的女儿女婿；外加一个大红包，送给黄大峰的外孙。这箱礼物考虑得真是周到，黄小峰感到意外，又惊喜。车过了长沙，黄小峰提出来，想去丁湘老家走走。丁湘勉强笑道："那里什么都没有啊。"朵朵说："妈妈，其实我很想去看看你说的兰草，还有爸爸老家院里的兰草。现在应该是它们开花的时候，我想把两个地方的兰草都带一窝回广东去，种植在一起。听说下雨时，兰草能发出蓝色的光芒，晚上会发出紫色的光，据说找到兰草可以保平安……"黄小峰笑道："朵朵都把兰草神化了呢。”又对丁湘说：“朵朵都想去，还是去吧。”丁湘点头道：“去吧，丁家湾的兰儿回来了，丁家湾的女婿和孙女回来了！”朵朵听了叫起来：“兰儿，不会是你的小名吧？”丁湘道：“我那年去孤儿院，不能说话了，我也不知道为什么，可能是惊吓过度吧。我忘记了自己的名字，更害怕开口说话，因为我已经下定决心不再说话。在孤儿院，我常常与一片兰草为伍，所以，他们叫我兰儿。”朵朵问：“那为什么又叫丁湘了？妈妈。”丁湘若有所思，眼里有些温情，她说：“你舅舅在孤儿院找到我，把我带到香港，登记的时候，临时取了这个名字。人啊，总是不能舍弃对故土的眷恋。”黄小峰打趣说：“兰草，丁香，都是花中之奇异者，堪称奇葩呢！”丁湘剜了他一眼，嗔怪道：“狗改不了吃屎！”黄小峰哈哈大笑，“我看你心事老是这么沉重，眉头又皱了起来，小心脸上起皱纹。”丁湘也笑了，“好好，开心些。要不，我人老珠黄了，你要学关杰了。”黄小峰道：“怎么可能，女神永远是女神，又是兰草，又是丁香，世上还有谁比得过。除非——朵朵！”朵朵脸红了，咯咯笑了一阵，小声说：“爸，我睡着了，什么也听不到，什么也看不到。你要献殷勤，就来点有创意的表达吧。”

来到丁家湾，一切都变了，丁湘说她本来是没有印象的，不如去县里的孤儿院。来到县城江边，开着车在大街小巷里转了几圈，就是寻不到孤儿院。朵朵下去问一家小卖部的店主，原来孤儿院早已经拆除了。丁湘站在江堤上，怅然若失，任凭刺骨的江风吹起头发，嘴唇都起了枯皮。“兰草花，兰草花！”黄小峰俯下身来，只见一窝兰草，大如斗笠，开出了几朵蝴蝶一样的白花儿，他叫起来：“开花了，和我们院子里的一模一样，好香，好美！”朵朵也叫唤着，去寻找工具，要把它挖起来带走。黄小峰抱住丁湘，深情地说：“湘湘，我家的兰草，肯定是你在这儿玩的时候，剥落一颗籽儿，它像天上的云，飘过万水千山，落到我家里了。”

朵朵找来一个拿铁锹的男人，开价一百元，他负责挖起来，用塑料袋裹好根部的泥土，放进一个陶瓷花盆里。再加一条网草绳，打好了包装，小心翼翼地放进车里。

车刚到黄村，黄小峰远远地看到一大群人在村口排好了队来迎接他们。朵朵先叫起来：“爷爷，奶奶——！”他们按下车窗玻璃，向外面的乡亲招手示意。锣鼓响起来了，家家户户放起了鞭炮，炸得震耳欲聋。黄小峰看了看，唯独不见黄大峰和胖脸嫂。

黄小峰叫丁湘开车，自己和朵朵下来，一路发着香烟和喜糖，和乡人寒暄。他们把车停在黄大峰的门口，丁湘下车来，黄小峰引见她叫了爸妈。

两位老人拉着手看着丁湘，一直把她拉到黄大峰的家里。老人说：“你大哥大嫂去茶馆打麻将去了，不管他们。”黄小峰的妈妈金铃脸上满是笑容，她对丁湘说：“好闺女，我一看到你，我就好喜欢。这都是黄小峰修来的福气。我和你爸晕车，去不了广东，也没给你们做顿饭，做妈的对不起你们。”

老人笑着说话，眼泪却掉了下来，她在衣兜里摸索一阵，拿出两个红包来。又一把拉过丁湘的手，把红包放在她的手心里。丁湘估摸着这对红包，好似装了一枚玉镯和一对耳环，看着黄小峰，只是笑着，不知如何是好。

老人又说：“这玉镯子是祖传的，你打开看看，全绿，没一丝杂色。”又拿起食指在嘴边晃了晃，说：“给你大嫂的那个玉镯差一些，谁叫她那么对我们。”

黄小峰的爸爸拿毛巾擦了擦桌子，金铃拉着丁湘坐下，用手抚摸着丁湘的头发，继续说道：“好闺女，你还是要再生一个的。朵朵都这么大了。老校长，你说说看，丁湘一定要生一个，咱们不能对人家闺女不公平。你不要担心，我和你爸爸过去帮你们带孩子！”

老校长接过话来，说：“丁湘啊，你不要考虑朵朵的意见，也不要考虑小峰的意见，朵朵和小峰都会同意的。趁现在还年轻，二十多岁的人，正是生孩子的时候。”

丁湘笑了起来，老人家把她当成二十多岁的小姑娘了，她赶紧纠正道：“爸，妈，我都奔四十了呢！”

老校长说：“不要紧，现在科技发达，想生就快点生，爸爸给你做主。”

正说着，朵朵拖着大箱子进来，丁湘拿出送给老人的现金、衣物和保健品，还有一个测血压的仪器。教着两位老人测了几遍，老人便学会了。

黄小峰送走乡亲，也进屋来了。老人又把生孩子的任务重复布置了一遍，这回是命令式的口气，来不得半点商量。最后，老校长要儿子当场表态，否则，老两口今天就不吃饭。黄小峰看着丁湘，满口应承下来。老两口笑了，说应该摆几桌酒席，算是给他们办个婚礼。黄小峰说，可以学学广东那边，在县城酒店请亲戚朋友吃顿好的，反正现在大家都有车，来县城也就半小时。老校长说：“这个我听你们的。”

老校长对黄小峰说：“关杰来了好几次了，说接你们到他家过年，专门为你们留了房间呢。”黄小峰无奈地笑笑，也不好对老人说得太明白，便说："丁湘还没认哥嫂呢。"老爷子便说："快了，黄大峰应该回家了。"

回到黄大峰的家，只见关杰的车停在门口，阿雅赫然坐在副驾驶上，对着他微笑。黄大峰正陪着关杰闲聊，胖脸嫂站在一旁嗑瓜子，夫妇两人看见黄小峰和丁湘进屋，黄大峰连忙站起来迎接，胖脸嫂大呼小叫地拖来一把木椅子，叫丁湘坐下。丁湘叫了哥嫂，叫朵朵把箱子搬出来，给他们家分发礼品。黄大峰和他老婆两眼放出光来，对丁湘特别客气。他们有些不好意思地说："咱们农村人不懂礼数，就按照湖乡的土规矩办吧。"说罢，从怀里摸出一沓百元的钞票，塞给丁湘。丁湘不接，又塞给黄小峰，黄小峰接了，说："谢谢哥嫂。"

关杰早已按捺不住，直催黄小峰一家快快启程，去他家住下。黄小峰有苦说不出，问："何美好回来了没？"关杰说："明天才和磊磊一起到家呢。"黄小峰一家人上了车，老校长两口追了出来，要把朵朵留在家里，说要亲亲孙女。朵朵有些不情愿，但还是答应了爷爷奶奶，她还没见到李爷爷呢。下车前，黄小峰把那一沓百元钞票递给朵朵，说："别忘了，一定要还给伯伯，这钱只是面子上过过的，千万不能收。"

在车上，黄小峰没好气地说："回老家过年，把副总也带回家，关杰你太陈世美了吧？"又扭头对阿雅说："美女，关总发你几倍的工资啊？"关杰连连讨饶："黄总，您别揣着明白装糊涂。现在都赶鸭子上架了！哥哥有难，只有你能救我，磊磊最敬佩的人就是你！"

黄小峰故意说："不懂你在说什么。"

关杰不说话了，只是开着车。

阿雅轻声对丁湘说："湘姐姐，我最羡慕你了。"

丁湘调皮又得意地笑着说："唉，别提了，刚去见了公公和婆婆，现在头还是蒙的。"

阿雅惊讶地说："这就是让人羡慕的地方啊，真是身在福中不知福呢。关杰，你什么时候带我去见你父母吗？"

关杰说："姑奶奶，明天就有好戏看，过了磊磊那一关，你想什么时候见都可以。"

老家的夜晚安静极了，一觉醒来，大脑都是甜津津的。窗外除了欢畅的鸟声，再也没有任何声响。黄小峰觉得，关杰把阿雅带回家，真是一步险棋，毕竟他和何美好还没有离婚，这样赤裸裸地逼宫，在乡下人眼里更多是一种炫耀，会招来嫉恨。

晚上睡觉，关杰和黄小峰睡一张床，阿雅和丁湘睡另一张床。两个男人没啥好说的，黄小峰要骂就骂，关杰都忍着，笑着，不反驳，不生气。黄小峰说一通，气也消了，便不再言语，倒头就睡了。两个女人就不一样了，一夜叽叽喳喳到鸡叫三遍，朦朦胧胧地睡了一会儿，让门外的鸟声吵醒了。对着窗户望去，只见天空白茫茫，地上和树上全是白雪，冻得人直打哆嗦，便又钻到被子里去，继续说话。

阿雅说："湘姐姐，你是怎么追到黄小峰的？我听关杰说，你一直等，一直等……好日子都是熬出来的。"

丁湘有些羞赧地说："千万别这样说。我哪追黄小峰了？那时，他是有妇之夫。实话说，我一直没有动这个念头。能到今日，缘分吧。"

丁湘这话一出口，就伤到了阿雅，这不是在说她第三者插足，破坏人家家庭吗？其实，她说的是实话，又怕阿雅误会，便继续说道：“婚姻，是一场门当户对的游戏，物质上的门当户对只是暂时的，更主要更长久的，还是精神上的门当户对。是你的，终归是你的。”

这时，有小车开到门口，喇叭响了一声，传出关杰母亲的声音：“磊磊回来了！我的乖孙子终于到家啦！”关杰父亲在门口放着一挂万响的鞭炮，噼噼啪啪炸了好久才停歇。关磊磊一箱一箱地往家里搬着行李，何美好也提着大包小包，热情地叫着爷爷奶奶。和上次见到的何美好不一样，她脸上白了，不见细小的皱纹和斑点，雪白的护脸霜也是浅浅的，估计在美容院整过。她把头发染成红色，穿着的衣服也是高档新潮的。关杰最不喜欢的黄金链子和手镯，这回全部没戴。何美好本是这村里的村花呢，眉眼从小就标致，现在四十多岁的年纪，稍稍打扮一下，还是有些特别的风韵。

关杰一骨碌爬起来，披了衣服，哆哆嗦嗦地站在二楼的阳台上，一直看着，看到磊磊进了屋，看到何美好进了屋，听到磊磊从楼梯那里“咚咚咚”地上了三楼，居然没有来找他，心里好是纳闷。一家人在广东大吵过一架，看到爸爸声嘶力竭地对着妈妈凶着要离婚，磊磊给爸爸跪下，关杰反而笑儿子不大气，说出“妻子身上衣”这样的话来。磊磊火冒三丈，转身去厨房拿了一把菜刀。磊磊人高马大，已经高出关杰半个头，年轻人血气方刚，过激伤人是有可能的。何美好大惊失色，一把抱住儿子。关杰飞奔而出，下了电梯，站在小区的草地里，心里一阵狂跳。他觉得这小子太像自己了，当年为了娶何美好，他和村里“首富”的儿子竞争，也是拿了一把菜刀……“首富”儿子吓尿了，立马退走。他想着，更加害怕。突然，他看到磊磊下了电梯，对着他冲来，何美好在后面号啕大哭，叫喊着儿子。关杰拔腿就跑，父子俩就这么围着小区的楼打着转儿。物业赶紧报警，警察进来了，才把关磊磊的菜刀夺了下来……

关杰在二楼惶惶不可终日，他等着关磊磊和何美好来找他，但他们一直都没有来。儿子上楼后就没了动静，估计是经过长途的驾驶，已经疲惫地休息了。何美好和关杰的父母聊得热火朝天，她给两位老人塞红包，打开电暖气，教老人如何使用，又拿出厚厚的毛绒皮鞋叫老人穿上，最后试了几件鸭绒冬衣。老人看着这儿媳妇，真是越看越喜欢。关杰开着电视，毫无兴致地看那些喜气洋洋的节目。过了一阵后，他拉开窗户，一支接一支地抽着香烟，不一会儿，烟灰缸里满是烟屎，他的嘴巴里接连不断地向外吐着臭气。

中午吃饭时，一楼客厅的大饭桌围得满满的，何美好很热情地向阿雅打招呼，并向老人介绍她是关杰公司的副总，为公司的发展立下了汗马功劳。何美好又让关磊磊叫她“阿姨”，关磊磊不看那阿姨，冷冷地叫了一声“雅姐好”。阿雅有些意外，说话都不利索，关杰更担心何美好和关磊磊的葫芦里是不是在卖什么药，一口一口地喝着酒，什么话也不说。关磊磊喜欢黄小峰，却一直对丁湘冷冷的。黄小峰打趣道：“磊磊，什么时候把女朋友带回老家来看看？”关磊磊说：“她要回家里过年。”

看着一家人相安无事，黄小峰就想回黄大峰家里陪陪老人，刚好黄大峰的女婿来接他，便告辞和丁湘回去。

关杰追上来，把黄小峰拉到一边，说：“这婚估计离不成。何美好怀孕了。”黄小峰哈哈一下：“恭喜啊，老来得子。”关杰道：“兄弟，你说阿雅那里怎么交代？怪对不起人家的。”黄小峰又笑：“哥，你比我有经验啊，我是一片空白。”

第十章

上

湖乡的冬天冷得干涩，皮肤极易龟裂，嘴巴是最脆弱的部位，涂了油腻的唇膏也是不管用的。外出走走，黄小峰戴了顶帽子，头仍觉得沉闷，丁湘更是夸张，嘴巴起了大大的水疱。住在黄大峰三层洋楼最小的一个房间里，换谁也无法自在。两兄弟无话可说，黄小峰问哥哥一年收成几何，黄大峰不愿回答，转口问小峰什么时候盖房子，说：“你别再拖，越拖越贵，你看我这屋当年盖起来十五万元，现在四十五万元都不止了！如果没钱，做哥的可以给你借一两万元……”胖脸嫂说话不看人，不冷不热，有些靠不拢。

过了大年初四，外出的人开始多起来，一车一车地往外走，狭窄的乡路塞得水泄不通。朵朵一大早就去挖兰草，和爷爷一起用袋子包好，放在车尾箱里；再叫了爸妈一起去野外看菜花。走在田间的小路上，泥土软绵绵的，十分舒服。

丁湘很喜欢那些黄艳艳的菜花，和朵朵到菜地里去，拍了不少照片发到网上，和朋友们互动个不停。黄小峰用手从地里拔了几棵圆圆的红萝卜，剥了皮塞给丁湘吃。丁湘摇摇头，笑道："莫非又是害我？"黄小峰咬了一口，"咔嚓咔嚓"地嚼着，说："都说冬日的萝卜赛过人参呢！你在广东哪里吃过的？"丁湘咬了另一半，果然清甜生津，便再叫他拔一棵。

黄小峰说："其实最好是脱了鞋，在上面行走，草尖儿温柔地扎着脚底，麻麻酥酥。"说着自己先脱了皮鞋，拿在手里，迈开了步子。丁湘和朵朵也脱了鞋，走一步，大叫起来，嗔道："不好，上当了呢。"说完她们赶紧穿上鞋，看着远方。这条路是黄小峰种地时走过的田埂，而今只是野草更多了一些，看不出人行的道路。

晚上，朵朵和丁湘早早地钻进被窝里，这样睡才感到暖和。两人在床上说着话，插上耳麦听歌。黄小峰出去了，来到湖乡的老街上。他接到一条陌生的短信息，竟然是陈小雪约他聊聊天。他纠结了许久，还是赴约了。

远远地，看到陈小雪那一张熟悉的面孔，衣着像是城里人，戴着一顶白绒绒的帽子，有些时髦。陈小雪看着他走来，对他笑，有些不安，又有些喜悦。他走到离她两三步远的地方，笑了："陈小雪，我们又见面了。时间过得好快，你还好吗？"陈小雪道："是啊，一晃这么多年过去了。我还以为你不来了，谢谢你能来。"她还是那么漂亮，只是眼睛有些浮肿。她说："小峰，这条路，我们年轻时一起走过好多回。今天，我们再走走？"她迈开腿，他跟了上来。

在他的印象里，陈小雪最美丽的时候是在那个黄昏，他踩着单车来她家看她。家里没人，门上了锁。他便坐在单车上，一脚放在踏板上，一脚着地撑着，在巷口默默地等候。陈小雪正从地里回来，背着装农药的胶桶，胶桶随着脚步声有节奏地拍打着她的后背，“咚咚咚”地响。落日的余晖是红色的，陈小雪的脸也成了红色，还有那发梢的色彩，居然成了金黄。她很会打扮自己，让他每次都看到不一样的发式。她也会自己设计制作衣服，那些垫肩的西装没有男女之分，他穿上也很适宜。她是位才女，或许农村并不适合她。他不止一次这样对她说，她每次只是笑笑，内心里却充满了期望，仿佛在说，看你了，小峰，看你能把我带到哪个大城市去。

她问他：“听说你在广州混得很不错啊，有好多家公司？”

他笑道：“一般吧。你呢？看样子也蛮不错啊。”

她有些惊讶地说：“是吗？怎么看出来的？我看人一辈子啊，都是上天自有安排，一心想好的，却不得好。”

他忽然想起，该问问她爸，原来经常说今天不知明天死的那个人，现在怎么样了呢？

她说：“很好啊，快八十了。”她顿了顿，终于鼓起勇气，说：“小峰，其实，那一次我在你旁边上婚车，后来就离了……”

他点点头：“知道，听人说过。过去的就让它过去吧，现在过得好，要好好珍惜。”

她沉默了，静静地走了几步，说：“小峰，我这次找你，就是想要你帮个忙。我能不能去你公司上班？搞清洁、做饭，都行！”

他停下脚步，看着她，发现她毫不掩饰地惴惴不安。她发生了什么特别的事情吗？她找他就是为了这个吗？

她抬起头来，面对着他，眼泪快流下来了，说：“小峰，你不知道，我头婚有两个女儿。后来，跟着她们的爸爸都外嫁了，听说一个在四川，一个在云南……我一个也找不到。这些，管不着了，主要是他瘫了……我伺候了他整整三年！我真是快疯掉了。今年年初，我一狠心，把他送出去了。大家都说我做得对。”

“女儿？送出去？”他不懂这话是什么意思。

她更加慌乱，说：“第一次结婚后，我很快生了两个女儿。村里要求拉去结扎。孩子的爷爷说结扎就离婚。我说，离就离，现在就离！孩子的爸爸真是蓄谋已久，他家条件好，不怕再娶。我去了外地，给一个温州人卖服装；他听说我是湖北人，好心把我安排回武汉上班。后来，遇到了我老公，他对我很好，没有嫌弃我是二婚。再后来，他中风了。我就把他送到那些专门照顾瘫子的机构，月月交些钱……”

难道这就是红颜薄命吗？他被刺痛了一下，过了许久，才说：“陈小雪，其实命运都是掌握在我们自己的手中的，要是当初……”再说下去，话就有些难听了，也充满着对陈小雪的埋怨。陈小雪明白了他的意思，抽抽搭搭地哭起来。

他劝慰道：“别哭了。那时候，你的一双眼睛多漂亮，清澈如水，现在……是不是老在哭呢？”

“不。”她笑了起来，“我喜欢唱歌，常常在手机上唱歌，唱我们过去爱听的歌——雪花飘飘北风萧萧，天地一片苍茫。一剪寒梅傲立雪中，只为伊人飘香……现在，我爱唱——到底是为了什么，因为我刚好遇见你……”

唱着唱着，她又哭了。他递给她一张纸，她接过去，擦了擦，停止了哭泣。

他真诚地说：“陈小雪，你有银行卡吗？我打点钱给你。上班很辛苦，还有一个很艰难的适应过程。”

陈小雪抬起头来，说：“黄小峰，你把我看成什么人了？你嫌我年纪大了吗？”

他忽然打了一个喷嚏，湖乡的夜晚，实在是寒冷。

陈小雪说："小峰，你回去吧。就当我们没有见面，我什么也没有对你说。"

他回到家，还是给她发了一条信息，说："陈小雪，我是真心的，如果你要钱，就发个银行卡号过来，我做点力所能及的事情，希望能帮到你。至于工作，我觉得慢慢来，你未必一下子能够适应。"

最后一天，大家都过得有些无聊，一些老友过来坐坐，也没有什么新鲜的话题。至于已经废弃的黄村小学，听说黄幺狗已经承包了，计划开一家湖乡养老院。现在，那片长长的围墙都让周围的农民拆光了，里面的操场成了打谷场，教室里住着一个放蜂的人。丁湘进去买了一罐蜂蜜，准备带到南方去。

天上出了灰蒙蒙的太阳，丁湘举着蜂蜜照太阳，口里念叨着："小峰，这蜂蜜，也是黄澄澄的，看不出有什么不一样。"黄小峰笑了，说："就是心理不一样呗，这也能看得出来？算你专业！"

一辆奔驰车停在前面长按着喇叭。一个秃头的中年男人伸出胖脑袋来啐了一口，正是黄智禾。果然，副驾上坐着刘麦花。黄小峰把黄智禾从驾驶室里拉下来，二人互相捶打了一阵，眼里都闪动起泪花。两个女人面对面地站着，挽起手，从头看到脚，不时大惊小怪。黄智禾做爷爷了，儿子并没读大学，学着他干装潢，他们自己在家带孙子上学。"带孙子？还要开个大奔？"黄小峰一脸真诚。黄智禾笑了："谁想啊，都是孙子要求的。孙子在县里名校读书，立了规矩，家长不开奔驰、宝马，不许上学校接他！甭丢人！"又拿出手机，说：

“莫怪莫怪，老校长总是要我带这些‘长生不老药’，没用的，浪费钱！”黄小峰赶紧应道：“你做得对，怎么会怪。”

在黄智禾的坚持下，黄小峰夫妇上了车。车内开着空调，人的皮肤一下子活泛起来。外面下着雪，冷风飕飕，直往骨头里钻。车行驶在黄村狭窄的水泥路上，错车相当困难，好在有些屋前的水泥禾坪可以借用。四人无所不谈，车来到了南村的路上。河沿的大柳树掉光了叶子，枝枝杈杈都向上伸展，顶上有一个偌大的鸟窝，黑墨如炭，十分逼眼。转个弯，一眼就看到了万美娇家那座有名的三层洋楼。黄智禾叹了一口气，说：“白花花的银子，扔水里了。”他说，没有儿子，盖这么高的楼干什么哦。“女儿没回来看老爷子？”黄小峰忍不住地问。黄智禾按下玻璃，吐出一口黄痰。刘麦花答道：“唉，老头子早死了，三个女儿都嫁到外省，各奔东西……”她欲言又止，想继续说点什么，终究住了嘴。

大家都不说话，双方都在尝试探知对方当下的处境，开始有一句没一句地旁敲侧击。黄小峰说：“大可不必，什么都写在脸上呢。刘麦花越来越年轻，不施粉黛，纯天然的娇美，这是我们黄智禾成功的证明。而黄智禾的谢顶，正是因为浇灌美妻辛劳所致啊，怎么看都是一枚爱的勋章……”气氛一下子热烈起来。黄智禾不满，呛道：“这么说，你黄小峰头发浓密，是因为家里夫人不美？家里夫人喜欢‘装修’脸蛋，是因为素面不可见人，有斑点需要遮盖？”黄小峰忍俊不禁，求救似的看着丁湘，丁湘哪里肯服输，赶紧辩解：“化妆是一种文化，更是一种尊重！我家先生难得糊涂，只爱一人，就不会透支精力！”

“哈哈哈！哈哈哈！”

“诡辩大师！”

蜗居在那个最小的房间，无聊时，黄小峰打开微博手机客户端，居然看到“肺病爱心屋”发了丁湘吃萝卜的照片。原来，“肺病爱心屋”的主人果然是她！不知道这次是失误呢，还是故意泄露？他把嘴巴凑到她耳边，轻轻地叫了一声：“肺病爱心屋！”她看着她，大惊失色。赶紧拿出手机，点开微博，看着他，哭笑不得地说：“都是那个该死的萝卜！”又打趣道：“湖乡的萝卜，是贡品！”黄小峰看了她一眼，她又说：“是朵朵爷爷说的。”黄小峰说：“我就是湖乡的萝卜，味道真美！”丁湘认真起来，问：“你是湖乡几月的萝卜?!”黄小峰知道作茧自缚了，赶紧借坡下驴：“当然是霜打的萝卜，甜津津！”丁湘打了他一下，嗔怪道：“不是霜打，是湘打！”

听着黄大峰和胖脸嫂打麻将回来了，说话一声低一声高的，又在为出牌意见不一而争吵。黄小峰示意丁湘出门走走。一下楼，发现奶奶金铃站在门口，手里正往外扔保健药品的包装盒。她看着丁湘说：“要不要去嘉慧那里，给她多烧点纸钱。现在什么都贵。朵朵的李爷爷一直在扫墓，真是苦命的人，没有福分。”又看着黄小峰说：“你看你爸爸，不知道什么时候死，吃什么都没味，一天到晚只看电视。牌也不打了，棋也不下了，烟也不抽了，酒也不喝了……”丁湘知趣地打开包包，取出一沓钞票来，放在金铃的手里。金铃接了，一边转过身去，一张一张地数着，一边高声说：“哪个要你们给钱，大家健康平安就好。”

厨房里，响起了胖脸嫂的声音，她用铁锅铲敲打着铁锅，“烧个饭，锅也洗不干净！灶台比茅坑还脏……”黄大峰忍受不了，捂着玻璃茶杯子走出来。胖脸嫂毫不留情地丢过来一句：“一天到晚，只知道捂杯子，像个老祖宗，屁事也不干！”原来，两位老人和黄大峰夫妇仍共用一个灶台煮饭。你煮饭时，我候着，我煮饭时，你等着，难免战战兢兢，不知何时会点了炉子引来咒骂。

丁湘努努嘴，小声说：“小峰，你也捂杯子。”黄小峰小声说：“湖乡哪个男人不捂杯子？大家都这样……以后少给点钱，那些‘长生不老药’，专骗老人！”二人拿了香纸和鞭炮，来到李嘉慧的墓亭前。

黄村已经建了统一的墓地，就像城里的墓园。位置在河沿边的老宅一带。湖乡人对死亡是淡定的，墓园上一家一户都预留了位置。

黄小峰点了鞭炮，烧了香纸，把“肺病爱心屋”的前前后后说了一遍。丁湘等他说完了，才说：“嘉慧姐，你知道吗，‘肺病爱心屋’已慢慢地失去了意义。但‘肺病爱心屋’帮助了许多许多的人。朵朵也参与其中，每次想到这些，我就感到一种温暖，还有欣慰。朵朵很好，读完大学，要去外国留学了，继续完成她的研究生学业。孩子们都会比我们强的。这次，我们回到广东，会将‘肺病爱心屋’移交给慈善会，由慈善会统一运作。不管怎样，我们的爱心永远不会改变。嘉慧姐，我们永远爱你！”

墓亭的周围清扫得干干净净，四角居然种上了几窝兰草，一束白菊花放在亭前，估计是朵朵已经来过了。

另一角，黄智禾正带着三个儿女在祭祖。黄小峰想起了年轻时的黄智禾，想不到长发飘飘的青年，倏忽间有了老态。他想讲点黄智禾年轻时的趣事，来活跃一下孩子们紧绷的脸蛋，都让黄智禾吹眉瞪眼地挡了回去。末了，三个大人站在李嘉慧的墓亭前，默哀一阵。黄小峰说：“黄智禾，你可不可以在老家建个厂，我们投点钱。不求大赚，只想维系，或者说，未雨绸缪……有了第一次，就会有第二次……”黄智禾点头看着他，只等下文。丁湘说：“我们了解过，离湖乡三十公里处有个工业园，专门生产口罩等物资，你看可不可以？”黄智禾坚定地回答：“可以，我来做！”

回屋已是夜里，老校长摸进小房间，老泪纵横地说：“小峰、丁湘，不管你们在外面买了多大的房子，在家里还是要盖个屋。根在这里，走不了的。今天你也看到了，你大嫂，不是人！你叫我怎么活？”金铃也哭着说：“他们认为你们故意不盖屋，想把我们两个老垃圾推给他们，见不得他们好……”二人只能好言安慰，称正在托人，不久就会盖屋。

中

南国的九月，紫薇和朱槿花开得正旺，一所全新的国际学校开学了。三百多名学生在操场上参加升旗仪式，他们身穿崭新的校服，精神抖擞，队列齐整。对比其他的学校，三百多名确实不多。现在，这所国际学校的教职工配备完全，教职工人数超过学生人数了。单校长、副校长团队就有十多人，都是来自发达地区的全国名校长，受聘在这里担任校长或副校长。还有外籍教师五十多人。

林教授再次来到这个地方，以学校首席顾问兼顾问委员会主席的身份致辞，老教授脱稿演说，激情澎湃，真诚感人。洪副厅长受邀发言，他表示要全力支持这所国际学校的发展。还有其他人员也受邀上台发言，他们说，黄小峰做了一件功德无量的事情，将对地方学子的教育成长产生深远的影响。

黄小峰和丁湘坐在主席台的校董席上，看着台下的学生阵列，感慨万千。或许，对其他人而言，他们取得了巨大的成功，但对他们自己来说，事业才刚刚开始。学校共规划三期建成，目前完工的只有小学部，另有中学部和国际部正在施工。三年后，学校全部建成，将成为一所花园式的国际中小学。另外，教职工的引进、培训和优化是一个大问题。国际化学校的老师除了在国内精耕细作地学习研究，更需要走出国门，把国外先进的教育理念和教学经验吃透。到现在为止，学校共融资十多亿元，计划回本年限是十年，每月的开支是巨大的，每一位校董会成员肩上的压力巨大。

佛山、广州以及粤西一些地市的高速公路上，一夜之间，全部挂上了这所国际学校的大幅宣传广告。对于经济宽裕的家庭，他们希望孩子通过国际学校的资源，能去国外读大学；对于经济拮据的家庭，他们希望孩子进入国际学校的公益助学班，完成小学和中学的学业，通过高考来改变命运。学校还设有奖学金，每年二百多万元，发给学校的优秀学生。

有董事给黄小峰提意见："这样搞，我们的学校赚钱吗？我们怎么生存？"黄小峰平静地告诉他："拿学校来赚钱？这就是走错了路啊！学校不是企业，我们一定不能打这个主意！"于是，那位董事就撤资退出了，黄小峰欣然接受，并欢迎他想通了再回来。正因为黄小峰的这个理念，学校饭堂的饭菜是一流的，寝室里生活老师哼着歌儿，和孩子们打成一片。学校的老师办公室里，常常半夜都灯火通明。在这里，奉献是一种快乐。

黄小峰和丁湘要求教务处给他们两人安排课，一周一堂社会课，并要求孩子和家长参与，还要给黄小峰和丁湘打分评价。他们离不开课堂，坚持要和孩子接触，他们喜欢孩子们的欢声笑语。他们的课堂是学校最火爆的课堂，教室里的走廊和后面摆满密密麻麻的小胶凳，上面坐满了人，甚至在教室外面，也站满了家长和其他社会人士。

在他们的带领下，这所国际学校办成了没有围墙的基础教育学校，学校始终在社会雪亮的眼睛下运行，这种开放的胸襟，显示了一种莫大的自信和勇往直前的勇气。转学过来的学生络绎不绝，除了本地的学生，更有来自全国到此地打工的农民工子弟。

朵朵从国外读完硕士回来的时候，学校学生人数已经突破了千人，超出了当初规划的学位数。校长在行政班子会议上不止一次地对黄小峰说："我恳请校董会，我们学校不能再收插班生了，教室都挤爆了！"对于这种情况，黄小峰只能做校长的工作，他动情地说："一定要看孩子的具体情况。"

黄小峰天天都在念叨着孩子，在学校是，在家里也是。他发现丁湘有些不对劲儿，总是莫名对他发火，有时候又在书房里偷偷流泪。他哄她，她又开心了，但什么都不说。他猛然记起三年前回老家，父亲对他的告诫。现在家里的老人来了电话，都是打给丁湘的，老人总是催促他们快生个孩子。丁湘一看到老人急，就百般耐心地安慰，安慰完了，就挂了电话。可是没过几天老人又打过来了。一次，丁湘把家里的来电直接给了黄小峰，他一接电话，只听得父亲在那一头大发雷霆，骂他是个不孝子。

当晚，他依偎着她，问："我们还是要个孩子吧？"

“孩子？”她生气了，“我们举行婚礼了吗？”说完，她转过身去，背对着他睡着，不再言语。

他欠她一个婚礼，当时只是领了个证，两人就在一起了，但他一直没有补办婚礼。以后，就是忙，没日没夜地忙，在他的日常生活里，哪还有婚礼这个字眼？

他坐起来，打开日历，说：“我们去广州塔办个婚礼，好吗？”

“广州塔？”她转过身来，有些惊喜，又有些犹豫，“会不会太显摆了？”

他说：“这是一个集体婚礼，如果你同意，我们就报名。”他看着她，等待回答。他说：“如果你不同意，我们就单独办。”她感动了，说：“谁说不同意？集体婚礼好！”他说：“我一直在留意，现在终于等到了。我觉得，只有广州塔才配得上你。想想啊，塔上婚宴，多么壮观；幸福摩天轮，多么美妙。让大家一起登塔俯瞰，来见证我们的幸福……”

她说：“之前看到过一个云端婚礼的新闻，在全球十大超高层建筑——广州 IFC 金蝉广场及停机坪举行，太奢华了。”

她拿出一个盒子，给他看。他打开，发现外三层里三层地包得紧实，忍不住问：“湘湘，是什么啊？”

她装着垂头丧气的样子，说：“打开吧，看看，很不好的消息。”

他终于打开了，是一个自助验孕盒。原来，她已经怀上了。

他抱起她，举过头顶，开心得大叫，不知怎样表达他的高兴。

她也叫，揶揄他：“你爸妈老是电话催促，好像我是不生儿的猫了。”

他轻轻地放她到床上，亲了又亲，又掀起裙子来，把耳朵凑上去听。

她有些害羞了，摸着他的头，说："有这么快吗？不到三个月呢！"

他们商量好了，就在广州塔举办一个浪漫而奢华的婚礼。

黄小峰把请柬发出去后，关杰是第一个打来电话的人，他唉声叹气，说现在在过苦日子，叫黄小峰有时间过来坐坐，喝喝酒。

来到关杰的公司，果然冷清，办公座位都空着，只有总经理办公室开着灯。关杰从来没有这么憔悴，头上的白发多了，额前白了一窝儿，圆圆的，看着像年画上的娃娃。关杰给他泡茶，两个男人闷闷地喝着。黄小峰问了阿雅。关杰摇摇头，说："走了，又来了，分久必合，合久必分，说不定什么时候真的走了。"黄小峰不信，看着他，想要问个究竟。关杰还是摇头，说："没有金钱，谁对你好？想都不要想。那年关磊磊一闹，她看着'转正'无望，公司也江河日下，看不到希望，便要了一套房子，自个儿住着！其实没有她，哪有我的今天？干起事情来拼命、专注、专业，我是服她的。"黄小峰信了，沉默了一会儿，继续听着关杰说："小峰，我在学校的股份，估计要撤出来了，等钱用。"

关杰的业务也一落千丈……他最后感叹道："时也，命也！"

黄小峰说："多保重身体。你不是还有广告标识牌的制作业务吗？"

关杰说："小业务，而且同业竞争者太多了！"

关杰计划回老家去，跟着黄幺狗混，先把工业园里的那块地盖起厂房来，搞搞铝型材加工，再顺便搞搞广告标识牌的制作。

“婚礼我肯定参加。”关杰说。

时间过得很快，到九月九日婚礼举行的时候，丁湘已经大腹便便，快到临产的日子了。婚纱照是在前几个月拍的，那时她的身材还不太显形。取景在沙面，还在校园和市民公园。

集体婚礼那天，来的客人并不多，黄小峰和丁湘只邀请了一些特别要好的亲友，如老家来的黄幺狗和翠花。黄大峰这次像个哥样，和他老婆陪着老校长老两口飞过来，女儿女婿都来了。男人一律西装革履，女人一律大红的套装，上了广州塔兴奋不已，东瞅瞅，西看看，不时惊叫一声。唐龙和诚诚的女儿正读初二，高出妈妈好多了，性格像极了妈妈，一会儿东北话，一会儿广东话，像是卖弄。卢强和乐萍的儿子“石头”更是成了小巨人，他内敛很多，和爸妈的性格大不一样，有些青春期男孩子的羞涩。梁可欣和韩雨还是那个样子，一点变化都没有，口口声声说不要小孩了，过一辈子的二人世界，惹得老校长老两口不断拿眼睛剜他们。老太太眼睛看着天上说：“我叫湘湘还生一个，人多力量大，反正政策放开了，湘湘也喜欢热闹。”关杰没有来，阿雅却来了。她什么都没有说，眼睛里满是幽怨。吴烨好久没有联系，打电话成了空号。朵朵成大姑娘了，眉眼里全是李嘉慧的样子，她里里外外地张罗着，老是叫丁湘坐着休息，生怕动了胎气。

证婚仪式在111层，寓意新人一生一世一直走下去。主持人问着同样的一个问题，要求双方在听完后再回答，“丁湘，你是否愿意嫁给黄小峰为妻，与他同住，和他结为一体，爱他、安慰他、尊重他、保护他，像你爱自己一样。不论他生病或健康、富有或贫穷，始终忠于他，直到离开这个世界？”丁湘不断点头，泪如雨下，大声地说：“我愿意！”黄小峰也大声地说：“我愿意！”

黄小峰给她戴上戒指，吻她。她心里怦怦直跳，她也知道，面前的这个男人多了一份特别的腼腆，是人太多了吗？他的脸都有些潮红？她不明白，两人在一起这么多年了，却仍然如新。她忽然想起，那年和他去看电影《卧虎藏龙》的一段对话。玉娇龙的男友罗小虎说：“小的时候，有一天夜里，我看见天上落下千万颗星星，我想，它们都落到哪里去了？我是个孤儿，就一个人去找星星。我想，如果我骑马到了沙漠的另一头，我就可以找到它的。从那以后，我就一直在大漠中奔驰。”

现在，她终于落到黄小峰的怀抱里，这怀抱是多么宽广，就像一滴水终于落到了大海里，她再也不担心会干涸，会孤独了。从老家带来的兰草，朵朵早就把它们结合在一起，种在家里的阳台上。它们适应得那么好，常年青翠如玉，季节到了，就开出小花来。朵朵从国外留学回来，又亲手把它们移栽到校园里，想不到那些兰草繁殖力特别强，今年一小窝，明年就是一大团了。

婚礼完成后，新人们坐上摩天轮的水晶观光球舱，围绕倾斜的椭圆形塔顶缓缓旋转。北望白云山，广州全城尽收眼底，他们看到广东国际大厦，看到中信广场，看到珠江新城的新高楼群，一种纵览天下的豪情油然而生。

从摩天轮上出来，丁湘就开始叫肚子痛。黄小峰抱起她，下电梯，打车送到了附近医院的产科。两小时后，一个女宝宝诞生了。一声清脆的哭声传来，妈妈发出了最温暖的微笑。护士把大声啼哭的宝宝抱进来，让母女初次见面。宝宝还没有睁开眼睛，只是不停地啼哭，但她一抱着妈妈的脸蛋，居然就不再哭闹了。妈妈不停地叫唤着宝宝，就像之前每一次胎动的时候，她都这样和宝宝说话，轻轻地叫唤她，给她讲着各种各样的故事。护士抱开宝宝时，宝宝又开始号啕大哭。

丁湘回到病房，疲惫不堪，又满心欣喜，她一直拉着黄小峰的手不愿分开。宝宝再回到妈妈身边时，妈妈掀开上衣，要让她吸第一口奶。宝宝有些慌乱，又开始了啼哭。不过当宝宝吸着妈妈的奶后，不啼哭了，还用欢快的小手不断地抓着。

黄小峰说："想好名字了吗？湘湘。"

丁湘说："没有呢，请爷爷取名字吧。"

老校长听了，脱口而出："我早想好了，宝宝生在广东，这是最南边的地方了，不如就叫岚儿，山岚的岚。"

丁湘轻轻叫了一声："岚儿。"

奶奶金铃坚持说："城市的婚礼办了，过一年回湖乡再办一个婚礼，好事要成双！"

下

中天公司的人来看望满月的丁湘母女，没有统一的安排，令人有些费解。

先是基层员工三三两两地来，笑得真诚，话也大胆，送的礼物也贴心，有山姆店里的肉菜或是奶粉，还有一笼小仓鼠。黄小峰给他们做湖乡三蒸，在猪肉、鸡块、整鱼上拌米粉，用水蒸熟，再放入葱花，浇上米醋，香气逼人，直扑每一个人的鼻子。大家围成一大桌子，吃得容光焕发，不时曝些中天公司的秘密，都与露丝有关，黄小峰和丁湘听得新奇。其实，露丝是江西人，每天都去健身房，好身材都是刻苦练出来的，却偏偏剪了一个男人发型，真是怪，令人百思不得其解。又有人说她是一个完美主义者，对人奉行完美主义，要求十分苛刻，有心理上的洁癖。现在，公司网络上正在抓出工不出力的“南郭先生”。

陈小明是带着露丝女士一起来的，他哼着歌，兴致颇高。露丝左一声杰克，右一声杰克，好像是要宣示什么。在派出了大红包，递出了一床名牌婴儿毛毯后，杰克像被电击一般地跳了起来，因为陈小明很官方地介绍露丝为中天公司的行政总监。露丝的眼里放出光来，她问着娃娃的名字想好了没有，接着高声为取的名字叫好，说“岚”这个词是全球前十的女孩名字。丁湘笑了，看着这一位在讲台上号称拥有两辆劳斯莱斯汽车的女培训师，竟然告别了她的恩师某某某，投身到陈小明的麾下，现在屈尊到这里侃侃而谈，真是让黄小峰感到“受宠若惊”。黄小峰考虑的是，陈小明给了露丝多少薪水？中天请得起这尊“大佛”？或许，钱不是最重要的；或许，陈小明的财富真是深不可测。

阿珍来时小心翼翼，这个和陈小明一起创立中天公司的女人，目前正在失意期。她身材高挑，面容白皙，五官不算精致，却有一种知性的成熟美。对比露丝的野性和张狂，陈小明更喜欢征服的快感。前些天，陈小明带着露丝去深圳参加一个销售大师的课程，据说价格不菲，七天七夜，住最高档的酒店，进行封闭式培训。回来时，中天公司的员工都收到了人事文件：阿珍任客户总监，露丝任行政总监。

阿珍总监带来的是广东妈妈坐月子的“月子食谱”。她说照此食谱做饭，妈妈吃后，康复快，奶水足。阿珍温柔地伺候着丁湘，柔声柔气地说着话，不时带出拖音来，让人莫名地感动。“我也是生过孩子的……”说到这里，她停下来，拿出手机翻找她孩子的照片，很快划到了一个虎头虎脑的男孩，印堂开阔，浓眉大眼，下巴中间有一个好看的凹陷。丁湘问：“随他爸爸吗？真帅！有点像个歌星！”黄小峰快人快语，继而唱了起来：“张明敏。河山只在我梦萦，祖国已多年未亲近。可是不管怎样也改变不了，我的中国心……”

阿珍脸颊泛起红晕，幸福、害羞，真是难以名状。她给丁湘喂糖水，几勺下来，又恢复了那柔声柔气的语调，甚至有些淑女般的优雅，“客户总监一直是我的梦想呢。做企业，业务决定一切。服务好客户，关系到企业的命脉。以后，我要好好服务丁总这个大客户。”黄小峰有些同情她了，其实真正的客户总监永远是老板，一个做行政的，在业务上没有积累，只能是市场上待割的韭菜。他隐隐感觉到了中天公司的危机，但愿露丝不要“挖坑”太深。

露丝真是挖了一个“连环坑”，就算把杰克埋进去也填不满。听课后的杰克每天容光焕发，准时上下班，接连下了三步大棋：一是解散工程制作部，这叫放虎归山，让后勤前移，赚了自家的钱，还能找市场的新蓝海；二是任命一名高级业务员为事业部总经理，直接与他这位公司总经理对接，这叫扁平化管理，提高运营效率；三是挺进珠江新城的广州周大福金融中心，决心打造本土广告企业的真标杆，这叫不入虎穴焉得虎子。把旗帜举高了，还愁生意不上门？

“决定了？”阿珍总监反反复复地问露丝，露丝给她看陈小明的亲笔签名。阿珍再去找陈小明，陈小明却是勃然大怒，拍着桌子骂她缺乏斗志，不干就卷铺盖走人。

与其说三步大棋堪称中天公司的休克疗法，不如说是秒杀死法，就像给长了几条蛔虫的娃娃灌下剧毒的农药。两三年下来，中天公司运营大乱，乱得无可救药。大家无心办事，只是一味地卖单挖墙脚。财务部门连连叫苦，入不敷出的状况让他们“巧妇难为无米之炊”。阿珍总监手足无措，只能看着杰克露丝每天勾肩搭背地上班下班，等着陈小明宣布中天破产清算。

大厦将倾，精兵良将逐渐散去。直到一天深夜，陈小明为大客户的饭局埋单，发现信用卡已经被冻结。兵败如山倒，巨大的开支并没有带来品牌增值后的业务爆发，加之人心一散，他只能釜底抽薪，把打出去的拳头收回来。

好在，露丝也一并消失了。后来传出消息，露丝原是一位爱上表哥的妹子，一直在情感和道德的夹击下苦苦挣扎，直到心理有些扭曲，特别是见不得黏黏糊糊抱在一起的男女，总是想法去拆散一对又一对情侣，号称广告圈子里的“情侣粉碎机”。

好在，阿珍保留了他的一些老客户，还能给破产的陈小明一口饱饭吃。

这些都是黄小峰过后才知道的，是阿珍告诉他的。那天，阳光明媚，黄小峰提着水果篮去看望阿珍瘫痪在床的母亲，也见到了他矮小的丈夫。女人的心天生是逻辑生成器，一波一澜，无须推理，皆靠第六感，准确无比。阿珍对他敞开了秘密，显示了一个女人的坚强，更宣示着她对另一位男人关系的重新定位与开始。她请他在楼下喝咖啡，慢悠悠地说着话，没有拖尾音：“真的，男人的帅气真的是‘毒物’。看不得，沾不得。”阿珍说，中天公司的“老基地”至今还在，由她独立打理，还时不时地给陈小明一些零花钱。

话到这里，陈小明也来了，他掉发了，额头更加宽阔。几阵眉眼的交流，与阿珍胜似老夫老妻。这气氛倒让黄小峰感到尴尬。陈小明问他带来了什么礼物，立马又说只希望送他钱。阿珍眼睛眯成一条缝，快速地瞥了一眼这个破产的老板："切，杰克，请不要说这些！"杰克的称谓实际上是一把最锋利的刀，关键的时候，拿出来威慑，不亚于撒手锏。

陈小明转移话题，说他已经正式拜倒在孔子的门下，开始正式做国学教育，他教孩子们学习正式的中华传统道德礼仪：怎么自我介绍，怎么吃饭举筷，怎么作揖下跪……他带着孩子们游学，看陈家祠，看五羊雕像……说罢，就推给黄小峰一个微信公众号，黄小峰习惯性地读出了声，居然是"道德学堂"。阿珍笑得岔了气："我觉得，这世界就你没有资格谈道德，还教什么道德，莫误人子弟！"陈小明知道自己头顶高悬的"杰克"之剑尚未撤离，只好一脸淡然，作有限的反击，正式辩解几句："我的学生可多了，我的学生可多了！"

晚上，黄小峰做东，请阿珍和陈小明吃晚饭，席间来了几位中天公司的老员工。几杯酒下肚，大伙儿都喊着要看陈小明和阿珍喝交杯酒。二人倒也不装，大大方方地喝了。可见这早已不是什么秘密，只是黄小峰不知道而已。他知道陈小明的老婆和自己一个姓，便关切地问了问。陈小明翘起唇来笑，有些孩子气的俏皮："老婆是名义上的，两层楼，两张床，各睡各的。唯有这位——"他伸出手臂，把阿珍揽在怀里，在额头上亲了一口，继续说，"珍珍，才是我的最爱。同样，我也是珍珍的最爱！"阿珍有些娇羞，骂他"神经病"……

黄小峰推杯换盏，很快就醉了，他觉得这酒特别上头，脑袋像被人强按着似的，硬是抬不起来。突然，丁湘闯了进来，怒气冲冲地问："黄小峰，你干吗不接电话?"陈小明嘻皮笑脸地对丁湘吹酒气，语无伦次地说："谁……谁的电话都可以接，唯独不能接老婆的电话。这……这是规矩！阿……阿珍总监，待……待会儿统计下，这单黄小峰埋定了!"

阿珍知道有正事儿，赶紧把手机还给黄小峰，却被陈小明抢过去了，果然都是丁湘的未接来电，数一数，共八个。陈小明乐了："呵呵，八千块！还有下……下次!"话音没落，扑通一声倒在沙发上，呼呼大睡起来。

丁湘夹起黄小峰的胳膊，压着嗓子坚定地说："快走，吴烨出事了。"

吴烨其实一直干着印刷，他的印刷厂开在北江大堤的外围江滩，前些年生意一直不错，但最近几年环保不达标，最终导致现在关厂了。

除了印刷，吴烨还能干什么？这么多年，他一直"躺赢"，几台机器根本没有升级优化。工人几年换一批，活儿稳定又多金。他是小镇印刷圈里的爷们，什么都看透了，闷声发大财，从来没有求过人，也没有忧愁过。但现在，他终于干不下去了。搬出去吧，他毫无竞争力。他的思维已经凝固，就像厂里的那些铁疙瘩，敷了厚厚的一层油，拒绝与外界交流，生怕被氧化。夜里，他经常看着奔流南去的江水，想起年轻时读过的一句课文："生于忧患，死于安乐。"于是，只要一闭上眼睛，梦就来了：他在沼泽地狂奔，很奇怪自己没有陷进去，他大喜，蓦地，一柄钢叉从天而降，直奔他的天灵盖；他想躲避，但钢叉的寒光一下亮瞎了他的眼睛。或是"嗡嗡嗡"，天上密密麻麻的无人机飞个不停，苍蝇一样地落下来，歇在他的排污口，歇在他的账本上，歇在他的耳朵里，"嗡嗡嗡!""嗡嗡嗡！”再就是年轻时最喜欢看的警匪片，一遍又一遍地重播，那狙击手的枪洞，像个巨大的黑洞，飞快地旋转着，把自己吸进了，撕碎……

赌最后一把的灵感，来自那个大写的“拆”字，它令人心花怒放。要是哪家墙上有了个“拆”字，母猪也会变嫦娥的。

在黄小峰眼里，吴烨是个贪婪的机灵鬼，鬼点子多，喜欢用小聪明来挡大风浪。刚来广东那一阵，吴烨常常拿查暂住证的事吓唬黄小峰三人，说公交车也不能坐，治安队会拦车查证。最好的办法是学会广东话，说最地道的广东话，一句就能保证平安过关。于是，三人经常唧唧歪歪地学广东话，偏偏黄小峰最笨拙，说不准就请吃消夜。一次吃完盐焗螺蛳回来，被骑摩托的治安队员拦了，吴烨使眼色叫黄小峰说村子里的白话，结果还是被“请”进了大院。照例是丁湘来赎人。出了大院，三人一起问吴烨：“你不是会说吗？为何你不说白话？”吴烨一本正经地说：“难道要我永远护着你们吗？没有我，你们遇到治安队怎么办？”

丁湘和黄小峰来到吴烨的印刷厂前，发现大堤上灯火通明。吴烨站在印刷厂门头的铝板招牌上，与面前的拆迁队伍对峙了八个小时。一位女志愿者正在给他做心理疏导，滔滔不绝地讲着，绘声绘色，颇具感染力。

在生命面前，一切都是小事。挫折再大，在时间面前都会成为过眼云烟。但放弃生命，无疑是不可饶恕的罪过。如果何万富度过金融危机，那么他的地产项目就会遍地开花，书写一个个成功的商业传奇。同时，他的纺织王国也会枝繁叶茂，欣欣向荣。至少，富达服装厂完全可以开到湖乡去，为那里的人提供工作机会……

丁湘的到来，让那位女志愿者决定说服拆迁队伍停止工作，暂时下班，回家休息，等待命令。吴烨以为取得了胜利，从门牌上下来，跌跌撞撞地跑过来，给丁湘磕头。

丁湘扶吴烨起来，给他讲何万富的故事。每个人都有糊涂的时候，哪怕他是商业天才。商人赌什么都可以，唯有不能押上生命。留得青山在，不愁没柴烧。

吴烨沉默了。黄小峰说："你赚了那么多钱，你一辈子也花不完了。你赢了那么多次，输一次又何妨！"

"那我还能做什么？"吴烨喃喃自语。

"你应该有了答案。"丁湘说，"把你过去没有想过的都想一想，把你过去少走的路都走一走。广东需要一个全新的你，湖乡也需要一个全新的你。"

说来有些惊喜，吴烨主动关闭了印刷厂，并且政府对他进行产业引导，还告诉他一块待拍的工业园区的新厂房。吴烨没有参与竞拍。工业园的招商办事员来找他做工作，人家的架子放得低低的，问他："吴总，工业园环保达标，配套都很先进。"他摇摇头，像哲人一样回答："时间过去了，人不能两次踏进同一条河里……"后来，他给那位女志愿者的网络心理治疗平台注资，以短视频为主阵地，干起了公益事业。在平台首播的时候，吴烨作为投资人，对着镜头，很有感触地说："为什么我们富了，心却病了？我们太久太久没有关心自己的精神了……"

朵朵是第一个将那位女志愿者的心理治疗引入线下的人，她在国际学校的校园开辟了场地，关注孩子们的心理健康，并在学校开展相关主题活动，得到了家长的好评。

第十一章

上

当黄小峰再次踏上湖乡大地的时候，一场史无前例的瘟疫正在天空下隐秘地酝酿。但大家都沉浸在年底的喜庆气氛中。

高铁进入岳阳，就进入了广袤湖区的南端，那灰蒙蒙的天空是黄小峰儿时熟悉的天空，对比广东的蓝天白云，很难引起人们的好感。这次北归，黄小峰有三件重要的事情要办：一是黄智禾工厂新增生产线的剪彩仪式，二是岚儿的周岁庆典，三是补办和丁湘在老家的婚礼。

黄智禾变得越发“佛系”，少玩麻将，定时定量，绝不熬夜，绝对不沾烟酒，开始努力追求健康长寿。他公开地对下面的人说：“厂子的事情，大家不必豁出命去干，做好本分，八十分即可。一年下来，大家都能养活自己，我不找老板追加投资，就是最大的成功。”为了图个放心，厂里雇请的人都是亲戚。哪知这并不省心，亲戚里也有派系，钩心斗角，你拿我偷，真是人心不古。刘麦花一心教育孩子，把孙子看得比天大，现在都常住武汉了，即使厂里有天大的事儿也不回。黄小峰没办法，只能让老木匠帮忙看着。老木匠精是精点，可惜老眼昏花，思维迟钝，行如枯木，死猫也镇不住耗子。隔三岔五，老木匠就在夜里给黄小峰打电话，叫他多回来转转，自己的厂交给外人，怎么行？

这些天，黄智禾确实忙起来了，亲自去站里取了黄小峰从广东发回来的机器，自己先接受第一波培训，再安排那些懒懒散散的亲戚员工接受培训。接着，发起了一次大扫除，把厂子的里里外外都洗得干干净净。最后，在门口挂了一条红幅："热烈欢迎各位领导莅临我厂指导工作！"

鼓声咚咚，鞭炮齐鸣，八个身着红衣的女孩在红地毯上跳起了舞，音乐激越。音乐一停，黄小峰、丁湘和黄智禾便带着一帮地方领导上台剪彩。大家热情地握着手，说着恭维和鼓励的话语，很快把程序走完。黄小峰带着新闻站的通信员和湖乡的"网红"们参观厂子，但他自己都觉得这作坊式的车间没什么亮点，有意提升工厂。领导走后，黄小峰想到之前与黄智禾的约定，也就没有提要求。丁湘给了广东一化工企业老总的电话，考虑引进人家的生产线，生产酒精和消毒液。

是时，一辆七座的宝骏车停在厂子的门口，黄大峰从车窗里探出头来，欢声喊着朵朵、丁湘、黄小峰。这是破天荒的一次礼遇。

上了车，就见老木匠追出来，他喊着朵朵，用手在朵朵的头发上抚摸着，大声问："是不是要走了？"朵朵说："不走，我还会回来看你的！"老木匠笑了，说："小丫头净骗我，上次也这么说，三年没回来。呵呵……"老木匠从裤兜里摸摸索索寻了半天，掏出一个一次性的塑料袋子来，一层一层地剥开，拿出一沓百元的钞票，塞给朵朵。朵朵哭笑不得，丁湘哽咽着说："接住。"朵朵便接了。老木匠呵呵地笑了，"在路上买好吃的啊。"又看看黄小峰和丁湘，板着脸说："李爷爷给的，不许管她！"

黄大峰大声说："您老照顾好自己，他们有钱得很呢！您走开些，我们要走了！"老木匠挥挥手，说："走吧，走吧！"转身过去，用手擦眼睛。

黄大峰开动车子，一个直角转弯，来到大马路上。他开口还是谈弟弟的房子，说嫂子又和奶奶吵架了，老是说老人煮饭后的锅洗不干净。黄小峰有些烦，问道："怎么会洗不干净？咱妈不是很讲究的一个人吗？里里外外，上上下下，都收拾得干干净净呀。"黄大峰只叹气，说："老了，老了，过八十了，还是人吗？"朵朵好奇地问："伯伯，那不是人是什么？"黄大峰脱口而出："是'老垃圾'！"他缓和了一下语气，看了看丁湘的脸色，说："这不是我说的。你们不知道，湖乡现在的女孩找婆家，家里有了六十岁以上的老人，统一封为'老垃圾'，一律都不嫁的！"朵朵反问："那世上有不老药了没有？"黄大峰不答，却问朵朵什么时候结婚，朵朵说不嫁。黄大峰大笑："咱家朵朵也怕'老垃圾'啊！"

车到酒店前，黄大峰问岚儿的周岁庆典和黄小峰、丁湘二人的婚礼分别定在什么时候，还强烈要求不要在酒店摆酒，要去他家里摆酒，说在家里才有家庭的气氛。黄小峰看看丁湘，感到蹊跷又感动，黄大峰的话不是没有道理；但他们一家现在是四口人，那个最小的单间还够住吗？

黄小峰说："先办岚儿的庆典，定在春节前吧；春节后再办婚礼。"黄大峰说："就这么定了，就去我家举办！还有，我要看看我的宝贝侄女岚儿哦。朵朵，快带我去看看！在哪个房间?”

岚儿周岁典礼定在腊月廿八，婚礼定在正月初六。这主要是考虑到很多走南闯北的湖乡装潢人回家很晚，在公家办事的亲戚同学们回家更晚却上班更早。黄家亲戚不多，两个外嫁的姑亲，还有四个长辈的姑亲；丁家没有人，只有照看岚儿的一个小保姆。她来自丁湘的老家，叫丁丁，颇懂得些人情世故，她叫丁湘为“亲姐”，她对有些落寞的丁湘说：“亲姐，岚儿的仪式，我就是你坚强的后盾！别忘了，我亲姐也是有娘家人护着的!”

按照湖乡人的礼数，周年的娃娃要坐上中堂的方桌，对着祖宗、亲戚和邻里“抓周”，就是用手抓起身边的物什，来预示他一生的性格、命运和成就。父母常在娃娃的身边放好葱蒜、笔墨、算盘、钱币等，无一不是吉祥的东西。葱蒜预示聪明向上，笔墨代表文化，算盘代表金领职业，钱币代表富足……

而关于老家婚礼，二人商量好久了，准备办一个最传统的湖乡古典婚礼，去湖乡的荷花世界：新娘一身红袍，在贴心伴娘的静候下坐在荷花亭里，头顶红盖头，听远处微波荡漾，摇橹的声儿响起。唢呐声声近，新郎一身状元袍，携一对红桶，摇着小红船，搭着牵亲娘子的玉手，来到荷花亭。一拜天地，二拜高堂，夫妻对拜，双入洞房。新郎掀起大红的盖头，牵着新娘的玉手，一起下船，划起双桨，划向浩渺湖域的远方……

一切都在有条不紊地进行着，丁丁去田里挖最新鲜的葱蒜苗，在冰冷的自来水那里冲刷。她拒绝小厨宝里放出来的热水，说会烫蔫了绿苗儿。最后，她用红色纸带把抓周的物什装饰一新，显得喜庆又大气。黄大峰带着黄小峰一家人去祭祖，一路上对着邻里抛烟撒糖，把气氛搞得足足的。朵朵是最出彩的明星，她高挑的身材，不凡的气质，大方地待人接物，更像是丁湘的亲生所传。老木匠被朵朵早早地接过来，和老校长夫妇一起坐在厅里，高声说着话，笑得合不拢嘴。

抓周前，有些意外的是，年轻的黄村支书带着一帮人站在对面的马路边，抽着烟，好像有什么事儿。黄小峰走过去，递烟："书记，进门坐坐?"村支书后退几步，举手外推："不客气，您的事情，抓紧办啊!"又拿眼瞅瞅黄大峰的屋里，说："好在人也不多!"听得这话里有话，黄小峰便折回来，让礼宾宣布典礼开始。

岚儿穿戴一新，在大家的注视之下，居然抓到一棵青菜，递给妈妈。丁湘一看，这青菜真是难得，冰天雪地了，还能叶阔独秀，只是茎小，有重锯齿。"雪里蕻!"黄小峰大喜过望，他悄悄地对丁湘说："雪里蕻代表坚贞不屈的爱，是岚儿送给我们的礼物!"礼宾也大喊起来："礼成——！雪里蕻，一个注定大红大紫的孩子!"

村支书这才进了屋，有些紧张地说："你不知道，上面有要求，这个冬天办事从简，不要聚集!"湖乡的人们没有一点变化，紧张的还是先知先觉的人们。黄小峰和丁湘都在手机上了解相关信息，半夜里，他忍不住摇醒丁湘，说："回广东，明天就回!"她吃惊地看着他："这真的就这么厉害吗?我们的婚礼呢?"他坚定地说："这次我们没有开车，一切依靠公共交通，迟了就回不去了。"他把她拥进怀里，温柔地说："来日方长，我们还年轻。"

第二天一早，他们一家人就到了镇上，买了一包口罩。黄大峰亲自开车送他们到高铁站，聊得最多的还是要给弟弟盖房子。黄小峰说了诸多理由，都被黄大峰一一驳回，哥哥这次绵里藏针，换了手段，让弟弟无法不认真面对。最后，两兄弟讨论的结果是，如果能在亲戚里找一个人来监工，弟弟的房子随时就可以动工。

上高铁前，朵朵给老木匠打电话，老木匠第一句就是："就知道，你又骗我，你又走了"，让朵朵泪流满面。临挂电话时，老人在电话里大笑着喊："朵朵，要买好吃的！爸爸妈妈，不许管啊！"

风尘仆仆地赶回家，已是深夜。看微信，省城已经"按下了暂停键"。一家人大感庆幸，丁湘连连称赞老公高瞻远瞩，是个帅才。现在，他们在广东的事业就可坐镇指挥，照常运营。然而他们又开始担心老家，担心湖乡的家里人。老人那么多，他们能冲过这一关吗？黄小峰想了想，说："不怕，这就是湖乡的优势，自给自足，吃喝不愁，自保不难。"

他们疲惫不堪地睡去，半夜丁湘就发烧了。用温度计一量，39.9℃。莫非染上什么病毒了？她噘着嘴打趣道："土旮旯湖乡，只会欺负外地人！"黄小峰也笑道："这不叫欺负，这叫荣誉，你中奖了！"找来感冒药，她吃下去，又睡了。出了一身汗，烧退了。大家才松了一口气。

中

黄幺狗是最平静的一个人，他不扎堆，不议论，几乎毫不关心何时可以出去挣钱。当志愿者进村巡逻的时候，他开始追剧，《乡村爱情故事》一共多少部，多少集，演了些什么，他都烂熟于心。翠花是他的绝配，也是他忠实的追随者。老两口坐在沙发上，双腿高高搁在茶几上，一边嗑瓜子，一边看电视。

这是有史以来最长的一个年，黄幺狗说："老天爷知道大家累了，腊月廿四才回来，正月初三出门，还不是为了一个钱字？祖宗少人陪了，留大家多住几日。"他去看了他的老师老校长。在门口遇到金铃，金铃看到他提着礼包，唤他一声"黄老董"。他"嗯"一声，走了过去，突然又转身回来，对着金铃大喊："叫我黄幺狗，黄幺狗！"老校长聋得厉害，听不清他说什么。金铃这才看清黄幺狗给老校长递过去的红包和鲜艳艳的大礼包，便说："没说什么。"说完，她接过红包和礼物，走开了。

老校长说出的话声音最大，常常传遍十几户人家，让过路的人都听得清清楚楚。老校长说："湖乡几个村子，数你黄幺狗最有出息。黄大峰和黄小峰不如你，你要多多关照他们。关杰和卢强更不如你，你要多多带着。东头的吕老哥，钢化厂开起来了，为泥腿子修了一条路；西头的李小虎，搞了个铝材工业园，不知道是不是炒地皮瞎忽悠……我说啊，还不如装了路灯，把黄村的马路加宽些。还有，把年轻的孩子们组织起来，开个会，给他们讲讲黄村历史，认认自己的叔叔伯伯……你要是都带起来，让大家伙儿抱起团来，湖乡人就威风了，湖乡的面貌就要改观啰！"

老校长的话就是"圣旨"，黄幺狗一一做了计划，就是不声张。清明一过，到处都是漫天的金黄。阳光灿烂，鸟语花香。他爱上了菜地，早早地刨走了大萝卜，种上了一畦又一畦的辣椒苗。他爱苗胜过自己，总是蹲下腰来，用手把土坷垃捻碎，把一根根杂草轻轻地拔出来。同时，村里的庄稼汉们开始推出小船，撒播虾苗。

黄大峰是年后第一批外出的湖乡人，他的小车贴了盖着大红章的封条，开着宝骏，一连驾驶了两千多公里，来到了他在佛山的旅馆。旅游业迎来了寒冬，病毒东西南北地旅游，不再固定在一省一市，哪一天不看疫情公告，酒店都没法营业。与其这样，黄大峰觉得还不如在湖乡待着好。

广东真还不一样。关杰的生意几乎没有受到什么影响，甚至比前时多出几单。学校没有人，装潢建设可以大刀阔斧地干。疫情不可能不过去，每一位校长都在趁机建设好他们的地盘。可令人沮丧的是，没有工人。关杰急得拍桌子，夜里梦到他公司来了好多人，一个个虎背熊腰，给他烧电焊，切割铝板，爬上桁架，安装液晶显示屏……他笑醒了，发现自己只身坐在学校行政楼的洗手间里。他大惊，摸摸屁股，裤子上有些湿。他猛然记起，刚才在外面摆桁架，他尿急……怎么就坐在厕所里了？他不由自主地加快了脚步，走出了行政楼的大门。一轮满月下，学校的灯光十分明亮。关磊磊在主雕塑下面烧电焊，何美好和阿雅在围墙边收拾杂物和垃圾。一个帅三个兵，这是多么奇妙的一个组合。

他大声喊道："过来！"儿子头也没抬，只有何美好和阿雅抢着跑过来，望着他，等他的命令。他没有说话。何美好发现了蹊跷，有些着急地说："老关，你是不是摔倒了？"阿雅围着他转了一圈，叫了起来："磊磊，老关摔倒了！"儿子这才慢悠悠地放下焊机，慢悠悠地走来，看看父亲，恶狠狠地瞪了阿雅一眼。"是的。我摔倒在厕所了。"关杰冷冷地说，"我是不是心梗了？我是不是老了？"儿子盯着他看，俏皮地笑了：“老爸，别摆烂，拜托！你累了，只是睡着了！”关杰像被泼了一盆冷水，从头凉到脚，他咕咕噜噜地自语道：“是睡着了！人死了，也是睡着了！”同时转过身去，一屁股坐在车里的后排座位上。

何美好好久没有看到儿子这么俏皮的笑容了，她似乎重新找到了家的感觉，那么熟悉，那么美好。二十多年前，一家人还在湖乡，关杰是村办学校的老师，每天按时上下班，吃饭睡觉都是有说有笑，其乐融融。夜里，磊磊响起了轻微的鼻息，关杰开始抱怨校长的不公，描绘他宏大的事业愿景，让何美好的大眼睛忽闪忽闪的。喝饱了蜜糖的女人满脑子的甜，睡也睡不着。后来来到广东，二人整天整夜地忙赚钱，从广州的火锅城到湛江的酒店，再到东莞的地产公司，最后自己独立创业，钱是越来越多了，夫妻间的话却越来越少，直到眼前的一地鸡毛。何美好想，要是没有阿雅，那该多好。又觉得自己幼稚，没有阿雅，还会有其他的女人，因为关杰就是陈世美。可是，她能把阿雅怎么办呢，她和“陈世美”的女儿都三岁了，打断骨头连着筋……好在她有关磊磊，关磊磊迟早是家里的天，不，现在就是家里的天。

何美好无比温柔地对关杰说：“老关，回去休息吧。”关杰点点头，不起身。何美好只好来求关磊磊，她幸福地说：“儿子，送爸爸回家休息吧！”儿子专心地烧着焊，硕大的头盔下火光四溅。儿子扭过头，对着阿雅努努嘴，说：“走开点，注意安全。我还有两个钟头就可以装上去了，明天校长要检查。”何美好没吭声，阿雅早走了过来，她把关杰扶起来，让他坐在副驾驶座位上。自己发动了车子，“滴滴”响两声，开走了。

何美好踢翻了关杰喝剩下的半瓶矿泉水，大声说：“老娘我明天就去学车！我要开法拉利！”

阿雅和关杰摊牌了，她的财产分割方案得到了关磊磊的同意，分下来的结果用一句话概括，就是关家的公司几近破产。阿雅的房子在新区，已经还完贷款，价格是何美好的两倍。在何美好的坚持下，关杰一次性支付了阿雅女儿从幼儿园到大学的所有费用，按照东莞民办学校的标准来算，差不多划走了公司账上所有的现金。何美好要求他们彻底分手，以后父女兄妹都不要相见。

吃完散伙饭，阿雅淡淡地对何美好说：“大姐，如果你要我那一份，我们可以交换。”何美好杏眼圆瞪，站着叫了起来：“你——想得美！”

广告公司是空壳子，最大的资产就是老板的脑子和人脉。这一点，何美好懂，关磊磊更明白。关杰盘点了全年应收的款项，可以满足儿子的结婚所需和公司的基本运转。他叹了一口气，对着天空说道：“世上最毒妇人心啊！”

真是祸不单行，三个月后，关杰竟然真病倒了……何美好卖了房子，租了间小的，天天伺候着有些痴呆的关杰。后来关杰又在体育馆附近开了一家广告复印铺，接点小单小活，慢慢地给关磊磊攒结婚彩礼钱。关磊磊哭了，说：“人都没了，还要彩礼干什么？”

又一个清明节到来时，在人们的盼望中，一切却都没有改变。

黄大峰在自己的店里待着，希望生意尽快好转起来。胖脸嫂说，生意不好，就要闹闹人气，不如趁此，装修一下自己的店。于是，他们齐心协力启动了装修计划。他叫人做了一个发光字招牌，准备安装上去，这对一个干过门窗装潢的人来说就是小菜一碟，黄大峰有的是力气。

但黄大峰高估了自己，或者说，低估了自己衰老的程度。几年前，还可以单手拿二十五公斤重物的黄大峰，被这块发光字招牌带下来了，重重地摔在地面台阶上。胖脸嫂大惊失色，第一次打通黄小峰的电话，却发现自己已经不会说话了。

之前，兄弟俩虽然相隔不到三十公里，却老死不相往来。有几回，丁湘接他们一家子过来聚餐，胖脸嫂还絮絮叨叨嘀咕一通，不是说出门一身汗，就是金窝银窝不如自己的狗窝……最后一次，黄大峰在弟弟家里抽烟，找了半天，找不到烟灰缸，突然愤怒而去，再也没有来过。

那家人娇贵，穿了几天有档次的裤子？嘚瑟个啥？哥嫂俩愤愤不平，每一个毛孔里都是气。只是在疫情后第一次来广东，给丁湘打电话，说带了湖乡的鱼干肉干，想来弟妹家玩几天。丁湘婉转地拒绝说，学校正在等待政府的验收，现在根本没有时间接待哥嫂。

下

黄小峰费了九牛二虎之力，才让黄大峰住进医院，有了床位。

按说，从三层楼的女儿墙掉下来，不至于这么严重，但黄大峰缺钙，血压偏高。看来治好他的伤不乐观。

黄大峰的腰部脊椎有两节发生了粉碎性骨折，医生建议积极治疗，做手术，动刀子，打钢钉进去。胖脸嫂嘴巴一开一合，听得心惊肉跳。问了手术费，偏偏这年忘了交医保。黄鼠狼只咬病弱的鸡，真是作孽啊。胖脸嫂不同意手术，想回老家保守治疗，还说有人也是这样，睡了三个月就好了。这话语天方夜谭，但医生并没有否认，说：“民间确实有这样成功的病例，躺在硬板床上不动，也可以固定，让脊椎自己慢慢恢复。”

但黄小峰说服了哥哥，在这里做完了手术，半个月后出院，包车送哥嫂回湖乡。同时，黄小峰的三层小洋楼开工兴建了。回来监工的，是朵朵。

这是兄弟俩的一次秘密交易，如果弟弟不建房子，哥哥就不在广东手术。回到湖乡的第一件事情，就是让胖脸嫂把两个“老垃圾”赶出去，然后躺在床上保守治疗，效果未知。一句话，不听哥哥的，哥哥就带着爹娘死给你看。

回到黄村，朵朵将工作搬上了网络，并开始了网络直播，在黄村创造了一个令湖乡庄稼人打死也不敢相信的奇迹。

那日，她刚下网约车，就看见一个女孩在对面的禾坪上一颠一颤地打圈儿，不时扭动腰肢，跳舞一般；定睛细看，女孩面容变形，嘴巴张成一个弧瓢，节律性地吐着舌头。女孩挤出几个字，说：“你是朵朵，我知道你。”她口齿不清，没有语调和情感，机器人一般，说话十分费力。

“啊，车祸后遗症——！”朵朵张着大大的嘴巴，差点叫出了声。读中学时，她知道自己村里有一个患有车祸后遗症的女孩黄胜男，就住在自家新台基的对门。黄胜男生活不能自理，为了照顾她，父母只能在家务农，因为生活拮据，一贫如洗，常常为她高昂的医疗费用发愁。她那父亲，少年时曾是黄村有名的帅哥才子，一把口琴吹得天花乱坠。现在只是眯着双眼，刀片一般，似要割开这人世间的秘密，一看究竟。上了年纪的人都爱二胡，他坐在厅堂里，拉着二胡，拉得浑身乱抖，十分投入。二胡声凄婉，他常年不剃的黄白胡须下吼着花鼓小调：“有些人啊，生来就住在福地呀，喝不完的小酒，吃不完的肉啊咿呀嗬；有些人啊，生来就掉进陷阱里呀，哐当哐当哐当，一声声响，我往下掉呀，出不来啊，你何苦死死把我纠缠啊咿呀嗬……”

黄幺狗回黄村做的第一件叫得响的壮举，就是为黄胜男举行了一场盛大的慈善募捐活动。他把在广东学到的慈善新举措第一次照搬到湖乡，照样引来了人们的拍手叫好。善良是没有地域差别的，它是每个地方都通行的语言。在这年黄村春社之夜，黄幺狗增加了一个环节——为黄胜男举行募捐。主持人宣布完主题，他就在唢呐声里第一个走上舞台，将一张五万元的支票送到黄胜男母亲的手里。黄胜男的母亲时年四十岁出头，年轻时嫁过来是有名的美人媳妇，而今仅存标致的轮廓，脸面已是六十岁的模样。她拿着支票看了又看，喜极而泣，似是抓到了女儿最后的救命稻草。接着，由黄幺狗邀请而来的湖乡富裕户们鱼贯而上，一共募捐了三十多万元。

但漫长的治疗是一个巨大的吞金兽，三十多万元的巨款没多久就用光了。黄胜男走北京，下上海，全国著名的大医院走遍，病情仍然没有明显的好转。改变的只有年龄，还有掩饰不住的沧桑。父亲头发差不多全白了，母亲居然开始掉牙。黄幺狗的募捐仪式很难有持续性，它更多的是一次性消耗品，黄胜男的一生可能只有一次机会享用。

好在朵朵回来了。她小黄胜男五岁，但病魔在二人的命运之途上划出了一道天渊。朵朵找黄胜男父母，开始策划，她想整合网络的资源，掀起一场关注车祸后遗症领域的巨大洪流。

“那怎么行？那怎么行！”黄胜男父母的脑袋筑起一道城墙，他们不想让女儿再一次受到伤害。“我想试试，我想试试。”黄胜男费力地一字一字地说出来，她的眼里充满了期待，不断地吐着舌头说：“我相信朵朵。她是我的妹妹，不会伤害我的。”

于是，黄胜男的众多短视频平台账号开通了。一位家在长江边的车祸后遗症女孩，扶着康复助行器，在湖乡的村居、田野、河沿下扭扭转转地行走，她不停地吐着舌头，表情似笑似哭，向网友介绍着湖乡的云彩、水稻、昆虫、麻鸭、小龙虾、大黑猪……她的湖乡节气直播，让异乡的游子们听得满心欢喜又泪流满面：“惊蛰蛤蟆前，白田改水田。惊蛰蛤蟆后，水田好种豆。惊蛰不冻虫，冷在五月中。”“立夏过后雨水多，河沟到处水声和。”“立秋无雨到重阳，重阳无雨到十三。十三无雨一冬干，十三没有十四灵。十四无雨下不成，靴子木屐吊断绳。”……

三个月下来，黄胜男的粉丝量飞速增长，很快突破了一万人。朵朵开始邀请专业人士，与她视频连线直播，引发了越来越多人的关注与关心。黄胜男每天能收到几十到几百元的捐款，更重要的是，一位车祸后遗症权威专家关注到她，给了电话和地址，邀请她去治疗。

朵朵一炮走红。黄小峰的女儿就是能！在湖乡人的啧啧称赞里，她把黄胜男一家人送上北去的高铁。一回到黄村，她开始规划自家三层小洋楼的建设。她的设计特别新颖，因为湖乡就是最大的风景，她把房子设计成太空飞船的样子，大片湖乡楚文化的园林穿插点缀，科幻与古典相映成趣，令人大为惊叹。

关磊磊回来了，他要专心考研。待在自己家的房子里，天天背单词，遇到难题，就跑来问朵朵。朵朵顺便安排他跑跑腿，买买建材，或是给混凝土浇浇水。

是日，关磊磊问朵朵："你读的是哪所大学？"朵朵却问他："你为什么要考研？"关磊磊诚恳地说："我要和优秀的人在一起，也要和优秀的人一样。"

朵朵仰起头来，看着他，看他是不是在耍调皮。实际上，他越来越笨拙了，没有了机灵劲儿。他说在她面前他很害怕。果然，他递给她一瓶水，手都发抖。

朵朵一本正经地说出她的大学和她的专业，还有她未来的职业规划。听着听着，关磊磊的头就耷拉下去了。他问："你是不是在骗我？叔叔阿姨这么好的事业，你不继承了？"她赶紧反攻："叔叔阿姨这么好的事业，你也不继承了？"关磊磊笑了，说："小广告铺子，哪里是什么事业！其实，我最想去当个老师，最好是大学老师。"他看着远方的田野，夕阳西下，云霞漫天，辽阔的天际，有一种充满想象力的幽美。

朵朵突然说："我懂了。加油！"

关磊磊赶紧说："谢谢，我只是读了个三本大学，蹉跎了光阴，现在一定要赶回来。"

朵朵有些同情他，打趣道："那，你不就和我这么优秀的人站在一起了？"

关磊磊笑了："我有这机会吗？其实，大学里不是也有心理学和教育学的专业吗？"

朵朵笑了。在父辈努力改善物质生活的努力下，湖乡人都脱离了贫困。在物质极大丰富的今天，年轻一代该多一些关注人的精神了。

门前，黄村马路的拓宽工程正在有条不紊地进行着。满载小龙虾的小货车飞快地奔驰着。黄村的人们都在自家的门前坐歇着，一声不吭。

隔着几户人家，胖脸婶正陪着黄大峰坐在门口看云霞。胖脸婶惊奇地喊道：“大峰，你看那些云霞，就喜欢变来变去的，一会儿像个牛角呢，一会儿像条小狗了，会不会要像头猪了？”黄大峰乐了，说：“是啊，马上要像你了！”胖脸婶一听，立马变脸。

黄大峰又说：“你的脸，有了云霞的红光了，是你染红了云霞，还是云霞染红了你？”胖脸婶嗔怪地大叫，在他手上轻轻打了一下，“喂！说什么梦话呢？听不懂！”

第十二章

上

唐龙头脑灵活，行动迅捷，像一条翻江倒海的龙。他常说，是虫，你就畏畏缩缩地爬行，躲着大风大雨；是龙，你就翻江倒海，推波乘浪，转危为机。

唐龙的餐饮店是倒闭最快的一批，他说，这叫止损。他的网络直播又是动作最大的一批，他说，这叫变革。他比黄小峰看得更清楚，传媒行业到了流量为王的时代。万马奔腾的世界，只有流量才能成就王者。唐龙广告不再叫户外媒体，而叫流媒体。唐龙谈业务，开口闭口就是“我有多少屏”，不熟悉的还以为他在说自己有多少兵。其实，“兵”就是“屏”，“屏”就是“兵”。

在吴烨投资网络心理平台取得成功后，唐龙广告是第一家挤进来的天使投资人。凭借黄小峰和朵朵的加持，唐龙广告顺利注资。尝到甜头后，它马不停蹄，像一头嗅到了血腥的巨兽，开始到处寻找猎物。不到一年，唐龙流媒体先后孵化出了十多名小视频大V（获得个人认证及拥有众多粉丝的用户），他们遍布全国有代表性的地区，活跃在各大短视频平台上，展现出强大的拓展能力。

二人的分工很明确，唐龙负责冲锋陷阵，黄小峰负责后勤保障。这真是一对绝配。

朵朵是一位引流的高手，一个人出镜，换个发型，能把心理障碍疏导的工作做得出神入化，妇孺皆晓。台上一分钟，台下十年功。镜头前的欢声笑语和点赞不断，需要镜头后的反复酝酿和精心策划、制作。其实，这些都不是最重要的，最重要的是个性化的演技和新颖独特的内容。

在湖乡盖房子的同时，她又策划了两个项目，都收获了巨大的流量，为唐龙流媒体增加了两台“流量收割机”。一是农村自建房项目，二是湖乡节气项目。他们传播湖乡的文化、风俗、故事、物产，甚至是一只小螳螂，都能引来上万点赞。他们开始直播带货，开始售卖湖乡的油炸小吃和鱼米特产，每天都有不少快递包裹发往大城市。

黄幺狗感觉自己落伍了，他完全看不懂眼前发生的一切。现在，他成立了湖乡的合作社，引进来大批农用机械，为种田大户培育秧苗。但他也做了令乡人嫌弃的事情，他的养猪场味道太大，把整个黄村熏得臭烘烘的。

朵朵打投诉电话，村支书上门来做朵朵的工作，并让黄幺狗尽快整改。关磊磊写了帖子传到网上，一度成为湖乡的热门话题。

房子正在封顶，麻烦事来了，一桩接着一桩，都是朵朵想不到的。

先是胖脸婶，一大早在东边的墙角处狗一般地转，后又跑到对面禾坪上，伸出手，放在眉毛上往这儿往那儿瞅，一见到朵朵和关磊磊出来，就叫开了：“哎呀，哪有这么办事的呀！只想自己不想别人啊！朵朵，你把我家的菜地都踩结了。哎呀呀，这油菜还这么小。哎呀呀，这半畦的油菜哦。黄大峰，你个瘫子，什么时候才能起来犁地啊……”

胖脸婶边说边跳，嘴角边全是堆积的唾液，根本不给人插话的机会。

“小事，小事，都是小事！”关磊磊打断她，以更大的声音说，“我来犁这个地，朵朵来补这些苗！”

“你？”胖脸婶像遇见了外星人般惊叫起来，想一想，摇起头来。

“婶婶，您别忘了。我当过留守儿童的，捡鸡粪、抽藕带、犁地耙地，我哪样都会！看看我这一身蛮力，一米八的个头，一畦地，一会儿就犁完了。”磊磊一边比画一边说，胖脸婶终于信了。

“朵朵能栽油菜？细皮嫩肉的。”胖脸婶再次发现了对方的软肋，叫出了更大的声音，自己都嘻嘻地笑了。

“她能啊！”关磊磊的声音是吼出来的。

胖脸婶不吱声了，不停地轻轻捶着自己的心脏。朵朵过来，塞给她两张一百元的钞票，算是赔偿精神损失。胖脸婶很不好意思，捏着钞票和朵朵推了几次，也就放到裤兜里去了。

可是，去哪里找犁地工具呢？他们来到黄幺狗的合作社，两只大狼狗冲着他们汪汪叫。黄幺狗不在，看门的老头问她是不是朵朵。朵朵说是。老头说是就不借。

两个年轻人被彻底激怒了，他们抄起两把铁锹，要自己挖地。上午的阳光明晃晃的，过了十点更加毒辣；旱田的两边都是高高立起的屋墙，一丝风也没有。不远处，黄幺狗的旋耕机和拖拉机嗒嗒嗒地开进开出，好像在示威。胖脸婶不停地催促，她看过天气预报，夜里有小雨，以后都是大晴天。今天是抢农时的最后机会，白天一定要把地翻好，黄昏一定要把菜苗补栽下去；夜里雨水一浇灌，菜苗就活了。

朵朵和关磊磊好像菜地里的两只老母鸡，笨拙地挖着土地。也不怪胖脸婶不讲情面，靠近砖墙的菜地确实板结如铁，还有砖头石子，一锹下去，“咯吱咯吱”地响，任凭你使出吃奶的力气，锹刃也进不去。不出半个钟头，朵朵已是大汗淋漓，气喘吁吁。一头长发飘扬，调皮地遮挡着视线，让她看不清地面。

“别!”关磊磊突然大叫，拉了朵朵一把。原来朵朵的铁锹正放在她的脚尖上，只要右脚一踩锹背，左脚的小趾可能会受伤。

就这么一拉，朵朵摔倒在他的怀里，秀发散开，盖住了关磊磊的脸。她感受到他的心跳，他也能听到她的呼吸。

朵朵一骨碌爬起来，恼羞成怒，瞪了关磊磊一眼，不服气地说：“你流氓！不，我有那么娇气吗?”

关磊磊有些眩晕，静一静，勉强笑了，不忘继续调侃她：“你是坚强勇敢赛超人，但十全十美的美人足不能少了一个脚趾！血洒菜地，哪有血洒疆场来得豪壮!”

朵朵不说话了，有些感动，也有些佩服他的嘴皮子。

关磊磊说：“是不是想‘脱裤子’了?”

朵朵瞪着他，觉得他猥琐。

关磊磊说：“看你都不像湖乡本地人，连脱裤子都听不懂，还以为玷污了自己圣洁的灵魂呢？”

原来，湖乡水田多，十多年前还是用水牛犁地。铁犁都有套，套头放在牛肩，套尾挂在两边，就像给牛穿上了一条裤子。到了黄昏，如果有牛看到其他牛收工了，正在田埂上啃着香喷喷的青草，它就开始千方百计地抗拒。最厉害的一招，就是突然向前猛跑一阵，把主人甩在后面，再停下来，肩一顶，头一缩，就把犁套脱下了，最后自个儿赤裸裸地跑了。

朵朵听了，嗔怪道：“形象，但你讲得猥琐，真猥琐！”

关磊磊若有所思，神秘兮兮地说：“哦，叫‘脱裤子’不形象啊，应该叫‘脱裙子’。你看，犁套多像连衣裙啊，还是露肩吊带裙呢！”

朵朵看看自己，正穿着一件蓝色的吊带露肩连衣裙，便“扑哧”一笑，挥起铁锹来，在他屁股上拍了一下。

太阳下山时，天色已经变了。黄村的蚊虫比平日更加疯狂，朵朵一边跺着脚，一边给磊磊打着电灯，总算把地翻完了，把菜补齐了。

他们又来到了黄村老宅基地的河边，天公不作美，满眼漆黑。以前，多少个夜晚，二人常在河沿的沙滩上乘凉，看着满天的星斗，看不时划过眼帘的流星与鸟虫，闪闪烁烁的萤火虫……他们深深地爱上了湖乡这新鲜的空气，芬芳的田园和静谧的气氛。今晚，他们筋疲力尽，浑身疼痛，连说话的力气都没有了。突然，他们明白了自己的父辈们离开湖乡的选择是正确的，也开始期待早一些回到广东。

二人决定去外面走走，房子已经完成了外墙的批荡（即抹灰），接下来要沉淀沉淀，一两个月后再开始装修。

关磊磊列好了清单，一一讲给朵朵听。呼伦贝尔的大草原，北京的后海，西安的城墙，成都的小酒馆，大理的洱海，桂林的渔船……他们都要去。

朵朵内心里满是惊喜，口里却说："这么多地方，要多久才能完成啊？"

关磊磊认真地说："我有个大计划，不，有个小秘密，不，我要干一件大事。"

朵朵有些陶醉，似乎在想象，看着他说："大事？有多大？"

关磊磊还是很认真地说："是啊，我们的大事，就像天一样大！"

在广东，卢强正经历他人生最艰难的阶段。乐萍病了，心脏有问题。去了好多家三甲医院，做了各种各样的检查，都不能确诊。

其实这些年，卢强处在一种失业的状态。舞蹈培训班早已不干，他老说自己头发白了，会被年轻人嫌弃。之后开过旅店，遇到了很多经营上的问题，让他身心俱疲，便放弃了。乐萍干脆叫他一心"鸡娃"，可石头有些偏执，两个男人实在不好沟通，卢强一点办法都没有。

所有的压力都在乐萍一个人身上。三十多年来，公司人人都叫她姐，因为她一直没有跳过槽。刚开始，乐萍挺讨厌这个工种，天天拿着量杯和试剂盒，取样、检测，没完没了，枯燥还危险。她的双手在第三年有了反应，一层一层地蜕皮，医生也看不好。她遇到过一位手法精妙的理发师，偏偏双手不能碰洗发水，最后成了一名长途卡车司机。上帝啊，你怎么会这么残忍！第十年，她遇到了卢强，那时的他朝气蓬勃，每一个毛孔里都散发出青春的魅力。小个子男人都有出息，比如拿破仑，卢强的观点新鲜又有震撼力，描绘起未来的蓝图时，更是天花乱坠。乐萍看着他，眼睛里满是光芒。

卢强曾经对黄小峰说，他想实施一次廉价的讨老婆行动，但就怕按不住她……结婚时，没有彩礼，也没有摆酒。乐萍拉着一个黑色的行李箱子来到了卢强的出租屋，两张结婚证就是最大的底气。在婚姻上，她至今被蒙在鼓里，她只是卢强在湖乡拼命炫耀的一个大宝。

石头的来临，让柴米油盐酱醋茶的气味淹没了这个小家。赚钱是唯一的目标，乐萍一连买了三套房，包括一套学区房。十年一过，抬头一看，眼前的这个小个子男人已经吃了三年的"软饭"。我怎么会看好他的未来？乐萍恨不得狠狠地扇自己几下。这句经常在卢强家人朋友面前夸赞老公的话语，乐萍再也说不出口。卢强也不满，乐萍连起码的老婆义务都不尽，冷战加热战，经济基础决定上层建筑，卢强一败涂地。他开始离家出走，但只要乐萍在微信上吱一声，他就会屁颠屁颠地跑回家，对着老婆服服帖帖。乐萍反身进屋，关了房门，不再理他。

夜里，卢强拿出了儿时拉过的二胡，开始在家里拉《二泉映月》，悲催哽咽，如泣如诉，但还是拉不开老婆的房门。过了数月，乐萍终于铁树开花，半夜开了房门。卢强喜出望外，赶紧摸出数年前的一盒避孕套，倒出来，还有八个，看看日期，已经过期了。他悲伤气愤，捶胸顿足，倒头就睡，湿了半个枕头。夜里，他梦到了湖乡，梦到了那个眼珠上有个黑点的妹妹，那么美，那么温柔，只是眼珠上有个黑点……

每一个不和谐的家庭，都有一件秘不可宣的事。如果不是乐萍的就医求援，大家都还在羡慕卢强。

黄小峰和丁湘给他们找医院，找老专家诊断，结论是心脏没问题。查颈椎，正常；查甲状腺，正常；查神经系统，正常……卢强快疯了。丁湘和黄小峰安慰他，不奇怪呢，今天医学这么发达，但仍有很多疾病查不出什么原因。最后，丁湘的一位医生朋友认真地对卢强说，她没有肉体上的病。卢强大叫："神经病！"医生摇摇头，叫他去看看抑郁症的门诊。

大半年的从家庭到医院的奔波戛然而止，乐萍的病因找到了，她居然得了重度抑郁症。所有的人都面面相觑，怎么可能？乐萍她是一个多么活泼开朗的人啊。

乌云散去，太阳还在远方。战斗的胜利，越到最后，越是艰难。为了战胜抑郁，乐萍开始跑步，"阿甘"的力量会治愈她吗？

一年后，乐萍康复了。她剪去了长长的秀发，衣着朴素，言语平静如水。后来，石头进到一所广州职高读大专。卢强说："毕业了，修修空调，修修汽车，也未尝不可。"

黄小峰有些烦卢强日日推送的人生感悟，没时间理他，也不敢乱说，担心无知冒犯了他，只能沉默。偶一日看朋友圈，卢强的头像下是一条黑色的横线，自己是被删了？还是被屏蔽了？黄小峰不想去考究。或许卢强一家已经幸福了，就不要去打搅他们的幸福吧。

朵朵和关磊磊的童话之旅，真是浪漫了整个中国。

每到一地，朵朵都被那些景色和人文深深吸引，她快乐地惊叫着，喜悦地品尝着美食，幸福地享受着关磊磊的关照，然后拍照片，发朋友圈，发抖音，向家人和朋友汇报她的行程和幸福。关磊磊干了什么呢？她懒得关心，只觉得和他在一起，心里平静而欢喜。

关磊磊很忙，他按照计划推进他的学业，书本不离手。他喜欢跑步，带着朵朵跑，每次都是“5·20”公里。他偷偷地给心爱的人拍照，捕获她每一个动人的瞬间。有些照片，是那么美，美得她自己都从来没有察觉到。就像生气时朵朵那翘起的嘴巴，那充满矛盾的目光，真是给人一种惊为天人的细微之美。他还要写一首诗，表达对爱人的迷恋。那些诗句，一行一行，那么长，那么长，堪比他们在一起的未来时光。

大理是最后一站了，关磊磊无比激动，他单膝跪下来，举起他早已经准备好的戒指，对朵朵深情地说：“朵朵，我爱你!”

他唱起一首流行的歌：“可能南方的阳光，照着北方的风。可能故事只剩下一个难忘的人……”

一转眼，房子完成了装修。朵朵和关磊磊将老校长两口接进自己的屋里，给他们装了空调，买了家具，铺上防滑的胶布，匆匆忙忙地回了广东。

磊磊考上了知名大学的研究生，朵朵让他好好读书。看着眼前的年轻人，关杰精神好了很多。何美好另辟出一间店铺，专门卖起了零食。疫情过后，消费转向，零食大卖，关杰发现了新的蓝海。

中

春天来临，一场危机席卷了民办教育界。

是日，黄小峰正在组织行政班子开会，研究对策。

黄小峰之前听朵朵说过，义务教育不能盈利，这是国家法规明确规定的。其实，他也一直强调办学校不能以盈利为目标。

黄小峰对朵朵说："你以为咱家能得多少？设备折旧，股东分红，咱家每年纯利不多。"朵朵有些意外，却更加释然了，鼓励爸爸多做公益，将学校推向无盈利的境界。

丁湘若有所思地说："我们是在办教育呢，还是在办企业？朵朵说得对，教育是无价的，不能以盈利为目标。"

国际学校改名的工作进展顺利，当"大学""附属"等字眼从招牌上消失的时候，黄幺狗要求召开董事会，他公开转让自己持有的股份，连连降价，但依然无人问津。

黄小峰全盘接下他的股份，不然，黄幺狗真要把股份拍卖会进行到底。黄小峰对民办教育依然充满信心，他举起几本法律书籍，坚定地说："这是什么？是法律！我们的目标是非营利，并不是不能吃饭，不能发展。我们还可以领工资，全心全意地办好教育事业。"

回到家，丁湘眼泪汪汪地告诉他，老校长出事了，因为车祸，一辆高速行驶的电动车撞倒了他。老校长没有叫喊，一直昏厥。

黄小峰在重症监护病房看了父亲最后一眼，严格说，他只是看了屏幕上的心跳曲线。老校长的脸被氧气罩完全遮挡，浑身插满线管，身体盖得严严实实，只有心脏的跳动看得有些分明。这图像，让他想起几个孩子在孕检时的胎动影像，一动一动，看不清，心里却明。

医生平静地说："谁来拔管？这样维持，没有任何意义。"

有人对黄大峰说："你是老大，你来拔。"

胖脸嫂突然冲过来，挡住黄大峰，说：“不能拔！那个司机赔钱了吗？”

黄大峰如梦方醒，吐了一口痰：“我找他去！”

医院有一个大阳台，黄大峰请了律师，正与肇事者谈判。肇事者只知道埋怨自己：“千不该万不该，我怎么要喝酒……”黄大峰立马打断：“还醉驾，该你坐牢！”肇事者老婆畏畏缩缩地走过来，低声下气地哭着说：“你们都是大老板，我们就是穷人家，再刮也出不了三两油。都八十岁的人了，还开那么高的价钱。天那么黑，旁边还有砖瓦堆，不能全怪咱家的呀。”胖脸嫂忽然号哭起来：“啊呀，好心痛啊！我家老爷子啊，车撞在头上，多么痛啊，呜呜呜……”

黄小峰一句都听不到，他站在父亲的病房里，回忆着过去的时光。眼前的老校长，是生不逢时吗？他饿过肚子，经历过战乱，去过二十世纪七十年代的省城，四十岁后一直在湖乡，到老了也没有享受到儿孙绕膝的天伦之乐。孤独、等死，就是晚年的主题。如果他年轻四十岁，也会有儿女今天这样的生活。听说，父亲那晚是要去捡拾几块砖头。黄小峰盖房剩下的砖头散落在了马路上，他每天都要去收拾收拾。天太黑了，也不打个电灯。都怪那个肇事者喝了酒，把电动车开得飞快。

一小时后，黄大峰收到了十万元的赔偿现金，他递给黄小峰五万元，拔了父亲的氧气管，淡淡地说：“小峰，爸爸就停在你家收殓吧。你家是新房子，停尸可以驱邪，是好事情。”

唐龙广告新一轮直播平台签约仪式盛大举行，一举推出了一大批地域网络红娘，陈小雪和万美娇居然成了湖乡网络红人里耀眼的明星。

为了避免尴尬，朵朵提前告诉黄小峰，这次的网红有两个他年轻时的熟悉老乡。如果他想见，丁湘就不要去。

这是明显的激将法。近来黄小峰迷上了《高龄产妇孕期宝典》，俨然成了一位医学兼营养学大师。丁湘很有安全感地接受着挑战，准备为下一个宝宝而战斗。

黄小峰说："好喜欢朵朵和岚儿刚刚生下来的样子，那些手指甲，还有脚指甲，就像一粒粒晶莹的珍珠。作为父亲，最幸福的，莫过于张开手掌，让孩子在掌心里安静地睡着……"

这样的体验是多么奇妙。丁湘被深深地感染，母爱的温柔和坚韧肆意伸展，她要再为黄小峰生一个孩子。

朵朵的话让她淡淡一笑，她懂。但又有什么呢？如果说黄小峰比他幸福一点点，就因为他有一个湖乡的童年，那些人，那些事，那些情，纠缠了一生，也滋养了一生。现在，能舍就舍，该了就了。让他一个人去吧。

签约仪式的所谓盛大，无非是网络平台上的呈现，手机屏幕需要的空间其实相当狭小。朵朵把活动安排在五星级酒店，同时还有一个重磅的男女相亲沙龙，在酒店的露天中庭。来的人很多，大龄男女占大多数。他们一律戴上了奇特的属于自己的生肖面具，除了借助身高服装看人，还可以提前在一棵棵红色的爱情树上了解人物的资料。爱情树由柠檬树充当，绿色的柠檬果上，写有男男女女的编号和简介。

黄小峰问朵朵："这策划是不是有漏洞，如果看到一个中意的果，我们会牵线吗？"朵朵说："现在不会，过后才会，一切随缘呢。或许你看中的果在现场根本找不到，也遇不到，或许又能一眼遇到。"

这就是策划的威力，有威力的策划不是策划，根本上就是巧合，是天作之合。朵朵笑着说：“月老，既神秘，又温暖。其实，真正的月老是自己的特有磁场。是你的，就是你的；不是你的，强求也无用。”

在黄小峰年轻的时候，父亲在耳边讲过几次这些话语，这回居然从朵朵的嘴巴里冒出来，让他大为感慨。他命令女儿：“你快些把自己嫁了，才更有资格办这样的活动。”朵朵赌气道：“爸爸，那个读书郎不来摘我的柠檬果，我也没办法啊！”说完便跑开了。

黄小峰自知失言，因为关磊磊刚刚也出国留学了。

现场直播室里，朵朵正在与陈小雪、万美娇连线。黄小峰本以为可以看到本人，结果却是在网上见面，不由得十分失落。找个位置，坐下来，镜头里的她们风韵犹存。

万美娇会聊些什么呢？聊她在汀洲的经历？黄小峰一阵心惊肉跳。他大步流星地走出酒店，回到了家里。他坐下来，开始泡茶。丁湘递给他一杯茶，他接了，说：“都成精了。”

丁湘呵呵一笑，道：“黄小峰，你今天心里颇不宁静啊。这杯茶，刚好压压惊。朵朵不让我去，真是成精了。”

黄小峰赶紧为自己辩解，嗫嚅道：“不是这个意思。我用词不正确，是说，你是我肚子里的蛔虫。”

丁湘笑得更欢：“俗不可耐！心心相印都不会说！”

一个月后，关磊磊从国外回来了，火急火燎地上门找朵朵，一见人就跪下了，要带人去领结婚证，他说：“再不摘柠檬，柠檬就掉下来，烂掉了。”

朵朵用手轻拍他的嘴，说：“学历越高，能力越低。应该说，再不摘柠檬，柠檬就要让爸爸送人了！”

黄小峰尴尬地笑笑，对着丁湘说：“谁说的？我要永远养着的！关磊磊，朵朵不欠你的啊。别像你爸爸。湖乡三月的大萝卜，顶上开了花，心儿却空空！”

丁湘笑道：“看我干什么？我吃的是湖乡腊月的萝卜，可甜了！”

朵朵说道：“我也要学妈妈，吃湖乡腊月的萝卜！”

黄小峰夫妇面面相觑。

关磊磊喜不自胜：“爸——妈——！朵朵的意思是，婚礼在湖乡办，就在年底！”

荷花亭，红菱船，多么浪漫的场景，他们怎么会知道？黄小峰百思不得其解，他看着丁湘，寻找着答案。

下

丁湘诞下第二个孩子时，已经过了四十六岁，这是一个奇迹，却引发了家里的分裂。

金铃奶奶接到报喜电话，大笑不止，说：“多谢祖宗保佑，小峰终于有了儿子！丁湘，你还可以生啊。湖乡有人五十二岁生过娃娃的。那老头六十多，你信不信这邪？”

岚儿掐断了电话，她一直讨厌金铃奶奶，说她是个自私鬼，“我妈的命不要了，就要给你生孙子吗？”她总对妈妈怀孕耿耿于怀，立了规矩，“生了鸿鑫，既往不咎，下不为例。”朵朵不饶她，说：“就怕分你家产！”岚儿眼泪汪汪地叫冤枉：“我妈的命，就是我的命啊！”

儿子取名鸿鑫，一定寄托着黄小峰的什么愿景，他没有明讲。他待在家里的时间越发多了，因为他喜欢这样的氛围。婴儿的哭闹声，妇人的低语声，加上香甜的奶味，让他乐得合不拢嘴。金铃奶奶的话，怎么能听从呢？丁湘之前去妇检，医生都说她的子宫膜薄薄的；怀着鸿鑫时，情况出得特别多，高血压、高血糖，还有些叫不出名字的症候，都一起上，让丁湘成了高危的病人了。

“为了国家的未来，咱们‘70后’够拼了。”丁湘总是笑呵呵地缓解黄小峰的焦虑，最后说：“做男人的，老是怕这怕那，儿子生出来，优柔寡断，胆小如鼠，怎么办呢？”他便释然了。关键时刻，女人都比男人坚强又通透。

十一过后，黄小峰在家里刷手机，突然看到一则知名影星捐款的新闻，赶紧叫丁湘一起看。夫妻俩读着读着，不禁出了声，内心里被深深感动着。岁月飞逝，时光无情。唯有真情和智慧才能永远年轻，永远动人。

偶然间，刷到何美好的抖音，她在家里跳广场舞，背景是关杰在看红木收藏的直播。丁湘觉得那歌声挺好，居然听完了，“你说大雁南飞后，和我一起走。我知道这是给我，最大的迁就……”

岚儿上初中后，寄宿在学校，长得比妈妈高，一样的眉眼，是个活脱脱的美人胚子。美人胚子正害着“中二病”，回到家，关上门，拉上窗帘，开着大灯和空调看手机。谁都不敢碰，哪怕家里的老猫碰一下，她也会“爆”得厉害。丁湘对她要求特别严格，只抓主要，不管细碎，给她周六、周日报了满满的课，乐意去上就成。家庭分工很明确，妈妈一天到晚到处接接送送，爸爸宅家里照看儿子。其实，鸿鑫那么小，只要吃喝，有什么管的呢？朵朵不这么看，她总是喜欢给弟弟讲故事。鸿鑫最喜欢她，一见到她就眉开眼笑。关磊磊来得少了，他去外国读博士，打个视频电话也要考虑时差，朵朵便叫他微信留言。

关杰老来约茶，说他迷上了抖音直播，通宵达旦地看，拍回一大堆杂七杂八的宝贝，都是些红木摆件、石玉挂件。他还喜欢高档的白酒，说关磊磊结婚时要埋女儿红，问小峰埋什么酒好。黄小峰不理他，他就乖乖地倒茶，转移话题。

听多了朵朵给鸿鑫讲的故事，黄小峰觉得这些故事都太现代太西化，鸿鑫应该听点湖乡的故事。朵朵笑了，说："托您的福，我没做过留守儿童，只是做了几年的留守少年。那时我一心扑在学业上呢，磊磊应该可以讲他在湖乡的童年岁月。"小峰直摇头，说："磊磊只待了三四年，什么都忘了吧？"过了几天，朵朵拿出手机来，播放关磊磊的视频，果然是些湖乡的童年趣事和美食趣闻，鸿鑫却听得一点笑意都没有。

黄小峰说："我有个童话故事，你讲给鸿鑫听。给我几天时间，我要写出来。"

过了几天，黄小峰果然写出来了一些文字，他交给朵朵，说，如果可以，希望在他百年之后，在湖乡他的墓碑上刻出来：

很久很久以前，在长江北边，有一个一望无际的大湖泊，名叫"青泛湖"。

由于气候变化，人类也不断开掘陆地来种稻，青泛湖日渐萎缩。元代之后，青泛湖中不再有沙洲，站在一边也不难看到另一边。但一百多只野鸭仍坚韧地生活在这里，它们的祖先往前数一百二十代，就是一只从重庆湖域飞来的雄鸭。雄鸭的头上顶着一根深蓝色的羽毛，壮年之时发出了美丽的荧光。

一天，一只雄鸭宝宝诞生了，它头顶的蓝色显得更加大一些，特别显眼的是，它的右翅边有一根红色的羽毛。蓝头鸭的家族欢欣鼓舞，庆祝这了不起的成就。农药化肥日益普及，青泛湖水日渐浑浊，不时散发出一阵阵恶心的臭味，让鸭群的繁殖能力大打折扣。更为恐怖的是，平原湖区特有的火铳声动辄响起来，越来越多的兄弟姐妹挂着血迹，被系上胶绳，挂在了人类（不，应该叫“敌人”）的肉菜市场。

年寿最高的雄鸭爷爷思索良久，为这个新生命取名“红缨枪”，并策划了一场盛大的满月礼。满月那天，鸭群劳力全体出动，为红缨枪寻找高蛋白食物。终于，一条瘦瘦弯弯的小黄鳝从一个鸭嘴巴传递到另一个鸭嘴巴，最后让鸭爸爸夹着，鸭妈妈护送着，一起向红缨枪游来。红缨枪欢快地跳跃着，扑腾着长有红羽的双翅，嘴巴张得大大的。红缨枪多么希望小黄鳝生猛奔腾，以此来显示它的勇敢与能量。但小黄鳝奄奄一息，表现得更像是一种视死如归的嘲笑与蔑视，真是令人扫兴。红缨枪还是一口咬住了小黄鳝的头颅，展现出一种气吞山河的气度。这时，“突突突”地响起一阵汽笛声，一艘轮船掀起的巨浪淹没了它。这些，红缨枪不感到陌生，反而更喜欢与水嬉戏。可怕的是，这是一股饱含柴油味的波浪。一阵剧烈的无法下咽的恶心，像电流一样穿透它身体每一个毛孔，它本能地想把小黄鳝吐出去。“吞下去！”鸭爸爸怒不可遏，扬起宽大的翅膀猛扇它的头颅，鸭妈妈也在一旁流泪哀求：“红缨枪，我的儿，咽下去。这可是我们家族最大的礼遇，多少叔叔伯伯为了这条小黄鳝，快要豁出命了……”

“啊——！”

满月后的红缨枪果然成长了，不再哭闹，不再撒娇。它不停地练习飞行。它要飞出青泛湖，离开这个鬼地方。鸭爷爷摇摇头，目光里满是慈祥和悲悯。几百年来，没有一只鸭能飞出青泛湖。蓝头鸭不是候鸟，它们只爱自己的家乡。何况，青泛湖的两大敌人，一个比一个狠，没有一只蓝头鸭能克服。一是渔叉，常常埋伏在一泡香甜的谷糠之后，从天而降时，尖利如闪电。吃了泡酒谷糠的鸭子，晕晕乎乎，完全没有逃跑的机灵。二是火铳，跟着小船儿穿汊过湾，风雨无阻。等黑幽幽的洞口探到鸭群的集中地，一切都为时已晚。由于红色羽毛的护佑，红缨枪狠练一个“快”字，将所有问题一一化解。

六个月后，红缨枪拥有了青泛湖上一双最宽大最坚硬的翅膀，它腾空而起，那根红色的羽毛宛若一面猎猎生风的战旗。它飞行了七天七夜，来到一片浩渺无垠的大湖上空。它欢快地在大湖的上空翱翔，巨浪扬起的气息，香甜迷人。水面真大，它的眼睛只能装下很小的一部分。到处都是芳草萋萋的沙洲，居然还有麋鹿奔腾。岸边，河蟹爬动，龙虾弹跳，泥鳅打着圈儿，黄鳝扭动肥胖的身躯，一条条蚯蚓地慢慢蠕动……它喜极而泣，大喜大悲，晕了过去。

红缨枪落在了一只画眉鸭的窝里，居然是画眉鸭救了它。大自然是多么奇妙啊。不像青泛湖的生灵，均分三六九等，口里说着井水不犯河水，暗地里却你偷我占；即使是在蓝头鸭内部，也分叔伯亲疏。唯有大的境界里，才有大的眼界。大湖万物，和谐相处，共生共荣。红缨枪胖了，也更强壮了。它和一只雌性画眉鸭组成了家庭，生出一群儿女，个个体大毛亮，叫声震天。在一个霞光满天的黄昏，红缨枪给儿女讲起自己的故事，讲着讲着，流泪了，它应该回青泛湖，把那一百多只青头鸭接过来……它是一只多么自私的青头鸭啊。

一大早，红缨枪举起了自己的翅膀，它还是那么宽大坚硬；扑腾两下，湖面生出一圈圈涟漪，你推我搡地奔向远方。又是一个七天七夜的长途跋涉，它差点迷了路。不管怎么寻觅，青泛湖已经不见了。一块块数不清的虾稻田，星罗棋布地排列在大地上，古板又陌生，仿佛孩子们的作业格，给人巨大的压迫感。红缨枪停歇在芦苇丛里，拼命地辨别着这里的空气、土壤、气味、声音和云朵。最后，它看到了一根熟悉的羽毛……

人生到处都是青泛湖，我是青泛湖里的一只鸭，一只蓝头鸭。

朵朵看了，觉得先要给鸿鑫放一首儿歌，算是预热一下。黄小峰听了，也欢喜。那儿歌欢快，颇有些味道："门前大桥下，游过一群鸭。快来快来数一数，二四六七八……"

后　记

历经五载，增删数十次，就为这二十余万字。一些日子，天亮即起，深夜方眠，字里梦里，都是我自己，还有我的亲人、朋友和熟悉的人。万物有灵，人皆有梦。正是这些梦，激励着我们在人生的泥淖路上跌跌撞撞，跋涉前行。

青泛湖只在族志和祠堂里可见，它也许属于古云梦泽的一部分，至今已是陆地。它盛产稻米、水鸭、莲藕、棉花和鱼虾，天下皆知。我曾看楚国的八百年历史，无疑有一种野蛮战胜文明的悲壮。青泛湖在楚地的核心和源头，湖乡人有血性，但普遍缺乏契约精神，一度令我感觉自己格格不入。湖乡人又不乏坚毅、勇敢和极优秀的品性，始终令我崇拜和爱恋。

四十年来，四种湖乡追梦人，以滚烫血泪和澎湃激情，南下广东，谱写出截然不同的人生命运，演绎着一部当代众生的民间成长史。第一种以黄幺狗为代表，乘着家庭联产承包责任制的春风，南下谋生，开阔了眼界，捞取了第一桶金，尔后反哺家乡，成立湖乡工业园区，将先进模式引入湖乡。第二种是以黄大峰为代表的民工群体，在失去遍地黄金的机遇后，仍凭借吃苦耐劳的优秀品质，将先进产品带向全国，开辟自己的蓝海。第三种是湖乡的知识分子代表——黄小峰、丁湘、关杰、吴烨等人，来广东后的经历与发展更加曲折悲壮，他们坚守梦想，不忘初心，终于扎根结果，成就传奇。第四种是以朵朵和关磊磊为代表的湖乡新一代，他们深深地眷恋着湖乡的故土，又拥抱着南粤大地的热土……

在此，衷心感谢我的家人和朋友们！

是为记。

黎尊乾

2023 年 11 月 8 日于广东顺德